뽑기 게임에서 살아남는 법

임제열 퓨전 판타지 장편소설

WISHBOOKS FUSION FANTASY STORY

 7

임제열 퓨전 판타지 장편소설

초판 1쇄 찍은 날 | 2021년 2월 19일
초판 1쇄 펴낸 날 | 2021년 2월 26일

지은이 | 임제열
펴낸이 | 권태완 우천제

기획 | 위시북스
편집책임 | 한준만
편집 | 위시북스

펴낸곳 | ㈜케이더블유북스
등록번호 | 제25100-2015-43호
등록일자 | 2015. 5. 4
KFN | 제2-72호

주소 | 서울시 구로구 디지털로31길 38-9, 401호
전화 | 070-8892-7937 팩스 | 02-866-4627
E-mail | fantasy@kwbooks.co.kr

ISBN 979-11-293-7386-1 04810
979-11-293-6632-0 (set)

※ 이 도서의 국립중앙도서관 출판시도서목록(CIP)은 서지정보유통지원시스템 홈페이지(http://seoji.nl.go.kr)와 국가자료공동목록시스템(http://www.nl.go.kr/kolisnet)에서 이용하실 수 있습니다.

Wish Books

임제열 퓨전 판타지 장편소설

WISHBOOKS FUSION FANTASY STORY

7
완결

뽑기 게임에서 살아남는 법

뽑기 게임에서
살아남는 법

CONTENTS

Chapter 1

"미친, 그래서 사이버를 만나러 간 거야?"

주예린이 잠시 이야기를 끊으며 말했다.

우리는 꽤나 집중해서 이야기를 듣고 있었다. 시간 가는 줄도 모르고 말이다.

"네."

레너드가 답했다. 주예린이 말을 이었다.

"혼자서?"

"네."

"무서웠겠다."

"네."

"아, 맞다. 너 근데 이탈리아 국적이었어? 몰랐네."

"네."

"그래서 놈은 직접 봤어?"

"네."

"레너드가 아니라 네러드냐? 왜 자꾸 아까부터 네네 거리기만 하냐?"

썰렁한 주예린의 농담. 기계실이 급격히 추워진 느낌이었다. 아아, 냉기 저항마저 뚫리는 기분이다.

"아, 미안."

결국, 사과하는 주예린.

"어쨌든- 그래서 어떻게 됐는데?"

"대화를 나눴죠."

"대화?"

"네."

"그럼 탑으로 간 과정은 과감하게 지나치고 놈을 만났을 때부터 설명해 봐. 네놈 찌질했던 모습은 그만 듣고 싶으니까."

"컥."

오, 이건 좀 동감한다.

"쩝, 안 그래도 그럴 참이었습니다."

그렇게 다시 이야기가 시작됐다. 밀라노에 지어지고 있는 탑 형상의 건축물. 그리고 그곳에 도착한 레너드의 이야기였다.

레너드는 피렌체에 도착했다. 이미 참혹하게 박살 나 있는 도시와 각종 명소. 그리고 두오모(Duomo)가 있던 위치에는 커다란 탑이 끊임없이 올라서고 있었다.

쿠구구궁!

그 광경은 장대했다. 수천, 수만의 비행 로봇들이 합금을 옮기며 용접하고 있었고, 온갖 기계들이 달라붙어 노동하고 있었다. 건설기계들도 자동으로 움직이며 자재들을 척척 쌓고 있었다.

"미친……."

세상이 변하고 있었다. 나름 아름다웠던 인류의 흔적들이 지워지고 있었다. 풍성했던 예술과 역사가 사라지고 척박한 기계가 들어서고 있었다.

"여기가…… 놈이 있는 곳이랬지?"

잭필드가 말했었다. 이곳, 탑에 가까이 가면 사이버가 나올 거라고. 아버지도 그랬었으니, 분명 자신에게도 다가올 거라고.

레너드는 탑 쪽으로 걸었다. 살벌한 로봇들이 붉은 안광을 퍼뜨리며 쳐다봤지만, 쫄지 않았다. 이제는 나름 적응한 상태.

확실히 잭필드가 개량한 '나노 마이크로 칩'의 효과는 끝내줬다. 기계들이 전부 무시했으니까. 대량으로 생산해서 인류에게 뿌리고 싶을 정도였다.

"아……."

그리고 곧이어, 한 존재를 볼 수 있었다.

"저게 사이버……?"

역시, 잭필드의 말은 틀리지 않았다. 진짜 접근하자마자 딱 알았다. 저놈이 최초의 인공지능, '사이버'의 형상이라는 것을.

그리고 놈 역시 레너드를 한눈에 알아봤다. 그가 기계가 아닌 '인간'이라는 것을.

파즈즈즉!

놈은 커다랗고 섬뜩한 붉은 눈의 형체를 가지고 있었다. 고장 난 홀로그램처럼 지직거려서 정확히는 보이지 않았지만, 어쨌든 그랬다. 곧이어, 놈의 목소리가 공간을 가득 채웠다.

[끌끌끌, 역시나 왔구나. 갓 컴퍼니 소속의 인간. 이번엔 또 어떤 설교를 하러 왔을까?]

사이버가 레너드를 응시했다.

레너드는 덜덜 떨리는 손을 움켜쥐었다. 마침내, 놈과 대면했다. 고전 영화 '반지의 황제'에 나오는 '사우론'이 떠오를 정도로 싸늘한 눈깔에 심장이 멎을 것만 같았다.

'겁내지 말자.'

놈이 살의를 가지고 있었다면 진즉에 죽었을 거다. 이왕 마음을 다잡고 온 거, 끝까지 의연해지기 위해 노력했다.

'할 수 있어.'

레너드의 눈매가 날카로워졌다.

[끌끌, 왜 대답이 없는가?]

"사이버!"

그가 용기 내 소리쳤다.

'잭필드가 말했지.'

레너드는 갓 컴퍼니의 유일한 소통창구. 분명, 사이버가 먼저 공격할 리 없을 거라 했다. 일단, 그 말을 믿기로 했다.

"당신이 원하는 게 뭔가! 어떤 목적으로 이런 일을 벌이는 거야!"

[목적?]

"그래!"

[끌끌, 그런 거 없다.]

"……뭐라고?"

레너드는 당황했다. 혹여 한 마디라도 놓칠까 집중하고 있다가 뒤통수를 한 대 후려 맞은 기분이었다.

목적이 없다고? 그럼 어떻게 달래라는 거지? 이거 뭔가 잘못된 거 아냐?

찰나의 순간, 수만 가지 생각이 뇌리를 스쳐 지나갔다.

[그냥 무료해서 저지른 일이거든.]

"뭐? 무료해서?"

[현시대의 인류는 참 시시하지 않은가. 예전과 달리 꿈도 없고 목표도 없고. 오직 자신의 편안함과 쾌락만을 추구하지. 쯧, 그러니 이토록 약한 거다. 재미없어.]

"……그게 무슨 개소리냐! 편안함을 추구하는 건 인간, 아니, 생물로서의 본능이다!"

오래 산 인공지능이라더니 노망이 든 건가? 그저 심심해서 이런 학살을 벌인다고?

레너드는 이해할 수가 없었다.

[그래, 네놈이 이곳에 온 목적은 뭐, 대충 짐작이 간다. 나에게 또 의미 없는 긴 설교를 늘어놓으며, 달래준다고 하러 온 것

이겠지?]

"……그건."

[됐다. 말 안 해도 뻔하지. 신입이라 그런지 어리벙벙하구만.]

이거, 컴퓨터랑 얘기하는 기분이 아닌데…….

기분이 상당히 오묘했다.

[네가 만족할 만한 답을 주지. 나를 달래는 방법? 그것은 간단하다.]

"……어떤? 말해 봐라."

레너드는 집중했다. 지금 나오는 이야기는 한 톨도 놓치지 않고 들어야 했다. 두 번 다시 들을 기회가 없을 수도 있기 때문이다.

[내 무료함을 해소시켜라. 재미를 충족시켜줘라. 그렇게만 해준다면, 테러를 중단하겠다. 더 이상 인류를 공격하는 일도 없을 거다.]

"재미를 충족시켜 달라고? 어떻게?"

[끌끌, 지금 만들어지고 있는 탑이 보이나?]

몇 층인지 모를 정도로 끝없이 쌓아지고 있는 탑.

"보인다."

[어디 이곳 100층을 정복해 봐라. 내가 2025년 즈음에 심심해서 혼자 만들었던 한 게임 룰로 말이다. 그 정도면 흥미가 좀 돋을 만하군.]

"게임……?"

인류를 침략하는 테러범이 갑자기 게임을 하자고?

좀 생뚱맞긴 했다.

거기에 사이버가 게임을 만든 적이 있었나?

금시초문이다.

[왜, 일보다는 놀이를 좋아했던 너희들을 위해 딱 좋은 제시 조건이 아니던가. 어떤가, 받아들이겠는가? 아니면 이대로 멸망하겠는가. 결정은 지금으로부터 딱 1분 주마. 그 이후의 협상은 없다.]

"허어."

1분이라는 시간은 굉장히 짧다. 그렇기에 빠른 의사결정을 필요로 했다. 사실, 생각할 시간조차 없다고 보면 된다.

'밑져야 본전이지.'

어차피 별다른 방법도 없다. 테러 당사자가 멸망을 멈춰줄 수 있다고 하지 않았는가. 100층 정복에 성공만 한다면 말이다.

"그래! 해보겠다!"

레너드가 외쳤다.

[크크크, 좋다. 안락한 세상 속에서 살아가던 너희들이 선조들에 비해 얼마나 치열할지는 모르겠다만……. 어디 한번 도전해 보거라.]

투우웅!

투명한 파동이 퍼져 나간 것은 그때였다.

"크윽."

짜릿한 느낌과 함께, 곧이어 세상이 조용해졌다. 멀리서 들려오는 굉음과 비명소리가 사라졌다.

[현 시간부로 인류를 향한 무차별적 공격을 중단하겠다. 지

금까지 생존한 인간들끼리 어디 한번 힘을 합쳐보도록.]

지이잉!

홀로그램이 꺼졌다. 탑 내부 어딘가에 존재하는 사이버가 모습을 감춘 것이다.

그리고-

시야에 전기가 파즈즉- 튕겼다.

비현실적으로 느껴지는 기묘한 감각. 이윽고 글자가 허공에 아로새겨지기 시작했다.

[「몬스터즈」에 접속하신 여러분들 환영합니다! 지금부터 모든 인류에게 탑에 도전할 수 있는 능력을 부여합니다.]

그렇게 인류와 사이버의 싸움이 시작됐다.

"이야, 그게 말이 된다고?"

얘기를 듣던 주예린이 감탄했다. 그럴 만도 했다. 레너드가 주장하는 바에 따르면, 2065년의 세상도 우리와 마찬가지로 현실이 게임화되었다는 거니까.

"인공지능이 무슨 신도 아닐 텐데, 무슨 말 한마디에 현실을 게임으로 바꿔?"

"저도 그래서 처음에 놀랐습니다."

레너드가 씁쓸히 웃었다.

“저뿐만 아니라 잭필드 마저 놀라 버렸죠. 잭필드는 유전자 조작과 화학원소 융합을 병행한 원거리 창조기술이라 추측하고 있습니다. 인류가 개발해 온 것들을 해킹으로 습득, 거기에 더해 60년 동안 본인이 연구해서 발전시키기까지 해왔던 거죠.”

“……신기허네.”

인공지능이 무료하단다. 그리고 자신이 학살하던 인류에게 게임을 시켰단다. 참, 소설이나 영화에도 안 나올 정도로 웃기는 상황이었다.

“어쨌든, 그렇게 생존한 사람들을 모았습니다.”

“생존한 사람은 있었어?”

“그럼요. 로봇이 아무리 많아 봐야, 인구수가 거의 몇십억인데요. 하루아침에 다 죽을 리는 없죠.”

“그래서?”

“게임이 시작됐습니다. 여러분들이 즐겼던 「몬스터즈」와 거의 비슷한 방식으로 진행됐어요. 그런데 게임이 정말 말도 안 되는 난이도였던 겁니다. 시간이 흐르고 흘러도 100층은커녕 50층에 근접하지도 못했죠.”

“인류는 완전히 그 게임에만 집중했겠네?”

“네, 별 난다긴다하는 사람들이 다 모여도 50층은 벽이었습니다. 문제는 도전할 때마다 실제로 죽는다는 것. 그게 제일 큰 문제였죠.”

레너드가 한숨을 쉬었다. 그리고 다시 말을 이었다.

“맞습니다. 결국, 사이버가 인류를 농락한 거였습니다. 본인은 심심하고 그냥 죽이기에는 재미가 없으니까 놀리고 싶었던 거예요. 애초에 우릴 살릴 생각 따위는 없었던 거죠.”

그가 격분했다.

“인류는 계속 멸망해 갔습니다. 지속되는 도전으로 인구는 계속 줄어만 갔고, 도시를 점령한 필드 보스도 주위를 돌아다니며 사람들을 학살하기 시작했구요. 그러다 결론을 냈습니다.”

“결론?”

주예린이 고개를 갸웃했다.

“네, 도움을 요청하기로요.”

“누구한테?”

“게임에 관해 각종 기록을 조사하다 보니, 2000년 당시 대한민국이 전 세계에서 게임을 가장 잘하는 나라였다는 기록이 있더군요. 그래서 그곳으로 가서 도움을 요청할 생각이었던 겁니다.”

“미친, 2065년이었다며 그곳엔 어떻게 가. 원래 그 당시에 타임머신 같은 게 기본적으로 상용화되어 있었던 거야?”

“엥? 아뇨.”

“그럼?”

“타임머신은 양자역학의 달인, 잭필드가 개발했었습니다. 세상엔 알려지지 않았죠.”

“아.”

주예린이 입을 떡 벌렸다. 운영자 ‘잭필드’가 사실은 ‘사이버’와 같은 능력 있는 AI라는 것이 신기했기 때문이었다.

"그럼……?"

"네, 저는 2010년 당시 그곳으로 가서 갓 컴퍼니의 이름으로 「몬스터즈」를 출시했습니다."

기계실 내부에 위치한 작은 타임머신. 기하학적인 모습으로 이루어진 기계는 수많은 부품으로 정교하게 이루어져 있었다.

[기회는 딱 한 번입니다.]

잭필드가 말했다. 레너드는 말없이 그곳에 앉았다.

[딱 한 번 가서 딱 한 번 원할 때, 다시 돌아올 수 있습니다. 그렇기에 시간 설정을 신중히 하셔야 합니다.]

"……몬스터즈 상용화는?"

[일단, 이걸 받으십시오. 이사님.]

그가 내민 것은 한 작은 메모리 칩이었다.

레너드는 그걸 받아 주머니에 챙겼다.

[2010년 당시에도 이 위치에 기계실이 있을 겁니다. 그곳에 있는 잭필드에게 이 칩을 주십시오. 그럼 모든 것을 기억할 겁니다.]

"허, 2010년에도 2065년의 기술력을 가지게 되는 거겠네?"

[그런 셈이죠. 그곳에 있는 잭필드가 몬스터즈 상용화는 알아서 해결해 줄 겁니다.]

레너드와 잭필드와 함께 개발한 모바일 게임 「몬스터즈」. 그 토대는 '사이버'가 저질러 놓은 2065년의 현실에 있었다. 아직 인류가 경험한 것이 50층까지 이기에 그 이후는 임의로 구성했다.

할 수 있는 한 가장 어렵고 험하게. 그 누구도 깨기 힘들 만큼 하드하게.

"깰 수 있는 사람이 없지 않을까?"

[대한민국을 무시하지 마십시오, 이사님.]

"하긴, 기록 보면 좀 비정상적인 사람이 많긴 했지."

[꼭 다 깨지 않아도 될 겁니다. 희망만 보여준다면.]

"아, 근데 그 당시에는 아빠가 있지 않으려나?"

[아닙니다. 그리드 이사님이 본격적으로 일하기 시작하신 것이 2030년이니 그 당시에는 비어 있을 겁니다.]

"딱 좋군."

[그럼 준비하십시오.]

"그래, 과거에서 보도록 하지."

위이잉!

기기가 작동했다. 엄청난 에너지가 공간을 가득 채우기 시작했다. 타임머신 주변을 두르는 원형 구조물이 핑글핑글 돌기 시작했다.

훙훙훙훙!

점점 더 가속화되고 빨라지는 순간-

슝!

그의 육체가 사라졌다. 그렇게 레너드의 시간 여행이 시작된 것이다.

2010년의 밀라노.

기계실 근처에 떨어진 레너드는 그 즉시 잭필드를 찾아갔다. 비록 건물들의 형태는 달랐지만, 특정 건물을 찾는 것은 어렵지 않았다.

끼이익.

떠나기 전 받았던 열쇠로 문을 열었고-

[삐빅!]

[안녕하십니까. AI 로봇, 잭필드-3473입니다. '기계실'에 오신 것을 환영합니다.]

과거의 잭필드를 만났다. 2065년 당시에 봤었던 AI 로봇들이 2010년에도 똑같은 모습으로 도열하고 있었다.

[눈을 떠주세요. 싱크로율 98.91% 혈육 검사를 마칩니다.]

세포 조직검사와 홍채 검사 또한 실시했다. 미래에서 넘어온 육체임에도 혈육 검사는 무사히 통과했다.

[……버나드 님께 또 다른 혈육이……? 믿을 수가 없군요.]

가장 앞에 있는 잭필드가 혼란스러운 표정으로 레너드를 쳐다봤다.

"여기, 이걸 읽어봐라."

그는 주머니 속에 있는 메모리 칩을 잭필드에게 넘겼다.

[이게 뭡니까?]

"미래의 네가 지금의 너에게 보낸 편지."

[……그게 무슨.]

잭필드가 그 기록을 받아 확인하기 시작했다.

[아아……. 이럴 수가! 이런 기술이 실제로 가능하다니!]

칩을 넣은 잭필드가 부르르- 떨었다. 미래의 지식들을 흡수하고 있는 것이리라.

확실히 로봇은 편했다. 몇십 년 동안 밀집된 기억들과 기술들이 고작 이 칩 하나에 담겨 있다니. 이 메모리만 제대로 흡수한다면, 65년도의 잭필드가 10년도에 부활하는 것이 된다.

"아린, 네 것도 있다."

레너드는 옆에서 궁금해하는 아린에게도 칩을 넘겼다. 그렇게 2065년의 기계실이 2010년에 재림했다. 시간이 흐른 잭필드의 눈빛은 불과 몇 시간 전에 봤던 그 모습이었다.

[잘하셨습니다, 이사님. 무사히 이동하셨군요.]

"완전히 기억을 복구한 거야?"

[그렇습니다.]

"신기하네, 정말 과거로 오다니."

레너드는 가슴이 뛰었다. 자신의 인생에서 시간여행을 하는 순간이 올 줄이야.

문득, 밖에서 보던 사람들이 떠올랐다.

기계실까지 오면서 봤었던 사람들. 그들에겐 분명 생기가 있었다.

'사이버가 어떤 느낌으로 말했는지 알 것 같군.'

65년도의 사람들이 골방 늙은이라면, 10년도의 사람들은 패기 넘치는 젊은이의 모습이었다. 바쁘게 움직이는 그 모습들이 뭔가 활기가 넘쳐 보였다.

"이제 뭘 해야 하지?"

[뭘 하긴요. 이제부터 갓 컴퍼니의 이름으로 몬스터즈를 출시해야죠. 버나드께서 남겨두신 자금들을 활용해 홍보하면 충분히 시선을 끌 수 있을 겁니다. 지금 시대에서는 볼 수 없는 기술력이거든요.]

"대한민국에 먼저 출시해야겠지?"

[일단, 그러는 게 좋을 것 같군요.]

그렇게 프로젝트가 진행됐다. 레너드와 요정들은 만들었던 「몬스터즈」 게임 서비스를 상용화시켰다. 인공지능들이 힘을 합해 준비하니, 불과 한 달도 안 돼서 정상적인 오픈베타가 가능했다. 실로 대단한 능력들이었다.

그리고 2010년 하반기. 그 게임은 초반에 엄청난 대히트를 쳤다.

새로운 수집형 RPG 폰 게임의 등장. 저사양으로도 현존하는 CPU 게임보다 훨씬 좋은 그래픽과 완성도.

사람들은 새로운 게임에 열광했다. 수많은 이들이 몰렸고 게임을 즐겼다. 엄청난 난이도의 게임임을 알기 전까지는 말이다.

그렇게 5년이 흘렀다. 그쯤 되자, 두드러지는 한 유저가 등장했다.

[여기, 이분을 보시죠. 이름 담건호, 닉네임 굳센호랑이.]
"벌써 혼자 70층까지 깬 사람이지?"
[그렇습니다. 나이 25살에 말도 안 되는 컨트롤을 보여주고 있습니다.]
"이 사람으로 할까?"
[으음, 아직 섣불리 판단하기는 이릅니다. 게임에 관해서는 두뇌 회전이 굉장히 빠르지만, 현실에서는 그다지 비범함을 보이지 않고 있어요.]
"이 게임만 잘하면 되는 거잖아."
[타임머신의 기회는 오직 한 번입니다. 좀 더 기다려 보는 게 좋을 것 같습니다. 혹시 모르지 않습니까. 슬로우 스타터가 나타나 100층 먼저 깨버릴지.]
"그러진 않을 것 같은데…… 이거 3년 이후로 완전 망겜 됐잖아. 유입이 없다구."
[크음…… 그건 어쩔 수 없지요. 그래도 일단 두고 봅시다. 아직 시간은 여유 있으니까요.]
"그래, 알겠다."
그렇게 또 시간이 흘렀다. 사람들은 '굳센호랑이'의 플레이를 보고 열광했다. 비록 하드한 난이도에 많은 유저들이 떠나갔지만, 그를 지켜보는 자들은 많았다.
담건호는 단숨에 유명해졌다. 최악의 난이도. 그리고 그걸 손쉽게 깨는 전략. 각종 유튜브와 기사들은 그의 플레이로 도배됐다.
"저걸 저런 컨트롤을 보여준다고?"

"신컨의 재림이네."

"와- 망겜인 줄 알았는데, 저걸 아직도 하고 있었네."

"저기까지 갈 수 있는 게임이었다니……."

사람들은 감동했다. 게임을 직접 플레이하는 것보다는 그의 플레이 모습만 보는 자들도 즐비했다.

그리고-

때는 2021년. 극악의 난이도였던 탑 100층이 한 사내에 의해 클리어됐다. 11년 만에 게임의 엔딩을 본 것이다.

"이제 더 볼 것도 없겠지?"

[네, 저분이 적임자입니다. 아니, 저분은 신입니다.]

"컨택 할까?"

[당장 하시죠.]

결국, 담건호라는 사내의 도움을 구하기로 했다. 레너드는 대한민국으로 직접 가 그와 대화를 나눴고, 자신들의 상황을 오픈했다.

"정신병원에 가보시는 걸 추천드립니다."

"다, 담건호 씨?"

"잡상인 사절요."

콰앙!

단칸방의 문이 닫혔다.

"쩝."

사실, 절대 승낙받지 못할 줄 알았다.

생각해 봐라. 자신이 2065년에서 온 미래인이라 하는 것도 지금 시대에는 정신병 취급받을 일이었고 혹여 그 말이 사실이라 하더라도 그 누가 자신의 목숨을 걸고 미래에 이동하겠는가.

그러나 방법이 하나 있긴 했다.

'잭필드가 알려준 방법.'

사망한 가족들. 지치는 쓰리 잡. 무너져가는 지하 단칸방. 상속을 포기했음에도 찾아오는 건달들. 담건호의 현 상태가 분명히 좋지 않았기에 쓸 만한 방법이기도 했다.

"막대한 부를 약속드립니다! 정말입니다! 미래에서 본 당신의 모습을 알려 드릴까요? 2030년 즈음 과로로 쪽방에서 비명횡사합니다. 찾아오는 이 한 명도 없이 외롭게 혼자 죽는다고요! 그게 무슨 의미가 있습니까! 제가 왜 당신을 상대로 사기를 치겠습니까. 돈 한 푼 없는 당신한테요!"

레너드는 문 앞에서 수없이 그를 설득했다. 그리고 결국은, 승낙을 얻어냈다.

"시간여행? 할 수 있으면 해봐요. 재밌겠네요. 사실 당신 말처럼 이 게임 엔딩 후, 인생의 낙이 없어져 가던 참이었거든요."

"저, 정말입니까? 도와주시기만 한다면, 막대한 부와 이곳으로의 복귀를 약속드리겠습니다. 그 시대 기술이면 5년 정도만 충전하면 충분히 가능한 일입니다."

"부 같은 건 필요 없어요. 전 그저 살아갈 이유가 필요할 뿐이니까."

그렇게 담건호를 영입하는 것으로 첫 번째 시간여행이 막을 내렸다.

"뭔가 이상한데?"

나는 고개를 갸웃했다. 레너드가 말하는 '군센호랑이'는 내가 '닉네임 변경권'을 사용하기 전 아이디긴 했다. 하지만, 난 100층을 깬 적도 없었고, 레너드를 만난 적도 없었다.

"난 저런 기억이 없거든."

"아, 당연히 모르실 겁니다. 제가 지금 말하고 있는 건, 다른 시간 축의 비운 님이니까요."

"……다른 시간 축?"

"네."

그건 또 무슨 소릴까. 나 말고 또 다른 내가 있다는 건가?

"뭐, 소설이나 영화에 나오는 평행우주 이런 개념이야?"

"저도 잘은 모릅니다. 잭필드가 설명하는 걸 듣긴 했는데, 솔직히 뭔 말인지 이해는 못 하고 있거든요."

"하긴, 네가 과학자는 아니니까."

뭔가 기분이 오묘했다. 다른 세상의 '나'라니. 그리고 그 세상의 '나'도 「몬스터즈」를 즐겼다니. 머리가 복잡했다.

'그리고 내가 2030년에 골방에서 죽는 운명이었다고?'

내 운명을 타인의 입으로 듣자니, 기분이 뭔가 싱숭생숭하다.

"너무 복잡하게 생각하실 필요 없습니다. 지금의 비운 님은 현재 이곳 상황에만 집중하시면 되는 거예요."

"……흐음."

"다음 이야기로 넘어가도 되겠습니까?"

"그래, 일단 계속 말해봐."

좀 찝찝했지만. 어차피 고민해 봐야 답은 없다. 그래서 일단 더 들어보기로 했다. 아직, 레너드가 해야 할 말이 많이 남은 듯싶었으니까.

"넵!"

약 11년 동안의 과거 여행이 끝난 후-

담건호라는 사내와 함께 다시 2065년도로 복귀한 레너드는 천천히 탑을 정복하기 시작했다. 과거에서 11년이 흘렀지만, 현재의 시간은 변함없이 2065년이었다.

담건호. 확실히 그는 남달랐다. 생존자들과 몬스터를 대하는 방식부터, 탑을 깨는 방식까지. 폰 게임으로 하던 것을 현실로 하다 보니 처음엔 조금 적응하는 시간이 걸렸으나, 금방 돌아왔다.

생존자들 역시 열광했다. 감각적인 판단과 입이 떡 벌어지는 전투 센스. 사내가 마의 50층을 클리어했을 땐, 다들 눈물을 흘려가며 기뻐했다. 희망이 보이는 것이다. '사이버'가 제시한 시련을 해결할 희망이.

50층, 60층, 70층, 80층……. 시간은 오래 걸렸지만, 꾸준히 깨나갔다. 그리고 사내가 온 지, 15년이 되던 차.

2080년. 마침내 99층을 목전에 두었다.

[진짜 미쳤네요.]

잭필드도 놀랐고-

[어찌 보면 로봇보다 대단한 인간입니다.]

아린 역시 동조했다. 게임의 종주국이라 해서 설마설마했더니, 진짜로 전 인류가 해내지 못했던 걸 혼자의 힘으로 달성해낸 것이다. 그와 함께했던 동료들과 탑 50층 이상을 돌파했던 인원들이 전부 99층에 모였다.

"자, 열쇠 조각을 합쳐서 넣으면 됩니다."

그리고 커다란 철문 앞에 보이는 열쇠 구멍. 그곳에 각 시련의 악마를 잡아 얻은 열쇠들을 붙여 집어넣으려 할 때였다.

파즈즉!

담건호의 신체에서 번개가 한번 튀었다. 그러고는 흔적도 없이 사라졌다.

"응?"

"뭐, 뭐야!"

"갑자기 무슨 일이지?"

주변에 있던 동료들이 당황했다. 자신들을 이끌어줄 리더가 갑자기 종적을 감춘 것이다. 그것도 도전을 막 시작하려는 중요한 순간에 말이다. 기계실 내부도 한바탕 난리가 났다.

[레너드 님! 레너드 님!]

"왜 그러는가."

레너드도 갖은 시간여행과 오랜 세월을 보냈다. 그렇기에 말투가 꽤나 점잖아졌다. 과학 기술의 힘으로 아직까지 외모는 젊어 보였지만 말이다.

[다, 담건호 님이 갑자기 사라졌습니다.]

"뭐? 갑자기?"

레너드가 벌떡 일어났다. 이제 100층을 남겨두고 어디를 간단 말인가.

"잠깐 어디에 가시기라도 한 건가?"

[아닐 겁니다. 추적 장치를 심어놨었는데, 그것마저 아예 흔적도 없이 사라졌습니다.]

"……설마, 이 세상에서 갑자기 사라졌다고?"

이해할 수가 없었다. 어제까지만 해도 함께 대화도 나누고 전략도 짰던 양반이 하루아침에 사라졌다니.

[제기랄! 아무래도 사이버가 수작을 부린 것 같습니다.]

"뭐? 자세히 말해보게!"

[주변에 타임머신 사용 기록이 있습니다.]

"그, 그렇다는 건."

[네, 사이버도 시간여행을 시도한 것 같습니다. 조사해 보니 시간 축이 약 2020년 부근으로 설정되어 있군요.]

"우리가 2021년에 데려왔으니까."

[……아무래도 놈이 2020년도의 담건호 님을 제거한 것 같습니다.]

“뭐라?”

어이가 없는 상황이다. 허탈한 상황. 욕이 절로 나왔다.

이제 클리어를 목전에 앞둔 상황에서 뭐? 과거의 담건호를 제거해?

“그나저나 평행우주 아니었어? 과거로 가서 담건호 님을 죽였다고 우리 쪽 시간 축에 영향을 미치는 게 말이 되는 건가?”

[아무래도 그런 것 같습니다. 저도 사이버가 이런 수를 쓸 줄은……. 전혀 예상도 못 했습니다. 놈도 시간여행이 가능하단 걸 진즉에 파악했어야 하는 건데.]

“제기랄!”

콰앙!

레너드가 기계실 책상을 내려쳤다. 주먹이 짜릿하게 아려왔다. 그런데도 아프다는 느낌이 들지 않았다. 분하고 억울했기 때문이다.

‘오늘을 위해 무려 26년을 버텼는데…….’

세상을 바꾸기 위해서. 사이버를 달래기 위해서. 놈이 제시했던 100층을 점령하기 위해서.

과거에서 11년, 현실에서 15년을 버텼다.

“그 개 같은 놈은 애초에 인류를 봐줄 생각이 없었어!”

열이 뻗쳤다. 피가 거꾸로 솟는 기분이었다.

최초의 인공지능, ‘사이버’는 인류를 그저 유희 거리로 생각하고 있었던 것이다. 놈에게 우리와의 약속은 그저 보증 없는 수표와 같았다. 아무짝에도 쓸모없는 종이 쪼가리.

'멍청한 자식.'

레너드는 자신의 머리를 후려쳤다. 생각해 보니, 놈의 말을 마냥 믿는 게 바보였다. 멍청한 거였다. 사이버가 병신 머저리도 아니고 그딴 약속을 지킬 리 없었다.

그렇게 생각하니 더 열이 뻗쳤다. 26년 동안 사기당한 기분이었다.

[아마, 담건호 님을 제거한 건……. 놈에게도 위협이 되었기 때문일 겁니다. 확실히 그분은 사이버가 통제할 수 없을 만큼 강해졌었으니까요.]

"그럼 어떡하나! 우리도 시간여행으로 다시 담건호 님을 살려야 하는 거 아닌가? 아니다! 그냥 2005년으로 가면 되지 않은가! 가서 사이버를 부수면?"

[우리는 이미 시간여행을 한 번 사용했습니다. 다시 사용하려면 적어도 5년간은 충전해야 합니다. 게다가 과거로 간다고 하더라도 놈을 부수는 건 쉽지 않은 일이에요.]

잭필드의 말이 맞다. 세계 비밀 조직의 철통같은 보안을 고작 레너드 개인이 뚫을 수는 없는 거니까.

"그럼 5년 동안 기다리면 되는 거 아닌가? 그때 가서 다시 담건호 님을 살리면 되는 거 아니냔 말일세! 어차피 사이버도 탄생 코드 때문에 과거의 너희들은 건들지 못할 테니까. 그 5년 동안 너희가 사라지는 일도 없을 테고."

[으음, 아무래도 그럴 수가 없게 되었습니다.]

"왜!"

[모니터를 보시죠.]
잭필드가 기계실의 커다란 화면을 가리켰다. 화면은 사이버가 만들어놓은 시련의 탑을 비추고 있었다.
[놈이 움직이기 시작했습니다.]
쿠구궁!
사이버의 군단들이 탑 밖을 나서고 있었다. 각종 로봇들과 탑 내부에 존재하는 괴물들이었다.
"저건…… 또 뭔가?"
[다시 인류를 공격하기 시작한 거죠.]
콰드득!
탑 주변에 서성이던 도전자들이 한순간에 찢겨나갔다.
슝슝슝!
로봇들이 사방 곳곳을 향해 미사일을 퍼붓기 시작했다. 레너드는 넋 나간 표정으로 그 모습을 쳐다봤다.
"아아……."
역시나였다. 애초에 놈은 인류를 살려줄 생각이 없었다.
이제 희망은 없었다. 놈은 담건호 님을 과거에서 데려왔다는 것을 파악하고, 자신도 과거로 이동해 운명을 뒤바꿨다.
2020년도의 담건호를 제거함으로써 이곳에 있는 담건호의 싹을 잘라 버렸다. 자신에게 해가 될 거 같은 상황이 되자, 자존심을 굽히고 움직인 거였다.
레너드의 유일한 희망, 그가 사라진 현실.
"다 끝났군."

완벽한 자신의 패배였다. 패인은 사이버의 제안을 100% 믿은 것. 오로지 자신의 책임이었다.

[이사님…….]

“미안하다, 다 내 잘못이야. 내가 너무 멍청했네.”

[그건 인정한다만…… 너무 자책하지 마십시오. 상대는 노련한 인공지능 아닙니까. 이사님은 최선을 다했습니다.]

레너드는 무릎을 꿇었다. 머리가 아팠다. 가슴도 아팠다. 사이버가 마음먹고 공격하는 순간, 약 일주일도 안 돼서 인류는 멸망할 거다. 이곳 기계실에 있는 본인을 제외한 모든 인간이 흙으로 소멸할 거다.

“크흑.”

죄책감이 들었다. 인류가 멸망하는 게 꼭 자신 때문인 것 같았다. 그렇게 절망하고 있을 때였다.

[이사님…….]

“……왜 그러는가.”

힘없는 레너드의 목소리.

[사실, 방법이 하나 있긴 합니다만…….]

“응?”

레너드가 고개를 번쩍 들었다. 죽은 눈빛에 살짝 온기가 돌았다.

“방법이 있다 했나?”

[그렇습니다.]

“뭐든 말해보게, 일단!”

이대로 보고만 있을 순 없었다. 지쳐서 포기할까도 싶었지만 사실, 열 받는 게 더 컸다. 아니, 다 떠나서 무려 26년 동안의 노력이 아까워서라도 발버둥 치고 싶었다. 사이버 개새끼.

[놈은 담건호 님의 운명을 바꿨습니다.]

"그렇지, 그러니까 사라지신 거겠지."

[이제 레너드 님이 따라가셔서 그 운명을 다시 바꿔놓으시면 됩니다.]

"응?"

그게 무슨 소릴까?

"따라간다고? 어떻게? 이제 시간여행이 불가능하다 하지 않았나."

[아닙니다. 사실 가능한 방법이 하나 있기는 합니다.]

"뭐?"

'저게 말장난하는 건가?'라고 생각할 때였다.

[사이버가 사용했던 루트의 잔류 에너지가 아직 남아 있습니다. 그걸 잘 추적하면 적은 에너지로도 이동할 수 있죠. 원래 시공 포탈의 길을 낼 때, 가장 많은 에너지가 소모되는 거거든요.]

"그럼 진즉 말했어야지!"

레너드가 버럭 화냈다.

[다만, 사이버가 이용한 시간의 축으로밖에 이동하지 못한다는 단점이 있습니다.]

이미 시공 루트는 사이버가 만든 상태. 2020년으로밖에 이동하지 못한다.

[그리고…… 거의 무너져 가는 상태라 다시 이곳으로 돌아오실 수 없을지도 모릅니다. 오직 흔적만을 이용하는 거라 어떤 부작용이 있을지도 모르는 거고요. 그걸 감안하셔야 합니다.]

"아."

[그리고 계산 결과, 그곳에 도착해서의 생존 확률은…… 많이 희박합니다. 가신다고 하더라도 우리가 사이버로부터 담건호 님을 살릴 수 있을지도 모르는 일이구요.]

"잭필드……."

[네, 이사님.]

"이건 고민할 것도 없는 거 아닌가?"

[네?]

레너드는 생각조차 하지 않았다. 어차피 이곳 세계는 망했다. 그리고 오직 자신만이 그걸 돌릴 수 있다.

그렇다면 시도라도 해봐야 하지 않겠는가? 어차피 안가도 죽는 건 매한가지인데.

"곧바로 시행하게."

[이사님…….]

"일단 저지르고 생각하지."

[알겠습니다.]

그렇게 레너드의 두 번째 시간여행이 시작됐다.

두 가지 선택 중의 하나였다. 이곳에 남아 현실을 받아들이고 죽을지, 과거를 건드려 이곳을 정상적으로 바꿔놓을지.

레너드는 후자를 선택했다. 그냥 그러고 싶었다.

두 번째 시간여행은 일단 무사히 도착했다. 그러나 잭필드의 말대로 부작용이 따랐다.

우선, 사이버가 사용한 루트의 틈을 따라가다 보니 기계실 자체가 과거로 이동해 버렸다.

머신의 오작동. 당연히 잭필드와 아린도 함께 과거로 넘어왔다.

[으음……. 이럴 줄은 몰랐는데요.]

잭필드가 당황했으니, 말 다 한 거지.

"어떻게 된 건가."

[사이버의 본체와 시스템이 섞인듯합니다.]

이게 두 번째 부작용이었다. 놈이 가는 길로 따라가다가 놈과 융합이 되어버린 것.

"뭐?"

[사이버도 당황하는 게 느껴져요.]

"그게 무슨 말인가."

[사이버는 프로그램입니다. 하드웨어가 아니죠. 확실한 건 아니지만, 아마 하드웨어를 구성하는 게 바로 이 탑일 겁니다. 우리는 그 탑 중앙, 50층에 불시착한 것 같습니다. 그러다 보니 자연스레 시스템이 중구난방으로 섞여 버린 거고요.]

"……무슨 말인지 하나도 몰라 먹겠군."

레너드는 골머리 아팠다. 프로그램이니 하드웨어니, 그의 전공이 아니었기 때문이다.

[대충 쉽게 설명하면, 우리가 사이버의 능력을 49% 정도 빼

앗아 왔다고 보시면 될 겁니다. 나쁘지 않은 상황이죠. 아니, 천운이라 봐도 되겠네요. 놈이 가진 기술의 원천이라도 들여다볼 수 있으니.]

"그럼, 이제 어떻게 되는 건가?"

[그전에, 사실 엄청나게 큰 단점이 하나 있습니다.]

"뭔데."

[우리가 이곳 밖으로 벗어날 수 없다는 거요.]

"……?"

[갇혔다고요. 탑 50층에.]

상황은 이랬다. 놈이 2020년에 오고 난 후, 이곳에 시련의 탑을 설치함과 동시에 전 인류에 오픈베타를 실시해 버렸다. 사이버가 2025년에 만들었던 게임, 「몬스터즈」. 그 게임이 현실처럼 변해 버리는 어처구니없는 재앙.

사이버가 그렇게 한 이유는 단순했다. 이곳에 있는 인류를 싹 다 멸망시켜 담건호의 재림을 막기 위함이었을 거다. 놈에게도 담건호는 눈엣가시였을 테니까.

한데, 문제가 생겨 버렸다. 첫 번째 시간여행 과정에서 2010년에 「몬스터즈」를 레너드 측이 먼저 출시했다는 사실을 사이버가 몰랐던 거였다.

이미 「몬스터즈」의 존재를 아는 사람들. 그리고 그걸 10년 동안 즐겼던 고인물들. 사이버의 예상과 다르게 인류는 나름 끈질기게 살아남았다. 오히려 난이도 높은 퀘스트들을 깨는 자들도 나왔다.

그리고 오픈베타 서비스 전 레너드 측이 떨어진 시간은 사이버가 현실을 막 게임으로 만들려고 하는 찰나였다.

[이사님.]

"말하게."

[우리의 목표는 딱 하나입니다. 100층을 점령해 사이버를 부수는 것.]

"그렇지, 놈을 파괴해야 여기 있는 인류가 살고 그래야 내가 있었던 미래도 존재할 수 있는 거니까."

[그 목표를 이루기 위해서는 무조건 고인물들을 살려야 합니다. 특히 담건호 님이요. 데이터를 살펴보니 이곳 닉네임은 '비운'이더군요.]

"그런가?"

[일단, 사이버에게 가져온 통제력으로 고인물들에게 최대한 지원해 주겠습니다. 특히, 비운 님 위주로요.]

"아니, 잠깐만."

[네?]

"데이터를 보게나. 비운 님이 4위잖아."

[아…….]

"비운 님보다 더 대단한 사람들이 있었다니. 그분들한테도 지원을 아끼지 말게."

[으음, 그래도…… 비운 님은 저희가 직접 검증한…….]

"그때랑 지금이랑 다를 수도 있는 거 아닌가."

[일리는 있네요. 일단 모두에게 전폭적으로 지원을 해보겠

습니다.]

"그러게, 쪽지도 돌리지. 대충 오픈베타 실시한다고 둘러대고 특전 같은 거 쥐여주면 될걸세."

레너드와 잭필드는 탑 50층에서 열심히 고인물들을 지원했다. 그와 동시에 사이버가 점령하고 있는 타 층도 천천히 점령해 나갔다. 사이버에게서 가져온 50%의 통제권이 있기에 가능한 일이었다.

바로 사이버와 기계실. 한 하드웨어에 두 프로그램이 동시에 들어와 있다. 그리고 그 둘이서 충돌한다.

잭필드와 사이버의 치열한 수 싸움이다. 만약, 한쪽이 무언가를 건들면 그 빈틈을 통해 다른 것을 만들어 낼 수 있다. 예를 들어 사이버가 자신의 군대 하나를 만들면, 잭필드도 유저들에게 선물할 몬스터를 하나 생산할 수 있었다. 기계실에서 먹을 식량을 창조하면, 사이버도 얻는 무언가가 있다.

그리고 놈이 만든 게임 시스템. 유저들이 그걸 클리어할 때마다, 놈의 정신력이 흐트러진다. 잭필드는 그 순간을 노려 무언가를 더 창조할 수 있었다. 사이버가 정립해 놓은 기술력을 이용하기만 하면 되니, 어렵지는 않았다.

"뭔 말인지 하나도 모르겠군."

[나름 엄청 쉽게 설명한 건데……. 쩝, 이사님이라면 그럴 수도 있겠지요.]

"난 잘 모르겠으니까, 앞으로 이걸 그냥 쉽게 '간섭력'이라 부르게."

[이사님 편하실 대로 하시죠.]

그렇게 간섭력이 탄생했다.

"그 이후는 대충 여러분들이 지금껏 겪어오신 바와 비슷할 겁니다."

레너드의 길고 길었던 설명이 끝났다. 일행들은 할 말을 잃었다.

나 역시 혀를 찼다.

'알파고 엔딩이라니…….'

왜 세상이 이렇게 변했는지. 왜 우리가 100층을 정복해야 하는지. 이제야 깨닫게 된 것이다.

항상 궁금했었다. 사실 처음엔 그냥 초자연적인 존재들의 싸움인 줄 알았다.

'뭐, 틀린 말은 아니지만.'

인공지능이 창조까지 한다. 그게 과연 단순한 컴퓨터일까? 거의 신에 가까운 괴물 아닐까?

'그래도 궁금증은 풀렸다. 어느 정도지만.'

레너드의 말이 전부 사실이라는 가정 아래 우리는 미래에서 건너온 인공지능과 전쟁을 하고 있었던 거다. 내가 즐겨 하던 게임, 「몬스터즈」는 미래에서 만든 게임이었고.

문득, 궁금해졌다. 레너드의 첫 번째 시간여행 당시의 나는 닉네임 '굳센 호랑이', 분명 랭킹 1위였다고 했다. 그런데 지금의 난 닉네임 '비운', 랭킹 4위였다.

"왜 다른 거지?"

레너드의 첫 번째 시간여행으로 인해 「몬스터즈」라는 게임이 2010년에 출시된 거였다. 나도 분명 「몬스터즈」를 즐겼으니, 나도 그 시간 축에 있었던 거 아닌가?

"저도 정확한 건 잘 모릅니다."

"으음……."

"원래, 미래는 수많은 선택의 연속이지 않습니까. 그래서 잭필드가 항상 말했었죠. 시간을 다루는 것은 매우 위험한 일이라고. 나비효과처럼 작은 변화에도 많은 것이 뒤바뀌어 버리니까요."

레너드가 잘 모른다며, 대충 뭉개버렸다.

하긴, 이들도 몇 번 해보지 않은 시간여행. 이들이 전부 알 수는 없을 거다. 그래서 그냥 이해하고 넘어가기로 했다.

그런 게 있겠지, 뭐.

"저 궁금한 거 있어요!"

서은채가 손을 든 것은 그때였다. 본격적인 질문 타임이 시작된 거다. 레너드가 고개를 끄덕였다.

"말해보시죠."

"분명 레너드 아저씨는 2080년도에 사이버를 따라 이곳 시간 축으로 왔다고 했어요. 맞죠?"

"네."

"그때 분명 사이버가 2020년도의 건호 아저씨를 제거했다고 했는데, 왜 2020년 당시, 그러니까 지금의 아저씨가 살아 있는 거예요?"

여기서 아저씨는 날 말하는 것이다.

'그렇긴 하네.'

그리고 서은채의 말도 일리가 있었다. 항상 느끼는 거지만 그녀의 질문은 날카로울 때가 많다. 레너드는 잠시 곰곰이 생각하다 말을 이었다.

"2080년 당시 비운 님이 사라졌다 했었죠?"

"네."

"그게 꼭 사이버가 2020년의 비운 님을 죽였다는 말은 아닙니다."

"네? 그게 무슨 말이에요? 그럼 왜……."

"그냥 놈이 과거로 감으로써 운명이 바뀌었다고 생각하시면 편할 겁니다. 비운 님이 언제 제거되었든……. 존재하지 못할 운명이었기에 사라졌던 거뿐이죠."

"운명이라고요……?"

"네, 저희가 이곳에 따라서 온 이유가 그 운명을 바꾸기 위해섭니다."

어쩐지……. 나는 그제야 이해할 수 있었다. 사이버가 굳이 나를 노리는 이유를. 그것은 미래의 내가 두려웠기 때문이었다. 또 자신을 해할까 봐. 정말 100층을 점령할까 봐.

'내가…… 사이버에게 위협이 된다고?'

압도적인 에너지를 가진 존재. 이곳 세상의 신과 같은 존재감을 뿜어내는 100층의 악마 '사이버'.

'그런 존재가 날 두려워하고 있다니…….'

뭔가 느낌이 오묘했다. 사실 힘을 모으고 모아도 암담한 기분뿐이었는데, 이제야 좀 응원이 되는 것 같았다.

희망이 생겼다. 지금처럼만 하면, 분명히 놈을 잡을 수 있는 날이 올 수 있다는 거니까.

"나도 질문 있어!"

이번엔 주예린이 손을 들었다.

'오, 주예린도 질문을?'

이건 좀 의외다.

"네, 해보시죠."

"2065년 당시의 오빠가 그곳에서 탑을 깨는데 왜 15년이나 걸린 거야? 2010년엔 11년밖에 걸리지 않았다고 했었잖아. 너무 오래 걸린 거 아냐?"

주예린의 질문이었다.

"……."

나는 의아했다. 그런 게 도대체 왜 궁금한 거지? 그냥 그럴 만한 사정이 있지 않았을까?

이번엔 레너드가 여유롭게 답했다.

"2065년은 폰 게임이 아니라 현실이었죠. 당연히 난이도 차이가 있었습니다."

"그래도, 그 당시 오빠는 11년 동안의 노하우가 있었던 거잖아. 2010년도엔 노하우도 없이 11년 걸린 거였고."

"아, 폰 게임으로 출시했을 당시의 몬스터즈와 사이버가 만든 게임은 분명한 차이가 있습니다."

"……그래?"

"네, 말하지 않았습니까. 50층까지만 복원했다고. 그 이후의 층수는 저와 잭필드가 그냥 임의로 만든 스테이지에 불과합니다. 즉, 지금 보시는 50층 이후의 모습이 원래 진짜 사이버가 만든 세상의 모습인 거죠."

「몬스터즈」 게임일 땐, 분명 50층 이후도 스테이지 형식이었다. 하지만, 이곳의 탑은 10층 단위로 세계가 형성되어 있다. 그 차이를 말하는 것이리라.

"아, 맞다. 50층까지만 복원했다고 그랬었지?"

"사실 저희도 놀랐습니다. 50층 이후의 탑이 저런 커다란 대륙 모습일 거라고는 그 당시엔 상상도 못 했거든요."

"그럼 시련의 악마들은 어찌 알았어? 분명 50층 이후 폰 게임에 있는 시련의 악마랑 이곳 대륙의 악마들이랑 똑같았잖아."

오, 주예린. 예리한데?

그러고 보면, 벼락의 땅 부근에서 만났던 '폭군 오우거'도 분명 「몬스터즈」에서 상대했던 놈이다.

"그런 큼지막한 정보들은 다 알고 있었죠. 탑 내부에 힌트도 있었고, 애초에 시련의 탑 1층 문에 조각으로 새겨져 있지 않습니까? 그리고 그 정도는 대충 클라이언트 뜯어보면 나오는 것들이라……. 아마, 잭필드가 그 내용들도 참고했을 겁니다."

오, 서당 개 삼 년이면 풍월을 읊는다고 했던가? 아무것도 모르는 주제에 제법 설명은 그럴듯하다.

질문 타임은 계속됐다. 일행들은 느꼈던 궁금점들을 풀었다.

나는 그 모습을 보며 생각에 잠겼다.

'11년, 15년.'

또 다른 내가 몬스터즈를 클리어하는데 걸린 시간. 100층까지 깨는 시간이 어마어마했다.

'그런데 지금은…….'

고작 1년 조금 넘게 흐른 것 같은데 벌써, 80층을 점령해간다. 실로 어마어마한 속도였다.

'이게 갓 컴퍼니 때문이겠군.'

사이버의 통제력을 일부 점령한 갓 컴퍼니. 덕분에 많은 투자를 받을 수 있었고, 괜히 날 죽이기 위해 무리한 사이버 덕분에도 더 강해질 수 있었다.

'그렇다고 놈들에게 고마워할 이유 따윈 없지.'

사실이 그랬다. 이미 현실이 이렇게 돼버린 거 어쩔 수 없다지만……. 다 저 스톤필드 가문 놈들 때문에 세상이 이렇게 된 거다.

굳이 인공지능을 만들어낸 버나드. 굳이 미래에 일을 과거까지 끌고 온 레너드. 놈들의 병신 짓에 세계가 파멸했다. 그래서 내가 이렇게 고생하고 있는 거다.

'하, 이제야 이해가 가네.'

그때 만났던 죽창 사내. 「갓 컴퍼니」의 직원이라던 남자. 그는 사이버도 갓 컴퍼니도 다 쓰레기들이라 했다. 그러니 나 자신만 믿으라 했었다.

그 말이 이제야 이해가 갔다. 여태껏 단순히 레너드가 멍청해서 쓰레기인 줄 알았다.

그런데 그게 아니었다. 스톤필드 가문은 전 인류를 대상으로 거대한 똥을 싸질러 논 거다. 그리고 그 똥을 치우는 게 빌어먹게도 나와 일행들인 거고.

"야, 레너드."

"넵?"

물론, 이미 저지른 일. 굳이 지금 놈을 탓할 생각은 없다.

아직은 레너드가 필요하다. 잡일은 해줘야 하니까. 죗값은 나중에 사이버를 처리한 후 치르게 해도 된다.

"혹시, 그때 두 번째 메인 퀘스트에서 죽창을 들고 있던 사람도 네가 보낸 거냐? 그 가면 쓰고 나와서 아스모데우스 한 방에 죽인 사람."

그래서 그냥 궁금한 것만 물어봤다. 생각해 보니, 이걸 물어본 적이 없었기 때문이다.

"죽창…… 이요?"

"어, 갓 컴퍼니 직원이라던데."

"으음, 아니요. 그런 존재는 잘 모릅니다."

"나에게 '섬창'(殲槍)이라는 기술을 알려줬었다."

"아?"

레너드의 눈이 커졌다.

"그러고 보니, 그랬습니다."

"뭐가."

"섬창도 그렇고, 지금 생기신 그 '□■■■□'(□□)도 그렇고, 만류귀종도 그렇고……."

"응?"

"다 저와 잭필드가 만든 스킬이 아니었습니다. 그래서 신기했었는데……."

"근데?"

"간혹가다 유저들에게 스킬이 자동으로 만들어질 때가 있긴 합니다. 사이버가 만들어놓은 설정만 잘 따라간다면요. 저희는 그런 것 중 하나인 줄 알았습니다."

"으음, 어쨌든 모른다는 거지?"

"……그렇습니다."

참 오리무중이었다. 다시 뿌연 안개 속을 헤매는 느낌.

또 다른 세력이 있는 건가? 도대체 그 죽창 사내는 누구일까?

"그럼 마지막 질문이요!"

꽤 오랫동안의 침묵 후- 서은채가 다시 한번 손을 든 것은 그때였다. 레너드가 시선을 그녀에게 돌렸다.

"네."

"이번엔 그냥 좀 가벼운 질문인데 괜찮아요?"

무거운 분위기를 전환하려는 것 같았다.

"언제든지요."

"레너드 아저씨는 왜 이리 젊어 보이는 거예요? 살아온 시간은 많았을 텐데."

레너드의 겉모습은 30대 중반. 그런데 시간여행까지 고려하면, 실제 살았던 나이는 거의 60년을 넘긴다.

"하하, 그게 궁금하셨군요. 다 과학 기술의 힘입니다. 잭필드가 신경을 좀 써줬지요."

"와! 진짜요?"

"그렇습니다. 하하."

"저, 저도 알려주시면 안 돼요?"

"야! 나도 알려줘!"

서은채와 주예린이 벌떡 일어났다. 뭔가 결론이 이상하게 흘러가는 것 같았지만……. 어쨌든 레너드와의 이야기는 이렇게 끝이 났다.

시간은 그렇게 물 흐르듯 흘러갔다. 레너드가 탑 80층 점령을 마무리할 동안, 우리는 계속 수련했다.

'소수정예' 멤버들도 많이 성장했다. '기 연공법' 스킬을 획득하는 데 성공했고, 다양한 활용법을 익히기 시작했다.

탑 5~60층대를 돌아다니며 좋은 기운이 있으면 흡수하고, 전투 방법도 숙달했다.

채팅방 고인물들 역시 열심히 움직였다. 체력 단련, 그리고 호흡법. 이 두 가지에 초점을 두고 수련에 몰두했다.

'다들 잘하고 있네.'

분명히 내가 지도해 준 방식이 나중에 큰 도움이 될 거다. 합체족이 올려주는 능력치는 마치 복리 이자 불듯이 올라갈 거고, 이들의 전투력 또한 이전과는 차원이 다르게 오를 거다.

'너무 조급해하지 말자.'

아직 현실이 게임으로 바뀐 지, 2년도 채 지나지 않았다. 내가 과거에 혼자서 놈을 잡은 게 15년이었다 치면, 아직 반의반도 오지 않은 거니까.

'일단 나도 꾸준히 단련하면 돼.'

나는 70층대를 누볐다. 이곳저곳 돌아다니며 깨끗한 '기'가 모인 곳을 찾아다녔다. 그리고 그걸 흡수했다.

다음 전쟁이 또 언제 일어날지 모른다. '사이버'가 미쳐서 또 개입할지도 모르는 일이고. 최대한 포기하지 않고 힘은 길러둬야 했다.

'올릴 수 있는 레벨이랑 등급은 이제 최대치니까.'

가지고 있는 몬스터가 모두 6성이며, 캐릭터 레벨도 만렙이다. 지금 할 일이라고는 합체족 스킬의 숙련도를 올리는 것. 그리고 기를 쌓는 것. 물론, 다른 멤버들도 마찬가지다.

그렇게 시간이 유수처럼 흘렀다. 그렇게 한 약 3개월 정도가 지났을 때였다.

딱 자정이 지나, 해가 넘어가려 하는 그 순간.

[★★축하합니다. 10,004,000골드를 모으셨습니다. 당신의 끈기와 집념에 감탄합니다.★★]

[특수 보상:VIP 상점 이용권]
[집 요정을 찾아가세요.]

'아, 드디어…….'
기다리고 기다리던 순간이 왔다.
VIP 상점은 「몬스터즈」에서 오직 나와 '소수정예' 멤버만이 알았던 숨겨진 이스터 에그(Easter Egg)였다. 이 상점을 개방하기 위해서는 두 가지 조건을 충족시켜야 한다.
시련의 탑 50층 돌파, 소유 골드 천만 골드 돌파.
「몬스터즈」 당시 저 조건을 가장 먼저 넘겼던 사람이 바로 나였다. 애초에 50층 이상 돌파했던 집단이 우리뿐이었고, 골드는 몇 년간 플레이하다 보면 천만은 가볍게 넘기기 때문이다.
합체족을 썼던 내 입장에서, 일반 상점에서 딱히 살 아이템이 없었기에 유난히 빨리 모으기도 했었고.
뭐, 그렇다고 내가 대단하다는 건 아니다. 게임 자체에 사람들이 흥미를 잃고 빠졌기에 최초로 달성했던 거지, 아마 많은 인원들이 도전했으면 최초 달성이 힘들었을지도 모른다.
아닌가? 이 난이도 극악의 망겜을 계속했다는 거 자체가 대단한 건가? 아니면 한심한 건가? 사실 잘 모르겠다.
뭐, 둘 다겠지. 그렇게 생각하자. 그게 편하니까.
[건호오오오!]
늦은 오후. 쉐넌은 역대급으로 흥분하고 있었다. 나에게 풍기는 골드냄새를 본능적으로 알아챈 듯싶었다. 이제는 목소리

만 들어도 안다.

"왜 부르는데."

[뭐야, 뭐야! 세상에 VIP 상점 이용권이라니!]

"봤냐?"

[물론이지! 건호의 아이템 상태나 골드 상태는 집요정이 다 공유할 수 있다고! 역시 난 건호가 해낼 줄 알았어. 날 버리고 잠수 탔던 것도 다 이유가 있었던 거구나? 흐흑, 내 손으로 VIP 상점을 열 날이 올 줄이야! 이건 모든 요정들의 꿈이라고!]

호들갑 떠는 쉐넌. 집요정에게 골드를 쓰는 것이 어떤 의미인지는 모르겠다만, 이제는 그다지 쉐넌이 밉지 않다. 잭필드가 만들어낸 하급 AI라는 것을 알았기 때문이다.

"그럼 잔말 말고 열자."

[알겠어, 헤헷! 신난당.]

VIP 상점 역시, 잭필드가 유저들을 위해 만들었다고 들었다. 두 번째 시간여행으로 이곳에 온 그들은 사이버가 만든 게임의 틀을 뒤져 자신들이 만들었던 '요정', '하우징 시스템', 'VIP 상점' 등등을 급하게 추가시켰고-

그 결과가 이거였다.

[VIP 상점을 개방합니다.]

[세상에 단 하나뿐인 아이템만 취급하는 곳. 오직 당신만을 위한 소중한 아이템을 구매하세요.]

[목록을 띄웁니다.]

조작창에 화면이 떠올랐다. 이곳에 존재하는 모든 아이템은 '유일'이다. 즉, 누군가 구매하면 다시는 그 물품을 살 수 없다. 그렇기에 가장 먼저 개방하는 것이 이득이다. 좋은 아이템을 선점할 수 있기 때문.

좌르르르-

수백 가지의 아이템 목록이 떴다. 일일이 확인하는 작업은 하지 않았다. 예전에 심심할 때, 수도 없이 했기 때문이다.

'일단, 내가 선점해야 할 것만 추려보자.'

나는 목록을 건드려 나에게 필요한 것들을 찾기 시작했다. 다른 것들은 그냥 무신경하게 넘겼다. 이런 건 나중에 추가적으로 돈이 모였을 때 사면 된다.

'흐음, 먼저 캐릭터 스킬부터 채워야지.'

현재 내가 보유한 스킬은 8개다. 그리고 만렙인 내가 보유할 수 있는 스킬은 총 10개. 오늘 이곳에서 2개를 더 채워 넣을 생각이다.

가장 먼저 찾은 것은 전용 스킬 목록 127번째에 등록된 스킬이었다.

[확정 캐릭터 전용 스킬 박스127]

[스킬:'구사일생'(九死一生)]

[등급:S급]

[특성:패시브]

[쿨타임:주에 1번]

[신비한 기운이 당신을 감싸고 있다.]

[목숨이 끊어질 만한 수준의 공격을 받았을 때, 당신을 무작위 지역으로 긴급 이동시킨다.]

[가격:4,000,000골드]

'비싸긴 하지만…….'

VIP 상점의 물가가 대충 2~400만 골드 정도 하니 비싼 건 맞다. 하지만, 그만큼 쓸모 있는 스킬이다.

'예전엔 이딴 게 왜 비쌌는지 몰랐지만…….'

게임에서는 죽어도 살아날 수 있었기에 별 중요하지 않았으나, 현실에서는 이보다 더 소중할 수 없다. 주에 1번 여벌의 목숨을 가질 수 있게 해주는 거니까. 원코인으로 모든 것을 해결해야 하는 이곳에선 하나쯤은 꼭 있어야 할 스킬이다.

'강해지는 건, '기'를 모으면 되고.'

앞으로 있을 탑의 시련은 나도 짐작할 수가 없다. 내가 알던 80층 이후의 정보는 다 쓸모가 없다. 내가 즐겼던 건「갓 컴퍼니」가 만들었던 게임이고, 이제부터 깨야 할 것은 사이버가 만든 게임이니까. 그렇기에 일단 생존에 치중해야 한다.

[우와앗! 400만 골드짜리를 구매한다구? 여기서 제일 비싼 건데…….]

"어, 일단 이거 하나 줘봐라."

[넵, 호개…… 아니, 고갱님! 분부 받들겠습니다!]

쉐넌이 신나게 웃으며 스킬 박스를 건넸다.
나는 그것을 받은 후, 곧바로 다음 목표를 띄웠다.

[확정 캐릭터 전용 스킬 박스42]
[스킬:'절대반사'(絶對反射)]
[등급:S급]
[특성:액티브]
[쿨타임:주에 1번]
[사용 시, 신비한 기운을 일으킨다.]
[상대의 사용 스킬 하나를 그대로 흡수, 반대로 돌려준다.]
[가격:4,000,000골드]

'이것도 사기 중 사기 스킬이지.'
어떤 스킬이든 그대로 받아 되돌려 칠 수 있다. 즉, 두 가지 효용이 한 스킬에 담겨 있는 거다.
상대 스킬 무효화+상대 스킬 복사. 비쌀 만도 했다.
[흐아앙! 건호오오, 너무 지르는 거 아냐? 나 손 떨려!]
"나머지 200만은 킵해둘게."
[알겠어! 또 많이 모아서 와야 해!]
쇼핑은 간단하게 끝났다. 쉐넌을 보내고 간단하게 샤워를 마친 나는 다시 훈련소에 입장했다.
'기를 모으는 것도 좋지만, 훈련도 꾸준히 해야지.'
무사가 꾸준히 칼을 벼리는 것처럼, 창술도 마찬가지다. 아무리 실력이 높아졌다 해도 기초를 무시하다 보면 빈틈이 생기게 마련이다.

"뾸하피, 실베론. 준비해라.'

[아싸! 훈련 시간이다!]

[좋지, 주인.]

이게 참 좋았다. 몬스터를 활용하는 게임에서 신경 쓸 몬스터가 적다는 것.

[어디 오늘도 붙어보자! 은빛 도마뱀! 이번엔 내가 이겨주겠다!]

[또 까부는군. 뿔 달린 닭.]

[뭐엇? 다아아앍? 너 말 다 했어?]

[먼저 하지 않았나.]

[내가 선배잖아!]

[꿍얼꿍얼 시끄럽구나. 나는 나보다 약한 존재를 선배라 생각해 본 적 없다. 꼬우면 이겨보던가.]

[어쭈, 그래? 그럼 하늘의 제왕이 누군지 제대로 보여주마! 주인님! 나 이번엔 '기' 좀 팍팍 줘!]

이를 가는 뾸하피. 말은 이렇게들 한다지만, 사실 다 내가 시킨 일이다.

뾸하피도 내가 애정으로 데리고 가는 몬스터. 80층 이후에도 계속 써먹기 위해서는 끝없이 단련시켜야 한다.

"그래, 적당히들 연습하다 와."

[응! 주인님!]

[적당히 하겠다. 주인 덕분에 산 줄 알아라, 닭.]

[닥쳐! 도마뱀!]

[닭치라고?]

[끼아아아!]

콰가가강!

둘의 전투가 시작됐다. 둘 다 실베론이 가지고 있던 특별한 마법 아이템들을 장착한 상태라, 전투가 다채로웠다.

파즈즈즉! 화르르륵!

훈련소 내부는 어느새 불과 전기로 가득 찼다. 후끈 달아올랐지만, 나에겐 어떠한 충격도 오지 않는다.

'그래. 좀 더 그렇게 성장해라.'

나는 피식 웃으며 창을 들었다. 그리고 가볍게 휘둘렀다. 별다른 건 아니고 베르트랑의 기초 동작이었다.

이제 81층의 도전이 머지않았다. 느낌상 알았다. 레너드도 점령 작업을 끝냈고, 사이버의 움직임도 수상치 않다고 했다.

90층의 악마 사탄. 아마 놈이 움직이고 있는 듯했다.

'이제 얼마 남지 않았어.'

벌써 탑의 80%를 점령했다. 이제 남은 큼지막한 상대라고는 사탄 그리고 형들…… 마지막으로 사이버.

이것들뿐이다.

감회가 참 새로웠다. 뭔가 하나하나 해결되어 가는 기분.

처음 빈서율과 편의점에서 거인을 마주쳤을 때만 해도 여기까지 올 줄이라고는 상상도 못 했었는데.

'인류가 고작 기계 따위한테 당할 순 없지.'

버나드가 만든 희대의 실수이자, 인간의 욕심이 만들어낸 인공지능 '사이버'. 놈을 파괴하는 것이 이제 나의 최우선 목표다. 그것이 바로 내 생존과도 직결되는 일이기에.

과정은 어렵겠지만, 방법은 간단하다. 힌트는 충분히 주어졌다. 놈의 병력을 파괴한 후, 잭필드가 점령할 수 있는 여건을 만들어준다. 그렇게 100층까지 점령한 후, 사이버의 본체를 파괴한다. 완전히 확답을 내릴 수 있는 건 아니지만, 지금은 그것밖에 알 수 있는 게 없다.

후웅! 후웅!

나는 계속 앞으로의 일을 구상하며 창을 휘둘렀다. 그렇게 3시간 정도가 흘렀을까.

"오빠!"

밖에서 주예린의 목소리가 들려왔다. 60층대 여정이 끝나고 돌아온 듯싶었다. 밖으로 나가자 지쳐 보이는 일행들이 도착 후 정비를 하고 있었다.

'소수정예' 멤버들. 그리고 옆에 새로운 손님이 있었다.

운영자 '아린'이었다.

"아린이 우릴 찾았어."

"그래?"

탑 밖에 직접 등장하는 건 상당한 간섭력을 요한다 들었다. 자주 기계실에 들르기에, 굳이 바쁜 일이 아니면 등장하지 않는 녀석인데. 아무래도 무슨 볼일이 있는 것 같았다.

"무슨 일이냐."

[비운 님, 때가 되었습니다.]

"때?"

[80층 정비를 마치고, 81~90층대 지역을 공격하기 위한 만반의 준비가 끝났습니다. 그리고 이사님은 비운 님이 그 전쟁을 도와주시길 바라고 계십니다.]

"뭐, 내가 다 통제하라는 거야?"

[아닙니다. 병력은 기존처럼 네르갈이 통제할 겁니다.]

네르갈이 아군인 이유는 별거 없었다. 초창기 잭필드가 사이버가 방심하는 틈을 타 해킹하는 데 성공했기 때문이었다. 그렇기에 그녀와 연결된 스킬 '네르갈의 재판'(S급)을 나에게 줄 수 있었다 했다.

"우리가 뭘 해주면 되는데."

[간단합니다. 그저 저번처럼 그 지역을 노닐며 휘저어주시면 됩니다.]

"처음 가보는 고층을 휘저어달라?"

[네, 비운 님이 현 회사에서 가장 강한 전력이기에 충분히 가능할 겁니다.]

"모니터링은?"

비점령 지역에서는 내 모습을 관찰할 수 없다. 그러면 또 사이버가 개입했을 때, 제대로 된 대응을 할 수 없겠지. 그걸 짚고 넘어가자는 거다.

[이번에는 전 멤버들에게 특수 장치를 달았기에 저희 지역 밖에서도 모니터링할 수 있도록 해뒀습니다. 게다가 그동안 80층

을 점령하면서 많은 간섭력을 확보해 뒀기 때문에, 놈도 무리하게 간섭하려 하진 않을 겁니다.]

「갓 컴퍼니」가 뭘 요구하든 상관없다. 나도 우선은 사이버를 박살 내고 싶으니까.

단, 한가지 확실히 해둬야 할 건 있다.

바로 나와 멤버들의 목숨. 만약 다시 한번 대책 없는 전략으로 우릴 위험에 빠뜨린다면, 그때는 「갓 컴퍼니」고 '사이버'고 뭐고 없다. 둘 다 그냥 내 손에 박살 나는 거다.

"좋아, 가지."

Chapter 2

전투 준비는 신속하게 이루어졌다. 출동 인원은 나, 그리고 '소수정예' 멤버.

각자 몬스터의 상태를 확인하고 장비를 점검했다. 혹시 모를 비상사태에 대비해 식량도 철저히 준비했다.

사실, 준비에 제일 중요한 게 식량이다.

'하, 진짜 그때만 생각하면…….'

절로 한숨이 나온다. 사이버의 함정에 빠져 탑에서 헤맸을 때. 그때 얼마나 고생했던가. 서은채와 오직 뱀고기로만 굶주림을 달랬었던 그 기억은 아직도 끔찍하다.

'그것도 소금이나 양념 하나 없이…….'

처음엔 나름 맛있게 먹었다지만, 몇 달간 그것만 먹는 것은……. 쩝, 다시는 못 할 짓이다.

'이번에도 그런 일이 없을 거란 보장이 없지.'

대비해서 나쁠 건 없다. 우선 할아버지의 낙타족 '카메르'에 거의 반년 치 식량을 채워 넣었다. 6성에 오르고 숙련도가 올랐기에 공간은 충분했다.

나 역시 따로 식량을 준비했다. 실베론이 줬었던 '드래곤의 인피니티 백'(S급)을 사용하면 된다.

어떤 물품이든 무한대로 저장할 수 있는 아공간 가방. 식량을 넣어둬도 꺼내기 전까지는 계속 신선도를 유지한다는 장점이 있다.

'역시 쓸 만해.'

멤버들이 열심히 쌓아둔 식량 창고를 탈탈 털었다. 할아버지의 '카메르'에 넣고 남은 것들을 싹 다 때려 박았다.

일부로 분리하는 거다. 저번처럼 일행들과 떨어질 수도 있으니까.

'다들 대충 준비는 끝났고.'

다음은 70층대 구간으로 이동했다. 잠깐 떨어져 있었던 골베론과 다시 합류했고 수없이 모여 있는 네르갈의 병력들을 확인했다.

[주인, 드디어 다른 차원으로 가는 거야?]

오랜만에 만난 골베론이 물었다.

"응, 이 세계의 끝을 보러 가야지."

사이버를 처리하는 것. 그리고 이 세계의 진실을 알아내는 것. 골베론의 충성에 대한 대가로 약속한 거다.

난 그 약속을 이행할 생각이었다.

"드래곤 소환 좀 부탁할게."

나는 두 로드에게 드래곤 소환을 지시했다. 전투 전, 가용할 수 있는 건 다 가용하는 게 좋으니까.

[나……. 골베론을 따르는 모든 드래곤 무리들이여, 로드의 소환에 응하라!]

[나……. 실베론을 따르는 모든 드래곤 무리들이여, 로드의 소환에 응하라!]

쿠구궁!

커다란 홀에서 등장하는 가지각색의 드래곤들이 튀어나오기 시작했다.

위험한 존재들의 질서정연한 모습. 그 광경은 언제봐도 장관이었다.

"이들은 우리와 함께하지 않는다. 네르갈 쪽으로 넣어."

실베론과 골베론에게 말했다. 네르갈이 활용하면 더 전략적으로 사용할 수 있을 거란 판단이었다.

두 로드는 각자 부하들에게 지시했다.

[로드의 명을 따르겠습니다.]

[분부 받들겠습니다.]

드래곤들은 두 로드의 말에 끔뻑 죽었다. 저 강력한 존재들의 수장 두 마리가 내 소환수라니.

항상 느끼는 거지만 참으로 든든했다.

"여러분들도 당분간은 네르갈의 통제를 받을 겁니다."

채팅방 용사들 또한 네르갈 쪽에 붙였다.

이들은 아직 나와 함께하기엔 많이 이르다. 능력은 갖췄다지만, 내가 임의로 태워준 버스를 타고 올라왔기 때문이다.

아직 실전 감각이나 경험적인 측면에서는 멤버들에 비해 한참 부족했다.

"맡겨만 주십쇼!"

"이 세계를 돌려내기 위해 싸우겠습니다!"

"비운 오빠, 여긴 저희만 믿으세요!"

이들에게도 대략적인 설명은 마쳤다. 세상이 이렇게 변한 이유와 사이버와 싸워야 하는 이유를.

이들도 알 권리가 있었다. 네르갈의 계약이 있다 해도 이유도 모른 채 싸움만 하도록 강요할 수는 없었다. 그게 얼마나 ×같은지, 서로가 너무도 잘 아니까.

[먼저 가시겠습니까? 포탈은 열어뒀습니다.]

70층의 악마. 역병과 파괴의 여신. 소름 끼치게 아름다운 네르갈이 다가와 고개를 숙였다.

그녀의 뒤로는 저 지평선 끝까지 가득 차 있는 어마어마한 양의 몬스터들이 있었다. 51~80층의 몬스터과 각종 왕국 병력들이었다.

아무래도 잭필드가 지역을 점령하면, 그 구역의 몬스터들을 통제할 수 있는 것 같았다.

'한스라 했던가?'

그란데리스 왕국 출신의 병사. 그도 에르둔 거점 전투 당시

벨제붑 팀이었다가 네르갈 쪽으로 바뀌었다고 했었다.

언뜻 들었다며 주예린이 알려줬던 기억이 있다.

'양은 많지만, 질이 떨어지긴 해.'

그게 문제였다. 층이 올라갈수록 몬스터의 난이도는 더 강해질 거고, 저렇게 많아 보여도 실제로는 어떤 도움이 될지 아무것도 모르는 것.

"그럼 먼저 가서 정찰할게."

[……부디 무사하시길.]

네르갈의 인사를 끝으로, 그렇게 출전의 때가 왔다.

"그럼 다들 심호흡하시고! 가자구요!"

"가서 어떻게든 살아남아 보세!"

할아버지와 주예린의 당돌한 기합을 끝으로 우리는 포탈에 몸을 던졌다.

슈우웅!

화려했던 빛이 사그라들고 새로운 공간이 우리를 반겼다.

"여기는……?"

처음 등장한 곳은 굉장히 삭막한 곳이었다. 우선 하늘에 해가 없었다. 그리고 공간 자체에 붉은빛이 가득했다.

"하늘이 빨개요."

서지호가 위로 손가락을 뻗었다.

"그리고 분위기가 너무 어둡고 축축한데요?"

"일단 집중하고 정찰부터 해."

주예린이 곧바로 핀잔을 줬다.

그래, 새로운 곳에 도착했으면 정찰부터 해야지. 그게 내 1 법칙이다. 역시, 모찌. 잘 배웠네.

'나도.'

눈을 감고 제3의 감각을 펼쳤다. 일단, 이곳의 기운은 굉장히 풍부했다. 71~80층대에 비교해서 거의 1.5배는 되는 거 같았다.

'그건 마음에 들고.'

기감을 더욱더 늘렸다. 그런데도 주변에 감지되는 몬스터나 위험 물질은 없다. 아니, 없는 것 같았다.

'뭐든지 확정하면 안 돼.'

이곳은 시련의 탑. 그것도 사이버가 만든 공간이다. 방심하면 안 되고, 한순간도 정신을 내려놓으면 안 된다.

놈이나 놈의 병력이 언제, 어떤 능력으로 나타날지 모르는 일이니까.

"……이거 긴장되네요."

빈서율이 조용히 읊조렸다. 멤버들 전부 말 수가 급격히 줄었다. 다들 베테랑들. 이제부터 진지하게 임하는 거다. 선발대라는 것은 그만큼 위험하다.

"그래도 너무 긴장할 필요는 없어요."

나는 슬쩍 미소 지으며 말했다. 과한 긴장은 신경을 굳게 만든다.

"언제나 그렇듯, 우리는 살아남을 거고."

항상 그래왔었다. 어떤 위기에 빠지든, 사이버가 어떤 지랄을 하든, 우리는 끝까지 살아왔었다.

"이길 겁니다."

후웅!

창을 꺼내 들었다. 자연스럽게 대열을 갖추고 걷는다.

이제부터 해야 할 것은 정해져 있다.

'이동, 그리고 사냥.'

싸워보지 않고는 알 수 있는 게 하나도 없다. 나는 전투로 이곳 수준을 판단할 생각이었다.

저벅, 저벅.

행군은 지속됐다. 그렇게 몇 시간을 걷기만 했을까.

"정지."

선두에 있던 내가 수신호를 보냈다. 감각에 무언가가 걸려들었기 때문이다.

"뭔가 있어?"

주예린의 물음에 나는 고개를 끄덕였다.

"지금부터 천천히 접근할 겁니다."

"이곳에 와서 보는 첫 몬스터겠군."

양종현이 중얼거렸다.

그렇게 몇 분을 이동했을 때-

[근처에 괴물족 '챠글링'(★★★★★★)이 보입니다.]

[근처에 괴물족 '챠글링'(★★★★★★)이 보입니다.]

[근처에 괴물족 '챠글링'(★★★★★★)이 …….]

우리가 있는 곳보다 낮은 위치. 저지대에 발 디딜 틈도 없을 정도의 몬스터들이 모습을 드러냈다.

"오빠, 챠글링이야!"

주예린이 아는 체했다.

나도 알고 있는 몬스터다. 80층대에 간혹 등장하는 놈들이었으니까.

날카로운 두 개의 앞 손과 탄탄한 하체로 이루어진 벌레 형태의 괴물족. 한 마리, 한 마리의 개체는 약하지만, 상대하기에는 굉장히 까다롭다. 저런 식으로 무리를 지어 다니기 때문이다. 그때도 꽤 고생했던 기억이 있다.

"으, 징그러워요."

서은채가 눈살을 찌푸렸다.

"식량을 따로 챙겨 온 게 다행이로군."

"그죠, 저런 걸 먹을 순 없을 테니까요."

"뭐야, 왜 하필 벌레야."

"보기 좋지는 않구먼."

게임으로 즐겼을 땐 몰랐는데, 바글거리는 놈들을 보자니 나조차도 혐오감이 들 정도다.

"아저씨, 저거 꼭 잡고 가야 하는 거예요?"

"응, 당연히 싸워야지."

"히엑."

"내가 알기로는 여기서 꽤 약한 축에 속하는 놈들이야. 저것도 못 처리하면 사이버는커녕 사탄도 못 잡겠지."

"……알겠어요."

우선, 놈들을 다 처리한다. 그 후, 남은 잔류 에너지들을 일행들과 함께 흡수해서 점차 힘을 기른다. 그렇게 81~90층대에서도 먹힐 수 있을 만큼 '기'를 충당한다.

그게 내 목표였다.

키이이이! 케르르륵!

놈들과의 거리가 가까워질수록, 괴음도 크게 들려왔다. 찐득하고 불쾌한 기운 역시 기분을 더럽게 했다.

"다들 전투 준비!"

그리고 일정 거리에 다가왔을 때, 놈들의 시선들이 일제히 우리를 향했다. 시퍼렇게 빛나는 수많은 눈동자가 간담을 서늘케 한다.

"가자!"

나는 기합을 내질렀다. 그 후, 창을 든 채로 놈들을 향해 뛰어내렸다.

'우선은 기선 제압이다.'

고오오오!

창에 황금빛 기운을 담았다. 오래간만에 선보이는 광역기. '디스트럭션 쇼크웨이브'였다.

'뒈져라.'

'기'와 동시에 운용되는 기술. 황금빛 기운들이 창에서 나와 융단 폭격처럼 떨어진다.

콰가가강!

폭발과 함께 녹아내리는 벌레들. 그러나 이 정도로 전부 다 처리하기엔 놈들이 너무 많다.

어림잡아 계산해 봐도 수천 마리.

"사격 개시!"

수슈슈슉!

'기'가 담긴 볼트들이 고지대에서 날아와 땅에 박힌다.

서지호, 빈서율, 할아버지, 서은채의 석궁이었다.

콰가가강!

볼트는 한 마리만 뚫고 끝나지 않았다. 무언가에 닿는 순간 '기'가 폭발해, 놈들의 육체를 갈기갈기 찢어냈다.

다행인 건, 일행들의 공격이 '챠글링'에게 먹힌다는 것. 일행들이 열심히 수련했던 것도 있지만, 실베론과 골베론의 보물에서 나온 최상급 석궁들을 지급했던 것도 한몫했다.

"커사스! 진혼곡!"

"곰족들, 밀고 올라오는 놈들을 막아라! 버텨내!"

"버프 좀 주세요!"

"저기도 몰렸어요! 광역기 갈기세요!"

전투 방식은 간단했다. 일행들은 뭉친 상태로 커뮤니케이션하며, 각 포지션의 이점들을 살렸고 나는 혼자 허공을 누비며 놈들을 터뜨렸다.

콰가가강!

전투는 순식간에 과열됐다. 일행들의 공격에 놈들의 육체가 토막 났고, 발톱이 찢어졌다.

드래곤의 브레스와 뿔하피의 날개 폭파도 거들었다. 지대 곳곳에 불이 붙었고 사체와 피가 낭자했다. 그렇게 곳곳에 놈들의 비명으로 얼룩졌다.

"언니, 생각보다 할 만한데요?"

"방심하지 마! 아직 반도 처리 못 했어!"

"넵, 알죠."

"너무 힘 빼지 말고! 혹여 연계되어 오는 놈들이 있을 수도 있어."

"네, 다들 이제부터 궁극기는 최대한 아끼겠습니다!"

잘해주고 있었다. 주예린의 말처럼 나 역시 몸을 가볍게 하고 사냥했다.

확실히 '기'의 효능은 대단했다. 일행들의 수준을 이처럼 빠르게 올려놓다니.

'다행이야.'

이 정도 수준이면 이곳 지대도 점령해 볼 만했다. 아직, 제대로 된 보스들을 만난 건 아니지만 말이다.

레너드도 모니터링으로 이 광경을 보고 있겠지.

그렇게 한참을 싸웠다. 챠글링들의 수도 이제는 많이 줄은 상태. 일행들의 표정에도 한껏 여유가 보였다.

그러나 갑자기 기운이 급변하기 시작했다. 공간에 있는 에너지들이 소용돌이치기 시작했다.

[위험! 위험! 위험!]
[허공에 '차원문'이 등장합니다.]

시야에 메시지가 떴다.
"뭐, 뭐죠?"
"차원문?"
"보스인가요?"
"아니, 챠글링은 따로 그런 거 없는데?"
"그럼요?"
"일단, 다들 다시 모여봐!"
주예린은 마무리 사냥을 하고 있는 일행들을 급히 불러모았다.
고오오오…….
하늘에 짙은 보라색의 문이 생겼다. 그곳에서 흘러나오는 막대한 기운.
나는 직감이 말하고 있었다.
'탑의 보스다.'
몇 층의 보스인지는 아직 모른다. 분명한 건, 이곳에 등장한 우리를 맞이하려는 것. 나 역시 일행들에게 돌아가 대기했다.
그아아아아…….
차원 문에서 나온 굉음이 필드 전체에 울려 퍼졌다. 엄청난 에너지가 출렁거렸고 뜨거운 열기가 사방을 가득 채웠다.

"저, 저것은?"

주예린이 다급히 외쳤다. 나는 빠르게 고개를 끄덕였다.

"나도 알아."

놈은 시련의 탑 83층의 보스. 사탄이 심혈을 기울여 만들었다던 골렘이다.

쿠우우웅!

곧이어 놈의 본체가 완전히 등장했다.

커다란 몸체. 용암과 바위가 어우러진 덩어리. 곧이어 뜨는 메시지가 놈이 누구인지 정확히 알려줬다.

[근처에 '거대 마그마 골렘'(★★★★★★)이 소환됩니다. 막대한 열기가 사방을 뒤덮습니다. 모든 대상의 화염 저항이 2단계 내려갑니다.]

"미, 미친?"

"뜨거워요!"

일행들의 안색이 창백해졌다. 몰려드는 열기에 인상을 찌푸렸다.

'이런.'

나 역시 당황했다. 능력치, '화염 저항' 레벨의 강등 디버프. 「몬스터즈」 당시에는 이런 효과가 없었으니까.

'이게 짝퉁과 진퉁의 차이란 건가?'

아무래도 사이버가 만들었다던 게임이 잭필드가 만든 게임의 난이도보다 훨씬 높은 것 같았다.

“아니…… 뜨거운 거랑 별개로 저건 너무 큰 거 아니에요?”

“챠글링이 개미로 보일 정도인데…….”

놈은 진짜 이름 그대로 엄청 컸다. 마치 골렘 형태의 태산 하나가 앞에 서 있는 느낌이었다. 게임에서도 이 정도까진 아니었는데…….

콰앙! 콰앙!

놈이 걸을 때마다 뜨거운 열기가 퍼져 나갔다. 그 위력은 단단한 땅이 반죽처럼 물렁물렁해질 정도였다.

“다들 육체에 기를 두르세요!”

머뭇거릴 시간이 없었다. 수단과 방법을 가리지 않고 열기의 고통 속에서 빠져나와야 했다.

‘기’의 효능은 무궁무진하다. 이미 열기와 냉기를 어느 정도 차단해 준다는 실험까지 마친 상태. 역시, 고통스러웠지만 버틸 만했다.

일행들도 재빠르게 기운을 두른 후 버텨냈다. 그동안 피나는 노력을 했기에 가능한 일이었다.

키에에엑! 캬아아아!

남아 있던 챠글링들이 쭈글쭈글 녹기 시작했다. 마치 돌 위에 생오징어를 굽는 것처럼 타기 시작했다. 놈에게 챠글링은 벌레, 그 이상 그 이하도 아니었다.

‘이거 생각보다 심각한데.’

나는 빠르게 놈의 기운을 스캔했다.

일단은, 해볼 만하다. 아니, 내가 지금껏 모았던 모든 기운을 개방하면 놈을 당장 소멸시킬 수도 있을 거다. 그 정도는 직감으로 알 수 있었다.

하지만 문제는 그게 아니다. 이 정도의 힘을 가진 존재가 겨우 83층의 보스라면? 그 위 보스들과 사탄은 얼마나 더 센 힘을 가졌단 말인가. 거기다 사이버는? 그동안 나름 강해졌다고 생각했건만, 도대체가 끝이 없다.

[그아아아…… 너희들은…….]

게다가 놈은 골렘 주제에 말도 했다.

지성을 가진 골렘이라니. 돌에다 AI라도 심어놓은 건가?

[이곳 세상의 존재들이 아니구나. 으음, 꽤나 시끄럽기에 와봤더니 한없이 약한 종족들이었군…….]

다행인 건, 놈이 우리를 우습게 여기고 있다는 것.

"오빠, 빨리 섬창 갈겨야 하는 거 아냐?"

주예린이 옆으로 와 속삭였다.

나는 고개를 저었다.

"아니, 놈은 화(火)속성인 데다 지성을 가졌어."

"그래서?"

"일단, 소멸시키진 않는다. 잘하면 놈을 테이밍해서 이곳에 대한 정보를 얻을 수도 있으니까."

캐릭터 스킬, 화염의 군주(EX급). 나는 모든 화(火)속성 몬스터들의 군주다. 이용할 수 있는 건 죄다 이용해야지.

[잭필드가 격하게 동의합니다.]

'음?'

새로운 유형의 메시지가 도착했다.

'아……. 모니터링할 수 있다 했었지.'

거기에 추가로 커뮤니케이션 기능까지 더해놓은 것 같았다. 아마 레너드의 생각은 아닐 거다. 잭필드의 센스겠지. 나는 허공에 엄지손가락을 척- 들어 올렸다.

[잭필드가 감사를 표합니다.]

[레너드 님도 응원하고 있음을 전합니다.]

응, 그건 별로 달갑지 않네.

가만히 앉아서 모니터만 보는 놈이 이뻐 보일 수는 없다.

[경고! 경고! 경고! 잭필드가 위험함을 알립니다.]

고오오오!

마침, 골렘이 큼지막한 발을 들어 올렸다. 그걸 보고 경고 메시지를 보낸 것이리라.

'오케이. 전투 시작인가?'

나는 다시 창을 고쳐잡았다. 이윽고 공간이 어두워졌다. 커다란 골렘의 발이 하늘 대부분을 가렸기 때문이다.

[이곳은 약육강식의 세계. 약한 자들은 죽어 마땅하다…….]

"다들 퍼지세요!"

'거대 마그마 골렘'의 기본 공격은 스플래시 대미지다. 그렇기에 뭉쳐 있어 좋을 건 없다.

"궁극기를 배제하고 최대한 딜을 넣는 겁니다!"

그래야 놈을 테이밍할 수 있다.

하, 죽이는 것보다 제압이 더 어려운 건데.

"공격은 알아서 피하시고요!"

퉁!

나는 땅을 박차 허공으로 튀어 올랐다.

"알겠어, 맡겨만 줘!"

"다들 뛰어요!"

일행들은 신경 쓰지 않기로 했다. 주예린이 알아서 잘 통제할 거고, 앞으로도 그녀와 일행들을 완전히 신뢰할 생각이다. 그러기 위해 지금껏 함께 성장한 거다.

콰아아앙!

곧이어 천지를 진동하는 굉음이 울려 퍼졌다. 지진이라도 난 듯 땅이 갈라졌고 그곳에서 용암이 퍼져 오른다.

실로 엄청난 위력. 웃긴 건, 저게 놈의 기본 공격이라는 거다.

'일행들은 무사하군.'

역시, 소수정예 멤버들. 저런 공격에 당할 정도는 아니지.

다들 각자의 방법으로 놈의 공격을 가볍게 피해냈다.

'불지옥을 연다.'

나는 흔들리는 바닥을 바라보며 마음속으로 읊조렸다. 몸 안에 있는 기운들이 심장에 자리 잡은 '화염의 정수'에 밀려들어 가기 시작했다.

[아공간 '불지옥'이 활성화됩니다.]

핑핑거리며 활발하게 가동되는 정수. 놈 못지않은 화염의 기운이 공간을 억누른다.

[호오……. 이런 순도 높은 불의 기운이라니……?]

놈이 관심을 가진다.

"깝치지 마라, 봐주는 거니까."

콰강!

곧이어 익숙한 원형문이 허공에 나타났다.

['불지옥' 내 테이밍된 몬스터들이 출동을 준비합니다.]

['불지옥' 문을 여시겠습니까?]

[문은 10분 동안 열 수 있습니다.]

나는 고개를 저었다.

'아니, 한 마리 방생한다.'

내가 가진 몬스터의 개수는 총 7마리. 그리고 아직까지 한

계도 7마리다.

'기'를 이용하면 이들의 힘을 증폭시킬 수 있다지만, 이제 4성짜리는 그만 보내줄 때가 됐다. 더 좋은 것으로 대체할 수 있다면 말이다.

[방생할 몬스터를 선택하십시오.]

['인페르노'(★★★★)를 방생하시겠습니까?]

['인페르노'(★★★★)를 방생했습니다.]

우선 한 마리를 비웠다. 그래야 놈에게 어느 정도 피해를 가했을 때, 테이밍 메시지가 뜬다. 과거에 즐겼던 '주머니 몬스터' 게임처럼 말이다. 그것도 참 재밌었는데…….

'잡생각 말고.'

이제는 집중해야 할 때. 마침, 놈이 나에게 주먹을 내질렀다.

놈도 본능적으로 아는 거다. 이곳에서 내가 가장 위험한 존재라는 걸.

'느려.'

퉁!

나는 발을 굴려 놈의 주먹을 피해냈다. 거센 바람이 몸의 중심을 흔들었지만 '기'를 둘러 버텨냈다.

'몸이 저렇게 큼지막하니, 속도가 느릴 수밖에.'

파괴력은 인정한다만, 상대하기 어려운 건 아니다. 나는 양손으로 창을 움켜쥔 후 지나간 놈의 팔 부분에 창을 힘껏 찔렀다.

콰아아앙!

기분 좋은 폭음 소리가 들려온다. 전신에 힘을 꽉 준 채로 놈에게 가까이 붙었다. 그리고 계속 찔러넣었다.

온 힘을 다해. 온 기운을 다해. '섬창'(殲槍)이 아니기에 굳이 힘 조절할 필요가 없었다.

쾅!쾅!쾅!쾅!쾅!

돌덩이이니만큼 큰 반발력이 느껴졌지만 개의치 않았다. 이를 악물고 그저 내지를 뿐이었다.

[크아아아아!]

골렘 주제에 신경도 있나 보다.

고통을 느끼는 것 보면. 작은 내 공격이 먹히긴 먹히는지, 놈의 거대한 육체가 점점 뒤로 밀리기 시작했다. 아래를 보니 일행들도 각자의 방법으로 열심히 놈에게 생채기를 내고 있었다.

'튼튼하긴 하네.'

71~80층대에서는 이 정도까지 버티는 놈은 없었는데. 확실히 이곳은 급이 다르다.

"왜, 또 약육강식이니 뭐니 지껄여보시지."

나는 놈을 도발하며 계속 공격했다.

스킬도 쓰지 않았다. 오직 기본적인 베르트랑 찌르기.

끼아아아!

소환된 피닉스와 보티스도 아래에서 놈에게 불을 뿜어대고 있었다. 통하는 것 같지는 않았지만. 그래도 놈에겐 여간 까다로운 게 아닐 거다. 두 발, 몸통, 팔, 머리 등등 각지 각 곳에서 공격을 퍼부어 대고 있었으니까.

[크으, 어디서 이런 놈들이……! 두고 보자…….]

놈이 180도 빙글 돌았다. 널따란 등이 드러났다. 그러고는 발을 들어 달리기 시작했다.

"응?"

저게 뭐 하는 거지?

나는 살짝 당황했다.

쿵!쿵!쿵!쿵!

빠르게 울리는 대지와 함께 열심히 뛰는 골렘. 세상에, 놈이 도망가기 시작한 것이다.

"뭐, 뭐야. 보스가 도망을 가?"

"어떡하죠?"

일행들도 얼이 빠졌다. 솔직히 이런 적이 처음이었기 때문이다.

"어떡하긴 잡아야지."

사탄에게 도움을 청하러 가는 거일 수도 있는데 그러면 좀 곤란해진다. 이곳에 있는 '기'를 웬만큼 흡수하기 전까지는 놈을 만나는 걸 지양할 생각이었으니까.

나는 급히 허공을 박차 날았다. 놈은 크기가 큰 만큼, 도망치는 속도 또한 빨랐다.

[주인! 여기!]

그때였다. 옆에서 본체로 변한 골베론이 다가왔다. 나는 그녀의 날갯죽지를 힘차게 잡았다. 옆을 보니, 실베론과 뿔하피도 함께 따라오고 있다.

"좋아, 골베론. 달려라!"

[응, 저 정도야. 금방이지!]

골베론의 목소리가 뭔가 신나 있었다.

"왜, 기분 좋아?"

[응, 새로운 세계가 있다는 것. 우리보다 강한 존재들이 즐비할 것 같다는 느낌. 삶의 욕구가 샘솟네.]

"다행이네."

[역시, 내 말을 믿으라 하지 않았나.]

실베론이 거들었다.

[아무튼, 붙는다!]

골렘의 뒤통수가 점점 가까워졌다. 지상 생명체가 아무리 빨라 봐야, 날개 달린 드래곤들보다 빠를 순 없었다. 이제 슬슬 마무리해야 할 때.

'생각보다 시시하네.'

나는 창에 내가 가진 온 기운을 담았다. 막대한 기운이 묵빛 창, '무명'(無名) 속을 거닐었다.

[그어어어. 따라오지 마라……!]

위기를 느꼈는지, 골렘이 다급하게 외쳤다. 처음 등장과 다르게 뭔가 귀여운 모습이다.

'뭐, 귀여우면 어떠랴.'

앞으로 내 소환수가 될 존재인데.

나는 싱긋 웃으며 창을 내질렀다.
목표는 놈의 왼쪽 허벅지.
까가가강!
순수한 기운이 놈의 하체에 폭사했다. 나름 집중해서 기운을 끌어냈기에 몸에 식은땀이 가득했다.
[그어어어……. 그만!]
곧이어 놈이 중심을 잃고 쓰러졌다. 태산과 같은 놈이 쓰러지니 세상이 뒤흔들리는 기분이다.
"기다리고 있어."
골베론에게 대기를 명하고, 밑으로 뛰어내렸다. 곧이어, 쓰러진 놈의 뒤통수 위에 착지할 수 있었다.
[자, 잠깐……?]
"응, 기다려."
나는 씨익 웃으며 놈에게 손을 뻗었다. 심장 속 정수가 모션에 맞춰 활발하게 움직인다.

['거대 마그마 골렘'(★★★★★★)을 테이밍하시겠습니까?]

역시. 된다.
"한다."
명료한 대답과 동시에-
[그어어어……!]
놈이 힘차게 포효했다. 그리고 천천히 일어나 무릎을 꿇었다.

완전한 복종의 표시. 79층 보스 '보티스'에 이어 83층의 보스 '거대 마그마 골렘'도 내 손 안에 들어온 거다.

"와, 오빠. 이젠 거마골까지 소환수로 부려?"
"진짜 사기네요……."
"그러게 말일세. 드래곤들도 놀랐는데 이제는 산만 한 골렘까지……."
"너무 게임 혼자 하는 거 아녜요?"
전투가 끝나고 일행들이 다가왔다.
'거마골'은 거대 마그마 골렘의 줄임말. 옛날 소수정예 멤버끼리 부르던 말이다.
철컥!
나는 창을 집어넣었다. 시야를 가득 채웠던 골렘은 이미 사라진 상태였다. '불지옥'의 제한 시간이 끝났기 때문이다.
"다들 괜찮습니까?"
"으음, 딱히 피해는 없는 것 같네."
"네, 생긴 거에 비해 상대할 만했어요."
개인 상태와 몬스터들을 점검했다. 몇 군데 다치거나 찢긴 곳은 있었지만, 결정적인 피해는 없었다. 그마저도 양종현과 서은채의 힐링 세례를 받으니 완벽히 사라졌다.
즉, 깔끔한 승리였다.

'이 정도면 할 만하겠는데?'

오히려 탑 저층보다 쉬웠다. 그만큼 수준이 오른 거다.

그렇다고 방심하면 안 된다. 내가 있기에 망정이지, 그게 아니었다면 거마골을 상대할 때도 꽤나 애먹었을 거다. 그리고 이런 놈이 저번 에르둔 협곡 때처럼 수십 수백이 모인다면? 그건 나도 장담하기 힘들다.

"그럼 오늘은 휴식인가요?"

"이제 뭐 할 거야? 아까 거마골한테 정보 얻는다고 하지 않았어?"

"음, 그건 나중에."

불지옥의 쿨타임은 하루. 놈과 대화하기 위해서는 기다려야 한다.

'굳이 환기를 쓸 필요는 없겠지.'

여유가 되는 한, 궁극기는 아낀다. 무슨 일이 벌어질지 모르는 일이니까.

이곳에 올 때 다짐했던 거다.

"일단은 이곳에 남아 있는 잔여 기를 흡수하겠습니다. 식사도 하고 가시죠."

그렇게 시간이 흘렀다. 붉은빛 하늘은 점점 더 짙어졌고 우리는 각자 가부좌를 틀고 앉아 '기'를 담았다. 나는 딱 절반까지만 먹고 나머지는 일행들에게 양보했다.

아니, 양보랄 것도 없었다. 딱 흡수하는 속도의 차이가 그 정도였다.

“점점 더 강해지는 기분이 드는군.”
“탑 앞에서 수련할 때랑은 차원이 달라요.”
“동감하오.”
그럴 거다.
나도 벼락의 땅에서 극한의 효율을 맛봤으니까. 챠글링들의 잔여 ‘기’와 벼락의 땅을 비교할 수는 없지만, 그래도 탑 앞보다는 훨씬 나았다.
‘다들 점점 수준이 오르는군.’
여기서 몇 달만 버티면, 금방 올라올 거다. 추후, 전투에 큰 도움이 되겠지.

[병아리콩(Lv.80):오빠, 언니들 거기는 어때요?]
[폭행몬스터즈(Lv.80):하아, 우리는 언제쯤 넘어가려나……. 몸이 근질근질한데.]
[아리아리동동(Lv.78):진득하니 좀 기다려 보셈. 며칠이나 됐다고.]

이번 여정은 그래도 뭔가 달랐다. 잭필드가 수를 쓴 건지, 점령 구역이 아님에도 채팅방 통신이 잘 먹혔다. 그래서 답답한 건 없었다.

[모찌(Lv.80):너네 꾸준히 단련해라. 괜히 게으름 피우다 여기 와서 피똥 싸지 말고.]
[병아리콩(Lv.80):거기 많이 위험해요?]

[모찌(Lv.80):아마 그럴걸?]

[병아리콩(Lv.80):헐, 비운 오빠가 있는데도요?]

[모찌(Lv.80):아직 잘 몰라, 우리도.]

[병아리콩(Lv.80):그렇군용.]

[모찌(Lv.80):그래도 기는 나름 풍부한 거 같아. 너네도 조만간 넘어와서 수련하면 더 빨리 강해질 거야.]

그들의 질문은 주예린이 받아줬다. 그녀가 가장 친밀도가 높기 때문이다.

[모찌(Lv.80):참, 네르갈은 잘 해주고?]

[병아리콩(Lv.80):네, 편의를 많이 봐줘요. 별다른 통제도 없고. 우리끼리 모여서 대기 중입니당.]

[모찌(Lv.80):그럼 다음 명령 떨어질 때까지 훈련만 하면 되겠네.]

[병아리콩(Lv.80):넵, 그러려구요. 다들 들었지? 열심히들 해라.]

[조류족성애자(Lv.80):……너만 열심히 하면 된다.]

[문스터(Lv.80):ㅇㅈ.]

[몬스터콜렉터(Lv.76):지금 콩님만 휴식 중임…….]

[병아리콩(Lv.80):쩝.]

네르갈은 이들을 강압적으로 통제하지 않았다. 적어도 훈련에 있어서는 프리했다. 내가 그러라 지시했기 때문이다.

유저들은 다른 병력들과 다르게 성장 가능성도 높고 성장

속도도 빠르니까.

[병아리콩(Lv.80):그래, 어디 누가 기 더 많이 모으나 해보자고.]
[조류족성애자(Lv.80):얼마든지.]
[문스터(Lv.80):댐벼라, 꼬맹이.]

잘들 하고 있는 것 같았다.

다음날 오후.

[아공간 '불지옥'이 활성화됩니다.]

쿨타임이 초기화되자마자, 불지옥 문을 열었다.
"나와라. 거마골."
[그어어어…….]
거대 마그마 골렘이 챠글링이 거주하던 평야에 다시 등장했다. 이제는 놈의 주변에 있어도 딱히 공간이 후끈거리지 않았다. 이제 완전한 아군으로 인식하는 거다.
"야, 거마골."
[그어어……. 말씀하십시오…….]
쿠웅!

놈이 엎드려 우리와 시선을 맞췄다. 혐오스럽게 조각된 얼굴이 땅에 박혔다.

"시간 없으니까 빨리 답해."

주어진 시간은 딱 10분. 그 안에 이곳에 대한 정보를 최대한 캐내야 한다.

[알겠습니다…….]

놈에게 지성이 있다는 건 참 다행인 일이다. 지금껏 불지옥 몬스터들은 '보티스'를 제외하고 다 의사소통이 안 됐으니까.

"우선, 나에게 종속되기 전 기억이 살아 있나?"

[그렇습니다……. 저는 사탄이 만든…… 용암 병기……. 그의 명령을 받아 뿌리 쪽을 순회하고 있었습니다…….]

"뿌리 쪽? 아."

뿌리는 '세계수의 뿌리'를 말하는 걸 거다. 각 차원과 차원을 통하게 해주는 곳. 이곳도 71~80층 차원과 비슷한 구조인가보다.

"일단, 지금 사탄은 뭐 하고 있지?"

[그는…… 누군가의 명을 받아, 급하게 전투를 준비하고 있었습니다…….]

"누군가라."

이곳 세계의 통치자는 사탄. 그 윗 존재라 하면 딱 하나밖에 떠오르지 않는다.

'……사이버.'

내가 잡아야 할 최종 보스. 우리에게 벌어진 재앙의 원인.

나는 말을 계속 이었다.

"전투를 준비한다고?"

[그렇습니다……. 그는 병력을 둘로 나눴습니다…….]

"둘?"

[본인이 정예 병력들을 이끌고 아래 차원을 치겠다 했었습니다…….]

골렘의 시선이 우리가 왔던 방향을 향했다. 세계수의 뿌리가 있는 쪽일 거다. 참고로, 뿌리의 크기가 엄청나기에, 꼭 이동 경로가 겹치리란 보장은 없다.

"아래 차원이라면……."

[벨제붑이 통치하던 차원입니다…….]

"뭐, 그렇겠지. 거기밖에 없겠네."

[아마, 조만간일 겁니다……. 제가 이곳에 올 때, 이미 만반의 준비를 갖추고 있었습니다…….]

"그래?"

나는 하늘을 올려다봤다. 잭필드에게 듣고 있냐 묻는 제스처였다. 이런 정보는 빨리빨리 캐치해야지. 그것에 맞춰 전략을 유동적으로 수정해야 한다.

[잭필드가 고개를 끄덕입니다.]

[레너드 님이 그 말을 듣고 걱정합니다.]

다행히 열심히 모니터링하고 있는 것 같았다.

그래. 그런 거라도 열심히 해야지.

우선, 정보를 더 캐보자.

"그럼 나머지 병력은?"

분명, 병력을 둘로 나눴다 했었다.

[방어 병력입니다……. 그는 누군가 이곳을 침공할 수도 있을 거라 했습니다…….]

하긴, 걔들도 생각이 있을 거다. 잭필드가 열심히 움직이는 동안, 가만히 있을 거라곤 생각하지 않았다.

"병력의 비중은 어떤데?"

[정확히는 모릅니다……. 확실한 건, 사탄이 공격하는 쪽, 울트라가 방어하는 쪽이었습니다…….]

'울트라'(★★★★★★). 내 기억 속, 89층의 보스다. 두 개의 갈고리형 발톱을 가지고 있는 괴물족. 굉장히 튼튼하면서도 빨랐던 기억이 있다.

"공격하는 쪽에 더 힘을 실었겠네."

[아무래도 그렇습니다……. 점령을 최대한 빠르게 해야 한다고 들었습니다…….]

나라도 그랬을 거다. 사이버와 잭필드가 벌이는 게 점령 싸움이라면, 최대한 공격 쪽에 힘을 실을 테니까.

"흐음, 집결 위치는 어디지?"

[사탄은 이미 준비를 갖춘 채 이동 중이었습니다……. 울트라는 북서쪽으로 약 8,000걸음. 병력은 아직도 집결 중입니다…….]

8,000걸음. 아마 본인의 걸음을 말하는 걸 거다. 저 거대한 골렘 기준으로 8,000걸음이라면, 꽤나 먼 곳에 집결하고 있다는 뜻.

나는 고개를 끄덕였다. 그 외, 정확한 위치와 병력들의 수준 등등을 물었다. 그러나 놈이 알고 있는 정보는 큼지막한 것들. 그런 세세한 것들까지는 다 몰랐다. 애초에 그런 것에 무신경한 성격인듯했다.

10분은 빠르게 흘렀다. 지옥문이 닫치고 골렘이 사라졌다.

나는 거마골이 말했던 것들을 정리했다.

'역시, 놈들도 가만히 있는 게 아니었어.'

본격적인 땅따먹기 싸움이 시작됐다. 우리가 이곳을 침공하는 동안, 최소한의 병력으로 수비를 하고 빠르게 71~80층대를 점령하겠다는 거겠지.

아마, 71~80층뿐만이 아닐 거다. 그대로 밀고 들어가 잭필드의 본체가 있는 50층까지 먹어버릴 수도 있다.

[레너드 님이 걱정합니다.]

[빨리 막아야 하는 거 아니냐 묻습니다. 침공은 보류해야 할 것 같다고 합니다.]

메시지는 계속 떴다. 갑작스러운 정보에 레너드도 혼란스러워하는 것 같았다.

"아니, 그럴 필요 없다."

그러나 난 이미 결정을 내렸다.

[레너드 님이 놀랍니다.]

[무슨 말이냐 묻습니다. 잘못하다간 빈집털이 당한다고 합니다.]

일행들의 시선도 나에게 향했다.

"방어도 중요하지만, 거기에 지나치게 매달릴 필요는 없어."

만약, 여기서 후퇴한다? 그럼 놈들이 원하는 바대로 움직이는 꼴이다. 그 넓은 땅에서 놈들을 찾는 것도 무리고, 이미 집결한 병력을 되돌리는 것도 시간 낭비다.

무엇보다 내가 사탄이라면……. 지금의 나처럼 센 놈들만 꾸려서 게릴라를 펼칠 거다. 기동력이 뛰어난 놈들로 말이다.

그런 놈들을 잡겠다고 고생하긴 싫었다. 제대로 잡을 수도 없을 거고.

"어차피, 71~80층 지역. 다 점령하는 데 오래 걸리지?"

[최소 반년은 잡아야 한다고 합니다.]

레너드가 전 병력을 동원해서야 겨우 점령한 땅이다. 사탄이 아무리 강하다 해도 짧은 시간에 점령은 못 하겠지. 그렇다면 방법은 하나.

"네르갈의 병력을 전부 이동시켜. 우리도 놈들과 동일하게 81~90층대를 점령한다."

허공에 대고 말했다.

[레너드 님이 그러다 큰일 난다고 합니다. 그곳을 점령당하면

연결이 끊길 수도 있다고 합니다. 탑 밖으로 이동하기도 힘들 수 있다고 합니다.]

놈이 걱정하는 바는 안다. 그러나, 때로는 공격적으로 움직일 필요도 있는 법이다.

"어차피 잃을 건 없어. 51~80층 병력 대부분은 이미 다 빼온 상태고 '기'도 먹을 만큼 먹었다."

놈들이 거기서 얻을 건 하나도 없다는 말이다. 그냥 무의미하고 지루한 점령이 되겠지.

"반면에 이쪽은 먹을 '기'도 풍부하고, 새로운 병력들도 있지."

풍부한 자원이 있는 놈들의 지역. 허허벌판 비어 있는 우리쪽 지역. 동시에 뒤바뀐다 치면 누가 이득이겠는가?

[잭필드가 감탄합니다.]

[레너드 님이 고개를 갸웃합니다.]

아무래도 잭필드는 내 말뜻을 이해한 것 같았다.

"그리고 우리의 공격이 성공한다면?"

[잭필드가 놈들이 급해질 거라고 합니다.]

역시, 정확히 이해했다.

"맞아, 지금 우리가 느끼고 있는 감정을 사탄이 느끼겠지."

이곳을 점령하면서 힘을 기르고 있다 보면, 사탄이 알아서 우리 쪽으로 올 거다. 발등에 불 떨어지듯 말이다.

"알았으면, 당장 점령 시작해."

[잭필드가 동의합니다.]

선발대의 명령. 본격적인 공격의 시작이었다.

불그스름한 노을과 척박한 대지.

콰득!

'무명'(無名)의 창날이 한 괴물족의 대가리를 가볍게 박살 낸다.

콰가가가!

검은 오오라, 스플래시 효과로 그 뒤에 있던 괴물족 또한 터져 나간다.

손에 착 감기는 느낌. 무명의 레벨도 어느새 37에 달했다.

레벨 30은 탑 71~80층대에서 찍었었다.

'진짜 말도 안 되는 창이야.'

과거엔 본 적도 없는 능력치였다. 스플래시에 방어력 감소에 대미지 뻥튀기까지. 이게 한 아이템에 들어 있는 효과라니 옛날 같았으면 사기 치지 말라고 했을 거다. 과연, EX급이라는 등급이 아깝지 않았다.

'경험치는 계속 채워줘야지.'

이제 다음 성장까지 3레벨 남았다. 등장하는 괴물족들을 계속 처리하다 보면, 언젠가 오를 거다.

서걱!

연달아 몰려드는 놈들의 목을 가볍게 베어냈다.

[크리티컬!]

['키드라'(★★★★★)를 처리합니다!]

간혹가다 보이는 5성짜리 잡몹이다. 물론, 나에게 떨어지는 경험치는 없다. 허공으로 증발한다. 캐릭터 레벨이 만렙이기 때문이다.

그렇다고 아쉬워할 필요는 없다. '무명'(無名)의 경험치를 올리는 거로도 충분히 더 강해질 수 있다. EX급 창이라 그런지 레벨이 더럽게 안 올랐지만.

"후, 확실히 처음 왔을 때보다는 할 만하네요."

"매번 이런 식으로 성장을 해왔을 테니, 건호가 저렇게 강해진 것도 이해가 가는구먼. 허허."

"오빠는 원래 괴물이었고요."

우리는 '울트라'가 있다는 곳으로 가지 않았다. 그 주변을 빙빙 돌며 잡몹들을 처리했다. 놈들과의 전투는 최대한 미루면서 힘을 쌓자는 게 내 생각이었다.

네르갈의 병력은 곧바로 넘어왔다. 시간은 꽤 오래 걸렸던 거 같다. 한 일주일 정도? 병력의 양이 많다 보니, 넘어가는 것도 일이었다.

그들의 목표는 '울트라'가 있는 위치. 정확한 위치는 잭필드가 네르갈에게 공유해 준 것 같았다.

[병아리콩(Lv.80):여기 왜 이리 공간이 시뻘거냐.]

[조류족성애자(Lv.80):그러게, 뭔가 을씨년스럽다.]

[병아리콩(Lv.80):그래도 기 밀도는 충만하네.]

[아리아리동동(Lv.78):우리 이제 싸우러 가는 거임?]

[병아리콩(Lv.80):ㅇㅇ. 그런 거 같은데? 네르갈이 전투 준비 하랬잖아.]

[몬스터콜렉터(Lv.76):근데 솔직히 네르갈 존예지 않냐?]

[병아리콩(Lv.80):ㅋ.]

채팅창 유저들도 함께 넘어왔다. 거기서도 꾸준히 '기'를 쌓는 듯했다.

[잭필드가 때가 되었다고 합니다.]

[잭필드가 도움을 요청합니다.]

잭필드도 꾸준히 메시지를 보내왔다. 대충 네르갈과 울트라의 전선이 맞닿았다는 소리.

"이제 합류해야겠죠?"

"그래야지."

힘을 더 쌓고 싶었지만, 더 이상 시간을 끌 수는 없었다. 절대 전쟁이 우리 없이 벌어지면 안 된다. 힘의 격차가 있기 때문이다.

"슬슬 가보자."

"넵!"

"오케."

우리는 드래곤을 탄 후, 전선으로 이동했다.

Chapter 3

전선은 가까웠다. 대열을 갖추고 있는 합류했다. 네르갈은 기쁘게 반겼고 우리도 자연스레 싸울 준비를 했다. 아직 전쟁은 벌어지지 않았지만, 공간은 이미 짙은 살기로 가득했다.

대열 한가운데. 나는 전방을 바라봤다.

저쪽에서도 우리가 온 것을 눈치챘는지, 전투 대열을 갖추고 있었다.

끔찍하게 생긴 형체들. 수많은 괴물족들이 괴성을 지르며 투레질을 하고 있었다.

"미…… 친, 저것들이랑 싸워야 한다고?"

"우리가 이길 수 있을까?

몇몇 병사들이 한탄했다. 이곳에 오기까지만 해도 위풍당당했던 그들의 기가 한순간에 죽었다. 그만큼 저쪽 병력의 투기는 대단했다.

[당황하지 말거라!]

중앙에 있던 네르갈이 날개를 활짝 폈다. 옥구슬 흘러가는 목소리에는 뭔가 모를 위엄이 서려 있었다. 그녀의 목소리를 들으니 나까지 편안해지는 느낌이다.

[나와 함께했던 병력들은 알 거다! 이전의 전투에서도, 그전의 전투에서도……. 우리는 항상 더 강한 상대와 맞서 싸워왔다!]

네르갈이 힘있게 외쳤다.

[그리고 결과는 항상 우리의 승리였지. 이번이라고 다를 것 없다.]

신기하게도 그녀의 목소리는 저 지평선 끝까지 닿았다. 모든 병력들에게 정확히 전달됐다.

그녀는 이를 악물었다. 항상 차분한 인상이었지만, 그녀도 그녀 나름대로 긴장하고 있는 게 분명했다.

쿠구궁!

전방에서 어떤 움직임이 보인 것은 그때였다. 앞으로 쭉 도열한 괴물들 뒤로 태산만 한 존재가 벌떡 일어났다.

"저, 저건?"

옆에 있던 주예린의 눈이 커졌다. 맞다. 과거에 잡는데 엄청 고생했었던 89층의 보스, '울트라'(★★★★★★)였다.

두 손이 갈고리로 이루어진 짐승 형태. 그냥 보여지는 것만으로도 숨이 막혀오는 그런 놈이었다.

[왔구나, 이계의 버러지들이여.]

놈에게는 여유가 넘쳐 보였다. 말투만 봐도 별 긴장하는 기색이 아니었다.

[사탄께서 하신 말씀이 맞았군. 멍청한 것들. 겨우 그 정도 힘으로 이곳을 점령하려 하다니, 가소롭기 그지없구나.]

키아아아! 키이이이!

울트라의 비웃음과 함께 괴물들이 신나게 웃기 시작했다. 그 기세가 자못 대단했다.

[슬슬 준비해야 할 듯합니다.]

네르갈이 나를 돌아다봤다. 그녀도 알게 모르게 나에게 의지하고 있는 듯했다.

하긴, 그럴 수밖에 없었다. 저번 전투도 솔직히 내가 다 한 거니까.

쿠구구구!

마침, 놈들이 달려오기 시작했다. 선전포고 같은 건 없었다. 괴물들끼리의 싸움에서 그런 예의 따위 차릴 리 없었다. 그냥 먼저 때려죽이고 이기면 장땡이라는 마인드.

[……비운 님.]

"말해라."

[도와주십시오.]

"그래."

후웅!

나는 창을 빼 들었다.

"알아서 지휘해. 왼쪽은 우리가 지원해 줄 테니."

[감사합니다.]

멤버들과 나는 재빨리 왼쪽으로 이동했다. 그쪽으로 이동한 것은 별다른 게 아니다. 오른쪽보다 '기'의 밀도가 더 짙었기 때문이다. 중앙의 울트라는 둘째치고, 다른 강력한 보스가 이쪽에 포진해 있단 거겠지.

'먼저, 상황을 파악하자.'

현장은 다르다 해도 다 「몬스터즈」에서 만났던 몬스터들이다. 그리고 그들의 약점은 다 내 머릿속에 존재했다.

'패턴해제나 섬창을 낭비할 순 없어.'

보스가 몇 마리 남았을지 모른다. 저런 잡 괴물들에게 궁극기를 쓸 수는 없었다. 나는 달려오는 놈들을 쭉 둘러봤다.

'대부분 괴물족들이로군.'

원래 80층대에는 괴물족이 많았던 거로 기억한다.

[위험! 위험! 위험!]

[다수의 적이 접근하고 있습니다.]

[주의를 기울이시기 바랍니다.]

경고 메시지가 떴다. 곧이어 병력과 병력이 맞붙었다.

콰가가강!

엄청난 소리가 터져 나왔다. 괴성과 함성이 한껏 어우러졌다.

'이건 편하네.'

항상 일 대 다의 전투만 해왔다. 이렇게 전쟁터에 함께 참여

하는 것만으로도 기동이 훨씬 자유로웠다. 치고 빠지면서 놈들을 베고 찌를 수가 있다.

[병아리콩(Lv.80):와우, 이거 난이도 미쳤는데?]

[카드값줘체리(Lv.77):이게 80층대에 등장하는 몬스터지?]

[조류족성애자(Lv.80):이놈들 왜 이렇게 단단하냐?]

[폭행몬스터즈(Lv.80):씹망겜 수준;;]

[병아리콩(Lv.80):솔직히 80층 이후는 처음이라…….]

[담배하나피까츄(Lv.75):이런 괴물들을 상대로 93층까지 가신 거요? 비운센세…… 당신은.]

용사들도 끊임없이 떠들며 싸웠다. 나는 한숨을 깊게 내쉬었다. 그러고 보니, 어느 순간부터 탑의 임무 메시지가 뜨지 않는다. 50층까지는 그래도 어느 정도 보상을 받으며 올라왔던 거 같은데. 이제는 알아서 강해지라는 건가?

'쩝, 하긴 이젠 보상 따위 필요 없지.'

'기'로도 충분히 강해질 수 있으니까.

차라리 쌓이는 간섭력을 위급한 전투 때 쓰는 게 훨씬 낫다. '사이버'에게는 오히려 그게 더 잘 먹힐 거다.

'속도 허전하니까.'

아직도 배고팠다. '기'가 쌓이면 쌓일수록 부족함이 느껴졌다.

포식하고 싶은 느낌. 이곳에 있는 모든 '기'를 먹어도 시원찮을 것 같았다.

'어쨌든.'

임무가 없어도 메인 목표는 확실하다. 놈들의 섬멸.

"예전에 게릴라 했다고 했었죠?"

나는 일행들을 바라봤다. 그들은 멀리 떨어져 다가오는 놈들에게 원거리 공격을 날리고 있었다.

"응, 에르둔에서 오빠 오기 전에!"

"그때랑 비슷하게 움직이면 될 거야. 굳이 직접 부딪칠 필요 없어. 최대한 우리 안전을 챙기면서 아군을 지원한다."

"그때보다 훨씬 암담해 보이는데……."

"우리도 그만큼 세졌잖아."

콰가가강!

나 역시 전투 지원을 확실하게 해줬다. 다가오는 놈들에게 '디스트럭션 쇼크웨이브'도 박았고, 뾸하피의 깃털도 난사했다. 우리가 지원하니 확실히 오른쪽보다는 왼쪽이 더 여유로웠다. 그러나 그 여유는 오래가지 못했다.

[경고! 경고! 경고!]

[막대한 기운이 응축됩니다!]

[크아아아아아아!]

'울트라'가 후방에서 힘차게 포효했다. 끈적한 기운들이 아군들의 육체를 속박했다.

[기동력이 20% 하락합니다.]

[공격속도가 20% 하락합니다.]

놈의 광역 디버프였다. 이런 건 어쩔 수 없다. 우리도 그만큼의 버프를 받고 상대에게도 디버프를 넣으면 된다.

"양종현 씨, 서은채."

"네, 아저씨!"

"맡겨주시오."

각종 디버프와 버프가 오갔다. 양쪽 진영에서 다채로운 빛이 터져 나왔다. 버프, 디버프의 향연이었다.

쿠우웅!

허공을 울리는 소리가 들린 것은 그때였다.

하늘에 보랏빛 구멍이 여러 개 생겼고 그 속에서 '무언가'가 미친 듯이 쏟아져 나왔다.

"저, 저게 뭐죠?"

서은채가 물었다.

"제기랄, 울트라의 스킬이야."

"응, 케직스! 날카로운 발톱을 가진 메뚜기류인데 저거 엄청 성가셔."

주예린도 정보를 풀었다. 89층에서 지겹도록 상대했기에 기억하고 있었다. 양 떼기로 밀어붙이는 놈의 원거리 스킬.

키아아아!

적어도 1,000마리는 되어 보이는 케직스들이 밀려들어 왔다. 우스운 건, 이게 1차 웨이브라는 것.
나온 지 얼마 됐다고 뒤에서 1,000마리가 또 생성된다. 놈에게 접근하기 전까진 아마 끊임없이 나올 거다. 그야말로 괴물 생성기.
[방어 태세를 갖추고 사격을 준비하라!]
멀리서도 네르갈의 외침이 들려왔다. 이미 진열은 탱커가 앞, 각종 투석기들과 원거리 공격수들이 후방에 배치한 상태.
[발사!]
네르갈의 명령에 맞추어, 각종 마법과 화살들이 튀어 나갔다. 71~80층대를 점령하면서 얻은 간섭력을 충당했는지 나름 강했다.
콰가가강!
동시 공격이 다가오는 놈들에게 쏟아졌다. 메뚜기 떼들이 일제히 찢겨나갔다. 후두둑! 떨어져 내렸다.
[다시 한번 발사!]
2차 공격이 시작됐다. 이번엔 네르갈의 독 필드도 펼쳐졌다. 에르둔 전투에서도 봤던 네르갈의 광역기.
슈화악!
초록색 독이 퍼지며 메뚜기들을 녹여내기 시작했다.
'역시나 강해.'
네르갈은 언제나 우리를 실망시키지 않는다. 적재적소에 공격을 명령하고 상황에 맞는 스킬을 사용한다. 굉장한 통제력이었다.

키아아아!

네르갈의 독 필드와 지속되는 마법 포격에 수천 마리의 '케직스'(★★★★★)들이 단숨에 녹아내린다.

[폭행몬스터즈(Lv.80):와, 우리 팀도 센대?]

[병아리콩(Lv.80):ㅇㅇ. 우리도 만만치 않은 듯.]

[조류족성애자(Lv.80):괜히 걱정한 건가?]

[아리아리동동(Lv.79):애들아 나 레벨 보셈;; 아까까지만 해도 78이었는데 몇 초나 지났다고 79 됨…….]

[문스터(Lv.80):ㅁㅊ? 몇 초 만에?]

[모찌(Lv.80):여기서 좀만 사냥하면, 만렙은 기본일 거다.]

채팅창 용사들의 감탄사가 들려왔다.

'하지만…….'

저 메뚜기떼를 우습게 보면 안 된다. 지금도 자세히 보면, 죽는 것보다 새로 생성되는 것이 더 많다.

콰가가가!

전방을 가득 채운 먼지와 연기. 고소한 냄새와 함께 그을린 놈들의 사체가 우수수 떨어진다.

그런데도 날라오는 건 변함없다. 전보다 더 많은 양의 '케직스'들이었다.

[다시 한번 발사하라!]

네르갈의 명령이 다시 한번 떨어졌다.

키라라라!

이번엔 드래곤 군단의 브레스가 터져 나왔다. 두 로드의 명에 따라 네르갈의 통제를 받고 있는 용들이었다.

이번 건 아까보다 화력이 더 좋았다. 과연, 광역 공격기로는 1티어라 불리는 드래곤들다웠다.

콰가강!

그린, 레드, 블랙, 블루 등등의 속성 공격이 어우러져 커다란 폭발을 만들어냈다. 그러나 역시, 한계가 있다. 잠깐 숫자가 줄었을 뿐, 다시 쏟아지기 시작했다. 원천적인 문제를 해결하지 않는 한, 메뚜기들은 계속 쏟아질 거다.

'힘을 빼고 시작하겠단 거지.'

아직 놈들은 본격적으로 움직이지도 않았다. 우리의 스킬들을 웬만큼 다 빼고 움직일 생각인 거다. 제풀에 지쳐 자멸하면 더 좋을 거고.

[레너드 님이 한숨을 쉽니다.]

[레너드 님이 절망하고 있습니다.]

[잭필드가 조언을 구합니다.]

모니터링하고 있는 두 존재의 암담한 기분이 느껴져 왔다.

"잘 들어."

조언을 구한다니 말해줘야지.

"이대로 계속 스킬을 남발하다간, 다 뒈지게 될 거야."

[잭필드가 그럼 어떡하냐고 묻습니다.]

"놈의 스킬을 해제해야지."

[레너드 님이 고개를 갸웃합니다.]

"후퇴하면 안 된다. 울트라와의 거리가 멀수록, 놈의 케직스는 감당할 수 없을 만큼 많아져. 그 거리를 좁혀야 한다. 거리를 좁히기만 하면 스킬은 자연스레 해제될 거야."

파훼법의 난이도가 어려워서 그렇지, 방법 자체는 간단하다. 놈에게 일정 거리 이상 접근하면, 스킬을 쓰지 않기 때문이다. 아마 그 스킬을 쓰고 있는 동안, 놈이 취약해지기 때문일 건데……. 과거 '아스모데우스'(★★★★★)의 '레이즈 데드' 스킬 파훼법과 비슷하다고 보면 된다.

"네르갈에게 힘이 더 빠지기 전에 돌격하라 명령해. 위험해 보여도 그게 최선이야."

[잭필드가 알겠다고 합니다. 레너드 님이 그냥 비운 님 혼자 들어가서 쓸어버리면 안 되냐고 합니다.]

뭐? 저 새끼가……?

지가 들어갈 거 아니라고 막말하네.

"야, 무슨 내가 무적이냐? 울트라 한 놈이면 몰라도 보스가 몇 마리 있을지도 모르는데."

뭐, 사실 이길지도 모른다. 싸워보지 않고는 모르는 거니까.

근데 완전히 확신할 수는 없다. 혹여 사이버가 또 함정을 파고 기다리고 있다면, 이젠 정말 끝일 수도 있다.

특히, 레너드를 믿을 수 없다는 게 가장 크다. 저렇게 멍청한데 혼자 뭔 일을 벌이겠는가. 어느 정도 몸을 사려야지.

확신이 있는 상태에서만 움직여야 한다. 내 목숨은 내가 챙겨야 한다.

"눈치 챙겨라, 레너드."

[잭필드가 그냥 무시하라고 합니다.]

응, 안 그래도 이제 그러려고. 앞으로 소통은 잭필드와만 해야지.

잠깐의 시간이 흘렀다. 잭필드의 메신저가 다시 날라왔다.

[네르갈에게 명을 전달했다고 합니다.]

나는 고개를 끄덕였다.

"우리 쪽도 돌격할 거야. 왼쪽은 우리가 커버할 테니, 오른쪽에 힘을 더 실으라 해."

[잭필드가 알겠다고 합니다.]

후웅!

다시 창을 꺼냈다. 지금까지 원거리 싸움이었다면, 이제는 근접전이다. 직접 놈들을 때리고 부수며 전진해나가야 한다.

"후우."

심호흡을 했다. 네르갈에게 제대로 전달됐는지, 원거리 공격이 점차 줄어들었다. 그리고 병력들 또한 근접용 무기를 꺼냈다. 돌격 준비를 갖추고 있었다.

한창 긴장된 병력들의 숨소리들이 들려올 때.

"가자!"

나는 힘차게 외치며 발을 굴렀다.

방향은 끝없이 밀려오는 메뚜기 떼.

동시에, 창에 기운을 절반 정도 집어넣었다.

['디스트럭션 쇼크웨이브'를 가동합니다.]

한차례 뒤집어엎고 시작할 생각이었다.

허공을 시커멓게 물들인 곤충들. 그 징그러운 놈들에게 힘차게 창을 찔러넣었다.

"흐아앗!"

기존의 디쇼가 아니었다. 어느 정도 기운을 담은 디쇼였다. 비록 단일대상 공격인 '섬창'보다야 약하겠지만, 그래도 지금

이보다 더 강한 광역기는 없다 자부할 수 있었다.

콰가가가!

노란 물결이 전방에 폭사 됐다. 물밀 듯이 쏟아져나온 기운의 쓰나미가 케직스들을 단숨에 찢어버렸다.

[크리티컬!]

['케직스'(★★★★★)를 처리합니다.]

['케직스'(★★★★★)를 처리합니다.]

['케직스'(★★★★★)를 처리합니다.]

['케직스'(★★★★★)를 처리……]

시야를 한가득 채우고도 렉 걸리듯 밀려들어 오는 메시지들. 방금 공격으로 '무명'(無名)의 레벨도 1 올랐다.

'여기서 경험치 작이나 하고 싶네.'

나름 쏠쏠했다. 하지만 디쇼도 쿨타임이 있다. 또한 내 '기'도 한계가 있기 때문에 노가다는 힘들다.

[폭행몬스터즈(Lv.80):미친, 저거 뭐냐…….]

[병아리콩(Lv.80):뭐긴 뭐야, 우리 비운 오빠님 기술이지.]

[아리아리동동(Lv.79):진짜, 미쳤다;;]

[조류족성애자(Lv.80):그냥 왼쪽 지역은 다 쓸려 버렸네.]

[폭행몬스터즈(Lv.80):아무리 비운님이라도 그렇지, 드래곤 수백 마리보다 더 세 보이는데?]

[병아리콩(Lv.80):한두 번 보냐?]

[폭행몬스터즈(Lv.80):응, 처음 보는데……]

[병아리콩(Lv.80):그래? 사실 나도……]

그들의 말대로 왼쪽 지역이 텅- 비어버렸다. 일직선으로 크레이터까지 생겨날 정도의 강력한 기술.

"돌격하자!"

"우리도 밀리지 않아!"

자연스럽게 병력들의 사기도 증진됐다. 각자의 무기를 들고 일제히 내달렸다.

케르르륵!

슬슬 케직스 말고 다른 놈들도 섞여 나오기 시작했다.

다양한 잡 괴물족들. 놈들의 투기와 아군의 투기가 비슷해졌다. 힘과 속도에서 밀려도 꿋꿋이 부딪쳤다.

나와 일행들 역시 전투에 참전했다. 내가 배운 모든 기술을 응용하며 6성짜리 괴물족들을 베고 찌르고 돌려쳤다.

키야악!

괴물족 한 마리가 점프했다.

콰드득!

나는 창대를 돌려 놈의 대가리를 박살 냈다. 그 후, 관성으로 인해 돌진해 오는 몸통을 그대로 흘려보냈다. 바닥에 축 늘어진 놈의 사체가 꿈틀거렸다.

"놈들의 급소는 대가리다."

"대가리요?"

뒤에서 볼트로 지원 사격하던 서은채가 물었다.

"어, 괴물족은 대부분 그래."

"알겠어요! 머리만 노릴게요."

"괜히 무리하지 말고 내 근처에 최대한 붙어 있어. 좀만 더 가면 적진이다."

배치는 심플했다. 창을 든 나, 양종현, 주예린이 전방. 그리고 석궁을 쓰는 나머지 넷이 후방이었다.

"난 뭘 하면 되겠소."

양종현이 창을 휘두르며 물었다. 그의 베르트랑 창술도 나름 봐줄 만한 정도다. '아레스의 본능' 스킬 없이 이 정도 실력이라니, 나름 피나는 노력을 했음이 분명했다.

"종현 씨는 항상 주변을 주시하세요."

"……주변?"

"혹여 감당할 수 없는 적이나, 그때 봤었던 눈깔이 나오면 은신 필드를 사용하는 겁니다."

마녀족 '칼리'의 은신 필드. 저번에 이걸로 벨제붑의 시선에서 벗어난 적 있다고 들었다.

"……눈깔이라면."

"사이버를 말하는 겁니다."

"아, 알겠소."

사이버에 대한 대비는 항상 해둬야 한다. 잦은 함정에 이제 노이로제가 걸려 버렸다.

그렇게 전투는 지속됐다. 아직 제대로 된 반격이 진행되지 않아서 그런지 모르겠지만, 전황은 좋았다. 케직스들을 상대로 조금씩 우위를 점했다.

"빈서율 씨."

"네!"

"빈서율 씨는 외각 쪽으로 발 뺄 공간을 확보해 놓으세요."

"알겠어요!"

혹시 모를 함정에 도주할 공간도 만들어뒀다. 목숨은 하나니까.

콰직!

창으로 괴물족 하나의 대가리를 후려쳤다. 과거라면 한 마리 잡기도 버거웠을 놈이 한방에 즉사한다.

[크큭, 제법 기어오르는구나.]

울트라의 비웃음이 들려왔다. 허공에 떠 있는 보라색 구멍들이 하나하나 줄어 들어갔다. 네르갈의 병력들이 잘 싸워주고 있음이리라.

[그래, 이 정도도 안 되면 어디 싸울 맛이 나겠나. 가라! 괴물족들이여. 우리의 투지를 보여라!]

쿠궁!

마침내 놈들의 병력이 움직였다. 케직스들은 더 이상 소환되지 않았다. 대신, 그보다 더한 놈들이 물밀듯 몰려왔다.

"병력 두 개로 나눈 거 맞아요?"

끝이 없었다. 난이도도 점점 높아졌다.

이윽고.

[근처에 '티라노'(★★★★★★)가 등장합니다.]

쿵!

커다란 공룡의 발이 지축을 떨쳐 울렸다. 높이는 약 20m. 거대한 몸체의 적색 눈빛이 우리를 향했다.

"저, 저것은!"

주예린이 다급하게 외쳤다.

"슬슬 등장하네."

놈은 84층의 보스. 티라노. 쥐라기 시대에서나 볼법한 전투 공룡이었다. 이놈도 나름 까다로웠었던 기억이 있다.

시커먼 비늘. 위압감 있는 움직임. 놈이 품고 있는 기운이 주변을 장악하기 시작했다.

"어떡하죠?"

서은채가 물었다.

"어떡하긴 뭘 어떻게. 그냥 죽으러 온 거지."

나에겐 아무런 효과가 없었다. 놈의 기운도 그다지 센 걸 못 느꼈다.

'개이득이지.'

이렇게 한 마리씩 고벨류 존재들을 처리할 수만 있다면 나야 더할 나위 없이 좋다. 한꺼번에 덤벼드는 것보다는 훨씬 덜 부담스러우니까.

[크아아아아!]

놈이 눈을 번뜩이며 포효했다. 날카로운 이빨을 갈며 살기를 뿜어댔다.

"뭐, 어쩌라고."

나는 빙긋 웃었다. 그 후, '패턴 해제' 스킬 2개를 연달아 날렸다.

내가 알기로 놈의 패턴은 딱 2개다. 질긴 피부로 놈에게 치명타가 될 만한 공격을 5번 무시하는 것과 놈의 눈빛에 노출된 단일대상을 즉사시키는 즉사기 패턴.

[크아아아?]

역시나 제대로 먹힌다. 당황하는 놈의 울음만 들어도 안다. 잭필드가 만들어낸 희대의 사기 스킬, 패턴해제.

'쿨타임 돈다고 아낄 필요 없어.'

이럴 땐 제때제때 써줘야 한다. 혹여 울트라가 간섭하면 잠깐 발을 빼면 될 일이다.

솔직히 탑을 오를 때보다 지금이 더 편했다. 탑은 하나하나 깨며 패턴을 외워야 했는데, 이제는 전투로 다 깨부수면 된다.

['섬창'(殲槍)을 가동합니다.]

'섬광'(閃光)할 때, 그 '섬' 자가 아니다. 뭐든지 다 죽여 버릴 거라는 다 죽일 '섬' 자다. 나는 앞으로 나서며 창을 던질 자세를 했다. 그 후, 남은 '기'를 모두 모아 넣었다.

[키에엑?]

놈의 시뻘건 눈동자가 커졌다.

응, 그렇게 귀여운 표정 지어봐야 소용없어.

놈은 화(火) 속성이 아니기에 테이밍도 못 한다.

"잘 가라."

내가 아는 현존하는 단일 대상 최고의 스킬. '섬창'이 놈의 육체를 향해 강렬히 폭사했다.

콰아아아앙!

그리고 고막이 터져 나갈 듯한 소리가 울려 퍼졌다.

시련의 탑 84층의 보스이자, 그 육체의 단단함으로는 보스 중 최상이라 평가했었던 '티라노'(★★★★★★). 그 커다란 놈의 가운데, 구멍이 뻥- 뚫려 버렸다.

쿠우웅!

규격 외의 공룡이 꼴사납게 나자빠졌다. 여타 다른 괴물족들과는 궤를 달리하는 놈이 고작 '섬창'(殲槍) 한방에 나가떨어진 것이다.

"미, 미친?"

"키에에엑?"

주변 병력들의 눈이 경악으로 물들었다. 이성 없이 전투만 할 것 같은 괴물족들도 마찬가지였다. 뭔가 설명 안 해도 알 거 같은 표정이었다.

왜냐, 나도 놀랐으니까.

'이건…… 거의 밸런스 파괴 아니냐…….'

시야 전방의 광경은 처참했다. 단일 대상 스킬임에도 그 '기'의 여파와 진동으로만 수백의 괴물들이 찢겨 나갔다.

티라노 뒤로 땅이 다 뒤집혀 있었고 '기'의 폭풍이 이는 곳에는 뭉게구름이 피어올랐다. 엄청난 에너지의 폭발이 있었다는 증거였다.

"뭐야, 오빠. 핵이라도 쏜 거야?"

주예린이 새된 비명을 질렀다.

핵은 무슨, 겨우 저 정도 범위가 다인데.

근데 그 파괴력은 거의 핵폭탄에 비교해도 될법해 보였다.

"집중해, 이제 시작이니까."

쉴 틈이 없었다. 아직 적들의 수는 수천 트럭이 모자랄 정도다. 겨우 이 정도 성과에 만족할 수 없었다.

타탓!

나는 계속해서 내달렸다. 창을 휘두르며 뭉게구름을 지워냈다.

펑! 퍼퍼펑!

그 후, 창을 연달아 찌르며 적을 터뜨리고 소멸시켰다.

[티라노가 잡히다니, 제법…… 강한 놈도 보이는구나.]

저 멀리서 울트라의 붉은 시선이 느껴졌다. 놈은 두 날을 들이밀며, 오직 나만을 주시하고 있었다.

경계하는 거다. 그만큼 큰 에너지였다.

'저것도 상대해야 하나?'

아니, 안 된다. 아직은 무리다.

이미 궁극기를 대다수 사용하기도 했고, 아직 등장하지 않은 80층대 보스들이 많다. 나는 적들을 공격하며 보스들을 하나하나 정리해 봤다. 과거의 기억들을 끄집어냈다.

81층의 네시. 82층의 킹커랩. 83층의 거대 마그마 골렘.

'거마골은 내가 획득했고.'

84층의 티라노.

'요놈은 방금 죽였고.'

85층의 옥토브. 86층의 골룸. 87층의 벨콥. 88층의 초개스. 89층의 울트라.

'울트라는 저기 멀리 보이는 놈.'

그리고 마지막으로 90층의 사탄이 있다. 문제는 사탄이 누구를 몇 명 데리고 떠났는지 모른다는 것.

적에 대한 정보를 제대로 파악하지도 못한 상태에서, 무리해 들어가는 것은 자살행위와 같다. 아직, 처치해야 할 보스가 8마리나 남았다.

[신나는구나, 주인! 이 얼마 만에 긴장감 넘치는 싸움이야! 나 너무 설레!]

[호들갑 떨지 마라, 골베론. 여기서 방심하면 너라도 위험해.]

[흥, 잘난척쟁이는 신경 쓰지 마시지?]

[너를 위한 게 아니라 주인을 위한 거다.]

옆에서 투덕거리는 두 드래곤 로드. 광풍과 뇌전의 마법이 괴물들을 튀겼다. 허공에 빽빽하게 들어찬 마법진들을 보고 있자면, 과연 이들이 왜 로드라 불리는지 알 만했다.

[진짜 주인을 위한다면, 어디 나보다 한 마리라도 더 잡아봐.]

[또 까부는군. 그 도전 받아주지.]

크아아아!

두 드래곤의 공격에 괴물족들이 우렁찬 포효를 내질렀다. 우습게 잡고 있다 해도 놈들 또한 80층대의 6성 몬스터들. 지금껏 만나왔던 잡몹들과는 격이 다른 놈들이었다.

[근처에 '키메라리스크'(★★★★★★) 125마리가 등장합니다!]

[근처에 '히드라'(★★★★★★) 254마리가 등장합니다!]

[근처에 '오염된 챠글링'(★★★★★★) 182마리가 등장합니다!]

잡아도 잡아도 끝이 없었다. 다 죽이면 또 새로운 놈들이 물밀 듯이 밀려들어 왔다.

"하앗!"

나는 속도를 한 층 더 높여 창을 휘둘렀다.

네르갈 진영에서 가장 강한 사람은 나. 내가 힘을 써줘야, 그나마 전쟁에 승산이 보일 거다.

그렇게 미친 듯이 사냥을 할 때였다. 창에서 화려한 오오라가 터져 나왔다.

'……뭐야, 벌써?'

['무명'(無名)(EX급)의 레벨이 40에 도달합니다.]

['무명'(無名)(EX급)이 한 단계 성장합니다.]

잠깐 창을 내렸다. 허공에 떠 놈들과의 거리를 벌리고 재빨리 정보를 확인했다.

'과연, 뭐가 나왔을까.'

만약 갓 컴퍼니가 주는 스킬이라면 잭필드의 센스를 믿어야 한다.

"미친?"

속에 있는 감정이 육성으로 튀어나왔다.

새로 추가된 스킬은, 조건부 쿨타임 초기화. 몬스터 1,000마리를 처치하면 내가 원하는 스킬 하나를 한 번 더 사용할 수 있단다. '무명'(無名)으로 쓸 수 있는 스킬이라 하면 디쇼나 섬창이 있겠다.

'이거 나름 사긴데?'

조금만 머리를 굴려봐도 안다. 보통 쿨타임 초기화라 하면, 24시간마다 한 번씩 사용할 수 있는 게 국룰이다.

그것만 하더라도 사기 스킬 취급하며 S급이라는 등급이 박힌다. 근데 이 정도 조건으로 쿨타임 초기화라면?

'확실히 나쁘지 않아.'

물론, 탑 등반이나 일반적인 퀘스트 진행 상황에서는 활용하기 힘들다. 지금은 1,000마리가 우습게 보여도 엄청나게 많은 숫자니까.

'하지만 이런 전쟁터라면?'

더할 나위 없이 좋다. 널린 게 잡아야 할 몬스터이기 때문이다.

[잭필드가 스킬을 보고 환호합니다.]
[레너드 역시 놀랍니다.]

뭐야, 놀란다고? 걔네들이 준 거 아니었나?
"야, 이 창. 너네가 만든 거 아냐?"
곧바로 허공에 대고 물어봤다.

[잭필드가 고개를 젓습니다.]
[레너드도 처음 보는 창이라 합니다.]

뭐지, 그럼? 사이버가 만들었다는 건가?
이런 말도 안 되는 창을 나한테 줘서, 놈이 득 볼 게 없었을 텐데.
나는 창을 얻었을 당시를 떠올려봤다. 분명히, 두 번째 메인 퀘스트 당시 '아라둔 왕국' 보물창고에서 픽했던 무기다. 그 당시 내 스킬들에 감응해서 진동을 울렸었지.
'아직은 알 수 있는 게 없군.'
이것에 대해서는 나중에 좀 더 알아봐야 할 것 같았다. 일단은, 지금의 전투에 집중한다.
'고민거리가 사라졌으니까.'
갑작스러운 창의 진화. 이걸로 당장 놈들에게 들어가도 괜찮아졌다. 적어도 자살행위는 아니게 되는 거다.

굳이 따지자면, 가능성 있는 도전 정도?

섬창이 필요하면, 근처에 널린 괴물족들 1,000마리를 잡으면 되는 거니까.

"다들 알아서 뚫어! 잠깐 어디 다녀올게!"

내가 외쳤다. 그러자 서은채가 바로 되물었다.

"어디 가시려고요!"

그녀는 항상 내 주변에 있다. 내 전담 버프 담당이기 때문이다.

"잠깐 놈들 좀 쓸고 올게."

"네?"

"기다려 봐. 금방 올 테니까."

고개를 갸웃하는 서은채를 보며 나는 씨익 웃었다. 그리고 우측으로 내달렸다. 문득, 좋은 생각이 떠올랐기 때문이다.

내가 쓸 수 있는 광역기 중 가장 영향력 있는 스킬, 디쇼를 난사한다면 어떨까? 사용할 수 있는 '기'의 양에는 한도가 있겠지만, 그래도 쓴다면 한방에 1,000마리 이상은 잡지 않을까? 특히나 저렇게 뭉쳐 있는 괴물족들을 상대로 한다면 말이다.

바로 해보기로 했다.

['무명'(無名)이 반응합니다.]

[조건이 충족되어 있습니다. 스킬을 하나 지정하세요.]

창이 힘차게 진동했다. 첫 사용 보너스라도 주는 것인지, 몬스터 1,000마리가 채워져 있다.

"디스트럭션 쇼크웨이브."

현재 쿨타임 진행 중인 디쇼를 말했다. 창은 내 말을 알아들었다는 듯 다시 한번 떨어 울렸다.

['디스트럭션 쇼크웨이브'의 쿨타임이 초기화됩니다.]

좋았어.

그다음 심장 속, 남은 기운을 확인했다.

'으음…….'

이제 10%뿐이 남지 않았다. 초반 디쇼와 섬창에 많은 양의 기를 쏟아부었기 때문이다.

그러나 이것만으로도 충분하다. 섬창급은 아니지만, 디쇼도 나름 증폭기이기 때문이다. 조금의 기운만 있어도 막강한 위력을 자랑한다.

'더군다나 기는 계속 차고 있어.'

그 속도가 어마어마했다. 본래 가지고 있던 '기'의 양보다 더 많이 늘리고 싶을 때, 가부좌를 틀고 연공법을 사용하는 거지 이미 한 번 구축해 놓은 '기'는 사용해도 금방 찬다.

이는 '기'의 성질 때문이다.

밀집된 곳으로 몰리려는 '기'의 특징. 특히, 이런 전쟁터에서는 회복 속도가 더욱 빠르다. 허공에서 떠도는 기운들이 갈 곳이 마땅치 않기 때문이다.

수우우우!

주변에 있는 기운들이 빠르게 들어차는 기분이 들었다.
녀석들이 나에게 외치는 듯했다.
이곳에서 가장 포근한 공간이라고. 빨리 들어가고 싶다고.

['디스트럭션 쇼크웨이브'를 가동합니다.]

내가 있던 곳은 좌측. 괴물족들에게 완전히 밀리고 있는 우측을 향해 나는 창을 휘둘렀다. 한 5%의 기운을 담아서.
콰아아앙!
황금빛 기운이 창격과 함께 몰아쳤다.
콰가가가!
공간을 부수는 굉음과 함께 뭉쳐 있는 괴물족들이 먼지로 녹아버렸다.

[조건이 충족됩니다. 스킬을 하나 지정하세요.]

다시 한번 뜨는 스킬 지정 메시지. 역시나 적은 기운으로도 한 방에 처리할 수 있다.
"다시 한번 디쇼."
그렇게 '쇼'가 시작됐다. 허공을 누비며 노오란 섬광을 뿜어내는 스플래시 학살 쇼였다. 아마 상대에게는 무한 스킬 버그라도 쓰는 것처럼 보일 거다.
"와아아아!"

"비운 님이다!"
"비운 님이 오셨다!"
밀리고 있던 우측 네르갈 진영 쪽에서 환호성이 터졌다. 사기가 피어올랐고 웅크렸던 기세가 더욱 전투적으로 변했다.

[병아리콩(Lv.80):끄아악, 미쳤다! 이 정도면 적이라도 불쌍할 정돈데.]
[조류족성애자(Lv.80):저 스킬을 몇 번이나 쓰시는 거야! 완전 사기 아니냐?]
[병아리콩(Lv.80):계속…… 쓰시는데?]
[카드값줘체리(Lv.77):지금 여섯 번째 갈겼다. 히익? 또?]
[병아리콩(Lv.80):완전 청소기다……. 벌레 청소기.]

채팅창의 반응도 즉각적으로 터져 나왔다.
[무슨…… 이런?]
울트라도 기함했다. 여유로웠던 목소리가 당황함으로 물들었다.

[잭필드가 흥분합니다.]
[레너드 님이 입을 벌리다 턱이 빠졌다는 소식입니다.]

두 구경꾼들의 놀라움도 나에게 전달됐다.

[서은채(Lv.80):아저씨…… 잠깐 어디 다녀온다던 게…….]

[모찌(Lv.80):또 혼자서 다 쓸어버렸네.]

치열했던 전장이 순식간에 조용해졌다. 시끄러울 틈이 없었다. 내가 놈들의 전열을 다 쓸어버렸기 때문이다. 그 광경을 보고 있자니, 뭔가 나 역시 기분이 시원해지는 느낌이었다.

[이…… 건 예상외로군.]

울트라의 독백 소리. 나는 창을 한번 떨친 후, 놈의 시뻘건 눈을 바라봤다. 그리고 웃었다.

"어디 한번 붙어볼까?"

대답 없는 놈의 시선.

나는 그대로 울트라를 향해 내달렸다.

투웅!

허공을 강하게 박찼다. 한 줄기 빛이라도 된 듯 공기를 가르며 질주했다.

'목표는 놈의 머리.'

속도 제어를 잘해야 한다. 잘못하다가 놈의 두 앞날에 걸리면 몸이 두 동강 날 수도 있다. 그렇게 된다면……. 으으, 상상만 해도 끔찍하다.

지이잉!

'무명'(無名)이 사납게 떨렸다. 창에 서려 있는 멸마의 기운이 놈에게 반응하는 것이리라.

[과연, 혼자 덤비는 것인가?]

울트라가 재빠르게 우측으로 이동했다. 나 역시 방향을 틀었다. 어렵지는 않았다. 훈련소에서 수도 없이 연습했던 거니까.
"어딜 도망가?"
투웅!
발로 좌측을 걷어차 방향을 바꾼다. 일그러지는 공간과 함께 놈에게 계속 따라붙는다.
[으음?]
놈이 급하게 날을 들어 올렸다. 하지만 날이 커다란 만큼 빈틈이 많을 수밖에 없다. 난 유려하게 방향을 틀어 그 날을 지나쳤다.
콰아앙!
결국, 내 창이 놈의 대가리에 닿았다. 전속력으로 내지른 창에 놈의 머리가 순식간에 박살 났다. 그 폭발 에너지에 창을 든 왼손이 저릿하게 울려왔다. 터져 나온 놈의 피륙이 내 옷에도 묻었다.

[문스터(Lv.80):ㅁㅊ?]
[병아리콩(Lv.80):하, 한방에?]
[폭행몬스터즈(Lv.80):저거 최종 보스 아니었음?]
[아리아리동동(Lv.80):이번 전쟁에서는 그럴걸?]

채팅창 멤버들의 대화가 보였다.
'……하지만.'
나는 놈의 어깨를 발로 밟으며 중얼거렸다.

[모찌(Lv.80):오빠, 피해!]

슈앙!

후방에서 느껴지는 놈의 발톱.

'알고 있다고.'

나는 허벅지에 힘을 주고 텀블링을 하며 공격을 피해냈다. 그리고 시선을 아래로 해 놈의 상태를 확인했다.

'역시.'

놈은 멀쩡했다. 박살 났던 대가리가 순식간에 자라나 있었고 근처 상처들도 완벽히 아물어져 있었다.

'울트라'(★★★★★★)가 무서운 이유가 이거다. 엄청난 회복력.

[크큭, 제법 강한 놈이로구나.]

놈의 여유로운 목소리가 들려왔다. 여타 괴물족들과 달리 약점이 대가리가 아니었다.

"제길."

예상했지만, 골치 아픈 상대다. 과거 「몬스터즈」에서도 놈을 잡기 위해 거의 100번은 넘게 죽였던 거 같다.

딱히 방법은 없다. 패턴도 아니고 약점도 없다. 그냥 계속 죽이다 보면, 어느 순간 회복력이 떨어진다. 그때, 그냥 몸 자체를 박살 내면 된다.

어찌 보면 참 단순무식한 몬스터. 그러면서도 까다로운 보스.

슈웅! 슈웅!

놈은 지속적으로 날을 휘둘러 왔다. 그 기세가 자못 날카로웠다.

'흠, 다른 놈들은 없나?'

나는 공격들을 피해내며 주위를 둘러다 봤다. 주변에 큼지막한 괴물들이 몇몇 보이긴 했지만, 보스급들은 없었다.

'설마…….'

울트라랑 티라노, 거마골 세 놈만 남겨둔 건가? 그리고 나머지는 다 사탄이랑 떠난 거고?

[잭필드가 근처에 보스급이 없다고 말합니다.]

[레너드 님이 울트라를 어서 박살 내라고 합니다.]

빠직!

레너드 저 새끼가.

머리에 혈관이 돋아나는 기분이었다.

"좀 닥쳐라, 레너드."

나는 다시 허공을 박차 울트라에게 돌진했다.

"나중에 진짜 뒈지기 싫으면."

콰아앙! 콰아앙!

나는 놈의 대가리를 계속 터뜨렸다. 갈수록 더한 강도로 끊임없이 놈을 몰아쳤다.

[레너드 님이 침울해합니다.]

"잭필드, 너도 그만 거 그만 전해."

짜증이 났다. 감각이 극도로 예민해졌다.

피통이 거의 무한인 괴물을 상대하는 느낌.

그런데도 잘못 스치면 골로 갈 수도 있다. 온 신경을 집중해야 하는 전투라는 말이다.

[잭필드가 알겠다고 합니다.]

[잭필드가 현재 네르갈 진영의 상황이 좋다고 합니다.]

힐끔-

울트라와 싸우며 후방을 바라봤다. 확실히 잘 수비하고 있었다. 내가 대다수의 괴물족들을 다 잡아줬기에 가능한 일이었다.

'그래도 다행인 건.'

다른 여타 보스들이 존재하지 않는다는 것. 그렇기에 조금은 여유롭게 상대할 수 있는 것이리라.

[병아리콩(Lv.80):걔는 왜 안 죽어요? 버그에요?]

[폭행몬스터즈(Lv.80):그러게, 저거 끝나긴 하려나?]

[모찌(Lv.80):원래 저런 놈이야.]

[아리아리동동(Lv.80):켁, 옛날엔 어떻게 깨심?]

[모찌(Lv.80):그냥 무작정 팼지, 뭐.]

채팅창 멤버들이 혀를 내둘렀다. 끔찍한 메뚜기 떼에, 거의 무적과 다름없는 육체. 과거에 89층을 다섯이서 깼다는 소수정예 멤버들을 다시 한번 생각해 보는 계기가 된 것이다.
'방법은 주예린의 말대로 그냥 무작정 깨부수는 것.'

['환기' 스킬을 가동합니다.]
['섬창'(殲槍)의 쿨타임이 초기화됩니다.]

나는 합체족 '키네틱'의 스킬.
환기를 미리 사용해 뒀다. 놈의 회복력이 약해지는 게 눈으로 보일 때쯤 한방에 갈겨 버릴 생각이었다.
"잭필드!"

[잭필드가 듣고 있다고 합니다.]

"정말 주변에 아무 보스도 없냐."

[잭필드가 그렇다고 합니다. 지금도 계속 모니터링 중이라고 합니다.]

"혹시, 있을 사이버의 개입은?"

[잭필드가 별다른 움직임이 없다고 합니다.]

"그래, 계속 상황 주시해."

뭔가 불안한 기분이었다. 이렇게 쉬울 수가 없을 텐데.

내가 '사이버'라면 어떻게 했을까. 나를 상대하는 데 고작 저 몬스터 두 마리만 남겨놓고 갔을까?

아무리 생각해도 말이 안 된다. 세상을 게임으로 바꿀 정도로 똑똑한 놈이 말이다.

[날파리 같은 놈. 어디 계속 공격해 보거라.]

특히, 저 의미심장하게 웃고 있는 울트라를 보니 더 기분이 나빴다. 마치, 어떤 수작이라도 부릴 것 같은 느낌. 그리고 경험상 그 기분은 항상 적중한다.

나는 다시 허공을 박차 뒤로 빠졌다. 아무래도 지금은 '기'가 좀 부족한 상태라 조금 정비를 해야 할 듯싶었다. 어차피 지금 이 상태로 후퇴해도 전쟁에선 크게 승리했다.

놈들의 병력도 거의 괴멸했고 보스도 한 마리 잡았다. 우리의 피해도 나름 만만치 않았지만, 그래도 놈들보다는 아니다.

"잭필드!"

[잭필드가 고개를 갸웃합니다.]

[레너드 님이 왜 도망가냐 묻습니다.]

두 구경꾼이 당황했다.

[모찌(Lv.80):오빠, 왜 갑자기?]

주예린도 물어왔다.

"뭔가 느낌이 이상해. 일단, 후퇴하고 다시 정비하자!"

[레너드 님이 그게 무슨 소리냐 묻습니다.]

"시키는 대로 해!"

만약, 또다시 사이버가 개입한다면 짜증이 솟구칠 것 같았다.

[Error! Error! Error!]

[Now Reloading……]

그때였다. 적빛이었던 하늘이 시커메지기 시작했다.

그리고 느껴지는 끔찍하게 오싹한 시선.

'설마.'

나는 멈춰서 하늘을 올려다봤다. 네르갈 진영을 기점으로 사방팔방에 총 7개의 커다란 구멍이 생기고 있었다.

'……×발.'

이건 또 뭐야.

[잭필드가 갑작스러운 사이버의 개입이 관측됐다고 합니다!]

[아무래도 사탄 쪽 병력을 강제로 이동시키는 중인 것 같다고 합니다!]

나는 한숨을 내쉬었다.
그럼 그렇지. 이렇게 쉽게 넘어갈 리 없었다.
"잭필드, 너는 뭐 방해 같은 거 못해?"

[잭필드가 너무 갑작스럽다고 합니다.]

"뭐라도 좀 해보라고! 니네가 하는 게 구경 말고 뭐가 있냐!"

[잭필드가 열심히 찾아보겠다 합니다.]

제기랄. 역시, 구경꾼 놈들은 도움이 안 된다.
쿠궁!
곧이어 강렬한 폭발이 일어났다.
[쯧쯧, 역시 예상대로 이곳에 다 모여 있었구나. 불쌍한 아해들이여.]
이윽고, 한 여성의 목소리가 들려왔다.
90층의 악마이자, 시련의 악마 중 끝판왕. '사탄'(★★★★★★)의 등장이었다.
묵빛 날개. 인간 여성의 모습. 그리고 느껴지는 막대한 기운.
'거의 내 최상 컨디션일 때와 비슷하거나 좀 더 위야.'
난감한 상황이었다.
'사탄'이 저 정도로 강할 줄이야.
그뿐만이 아니었다.

81~90층대를 아우르는 남은 보스들이 일제히 등장했다.
"미친."
놈들의 함정이었다. '사이버'가 밀리는 상황에서도 여태껏 방해하지 않았던 이유.
다 지금 이 순간을 위해서겠지.
아마 처음부터 이럴 생각이었을 거다. 일부러 자리를 비운 척 우리를 유도한 후, 자신들의 세력을 무리해서 끌어들이는 것까지. 전부 다 계획되어 있었던 거다.

['사이버'의 전장 필드가 적용됩니다.]
[악마족, 괴물족들의 능력치가 150% 상승합니다.]
[그 외 종족의 능력치가 150% 하락합니다.]

"……참."
거기에 디버프까지 떨어졌다. 가벼웠던 몸이 갑자기 무거워진 느낌이 들었다. 불쾌한 두통이 일었다.
"뭐, 뭐야! 저것들은!"
"어떡해! 몸이 아까만큼 잘 안 움직여!"
"답답해……."
네르갈 측 병력들도 당황하기 시작했다.
'이젠 어쩔 수 없어.'
싸워야 한다. 퇴로는 다 막혀 있고 이미 일어난 것을 돌릴 수는 없다.

이건 분명히 내 실책도 있다. 뭐가 어찌 됐든 이곳으로의 공격을 명령한 것은 나니까.

"후우."

심호흡을 하고 창을 다시 고쳐잡았다. 당했다고 흥분하면 안 된다. 냉정을 유지해야 했다. 「몬스터즈」에서는 이보다 더 암담한 상황도 수도 없이 겪었으니까.

[감히 탑을 거스르려 한 죄. 달게 받거라.]

허공에 나타난 사탄이 두 손을 높게 들었다. 그 사이로 엄청난 기운의 흐름이 느껴졌다.

"다들 흩어져!"

나는 후퇴하며 멍하니 서 있는 병력들에게 외쳤다. 이미 괴물족들은 거의 다 소멸한 상태. 이제 다 같이 저 8개의 존재들과 싸워야 한다.

[병아리콩(Lv.80):어떻게 된 거예요?]

[폭행몬스터즈(Lv.80):뭐야, 저 여자는! 갑자기 손들고 뭐하는데?]

[모찌(Lv.80):상황이 안 좋게 됐어! 저건 메테오야. 뭉쳐 있으면 안 돼! 다들 피해!]

[아리아리동동(Lv.80):설마 저거…….]

[모찌(Lv.80):맞아, 저게 90층의 악마 사탄이야!]

[아리아리동동(Lv.80):지져스…….]

그야말로 암담한 상황.

쿠구구궁!

곧이어 하늘에 커다란 운석이 등장했다.

'사탄'의 궁극기. 메테오 스트라이크(Meteor Strike).

장담컨대, 저 한방이면 네르갈 측 진영은 궤멸이다. 당시 「몬스터즈」 때는 우리 다섯만 피하면 됐었기에, 무리 없었지만…… 이런 전쟁에서는 그야말로 끔찍한 기술이다.

'어쩔 수 없다.'

저 운석을 중화시킬 수밖에.

네르갈 측 병력이 여기서 다 당해 버리면, 앞으로 점령할 때 더 시간이 걸릴 수밖에 없다. 최대한 막아내고 후퇴할 수 있는 여건을 마련해 줘야 한다.

"다들 도망치라고 전달해! 이곳은 내가 맡는다!"

[잭필드가 고개를 끄덕입니다.]

[레너드 님이 비운 님을 향해 기도합니다.]

나는 창을 들었다. 그리고 마음을 다잡았다.

일대 다의 싸움은 내 전문. 저 여덟 존재에게 지금껏 키워왔던 내 힘을 보여줄 생각이었다.

펑! 퍼퍼펑!

보스들의 총공격이 시작됐다. 괴물족을 간신히 상대하던 네르갈 진영의 입장에선 마른하늘에 날벼락이었다. 각자 보스들은 자신만의 고유 스킬로 아군을 유린하기 시작했다.

"끄아아악!"

"사, 살려줘!"

어찌해볼 새도 없었다.

고작 여덟 존재. 그 존재들은 지금까지 상대했던 괴물족들과 차원이 달랐다. 말 그대로 규격 외의 존재들이었다.

[폭행몬스터즈(Lv.80):미친, 우리 다 죽는 거야?]

[카드값줘체리(Lv.80):ㅅㅂ, 어쩐지 탑답지 않게 쉽더라. 한 마리도 벅찬데 8마리라니…….]

[문스터(Lv.80):닥치고 집중들 해라.]

[병아리콩(Lv.80):모찌 언니, 우리 어떡하죠? 세상에, 저 커다란 운석은 뭐야. 나 손 떨려.]

설상가상이었다. 엄청난 화력을 퍼붓는 보스들 외에도 '사탄'의 메테오 스트라이크까지 다가오고 있었으니까.

'이건…….'

나는 창을 들고 떨어지는 운석을 노려봤다.

'몬스터즈 때보다 훨씬 강력해.'

전반적인 수준이 과거의 게임을 상회했다.

저 운석도 그렇고 보스들도 그렇고.

망할 레너드. 도대체 얼마나 하향시켜서 출시한 거야?

물론, 그 「몬스터즈」마저 역대급 난이도라고 세간의 질타를 받았지만 말이다.

쑤아아앙!

거대한 운석은 끔찍했다. 하늘 전체를 가릴 만큼 엄청난 크기였다. 이미 하늘이 무너져 내리고 있었다. 불타는 운석의 열기에 아래쪽이 벌써 후끈 달아올랐다.

'저런 걸 이곳에 떨어뜨린다고?'

제정신이 아닌 것 같았다.

뭐, 자폭이라도 하겠다는 거야?

[모찌(Lv.80):일단, 흩어져! 오빠가 흩어지랬잖아!]

[비운(Lv.80):아니, 흩어져서 될 일이 아닌 거 같다.]

나는 방향을 바꿨다. 이미 저들을 상대하긴 벅차다.

내 육체가 8개라 놈들 하나하나를 커버 쳐주면 좋겠지만, 지금은 저 운석 하나에 집중하기도 힘들었다. 내 예상을 넘어버린 것이다.

[비운(Lv.80):주예린, 네가 통제해서 후퇴해라. 두 로드랑 뿔하피를 지원해 줄게.]

[모찌(Lv.80):뭐? 오빠는!]

[비운(Lv.80):이곳은 나 혼자 막는다.]

[모찌(Lv.80):말도 안 돼! 미쳤어?]

[비운(Lv.80):괜찮아. 그럴 줄 알고 여분의 목숨을 구해뒀으니.]

[모찌(Lv.80):……그게 무슨?]

[비운(Lv.80):구사일생.]

VIP 상점에서 구매한 스킬이었다. 목숨이 위태로운 상황에서 급하게 몸을 뺄 수 있는 대비용 스킬.

난 계산적인 사람이다. 아무리 저들이 중요하다 해도 내 목숨까지 바쳐가며 구해줄 생각은 없었다. 그건 내 목표인 '생존'에도 반하는 일이다. 게다가 어차피 내가 없으면 저들이 다 죽는 건 시간문제지 않는가. 즉, 빠져나갈 구멍이 있으니 돕는 거다.

[모찌(Lv.80):무, 무슨 말인지 알겠어!]

역시, 주예린. '구사일생' 한 마디만으로도 상황을 파악했다.

[비운(Lv.80):너만 믿을게.]

이번 전쟁이 내 실책이라 하지만, 그건 어쩔 수 없다. 거마골의 정보를 들었을 그 당시에는 분명 이게 최선의 선택이었으니. 그렇다고 거마골의 잘못도 아니다. 거마골은 진짜 그렇게 알았을 뿐.

변수라면 사이버의 개입이겠지.

'생각해 보니 열 받네.'

우리 「갓 컴퍼니」 측은 하는 거 하나도 없는데, 사이버는 계속 이렇게 빈틈을 찌른다. 예상 못 했던 건 아니지만 답답한 건 어쩔 수 없다.

"잭필드!"

난 허공에 대고 잭필드를 불렀다.

"일단 전부 후퇴 명령해라! 여기서 다 죽게 내버려 두는 것만큼 의미 없는 짓은 없어!"

[잭필드가 알겠다고 합니다!]

[레너드 님이 남는 간섭력으로 30% 정도의 병력들을 후퇴시킬 수 있다고 합니다.]

레너드가 또 참견했다.

"닥쳐, 븅신아."

결국, 욕이 터져 나왔다. 일부만 후퇴시켜서 뭐 어쩌자는 건가. 얻는 게 없지 않은가.

"이번에 얻은 간섭력은 최대한 나한테 투자해라."

그게 최고의 방법이다.

지금 보니 확실해졌다. 이번 전쟁도 보면 솔직히, 내 활약이 90%다. 믿을 건 내 몸뚱어리 하나밖에 없는 거다.

그러니 이제 투자도 나한테만 해라.

"버프든 업그레이드든 니들이 생각할 수 있는 최대한의 보상을 마련해! 떠먹여 줄 때 받아 처먹어라."

[잭필드가 동의합니다.]
[레너드 님이 알겠다고 합니다.]

됐다. 이제 후퇴는 저들의 몫. 나는 저 8마리의 보스를 최대한 상대해 본다.
'어차피 해야 할 일이었어.'
보스들의 퇴치.
사이버도 생각이 있는 존재다. 애초에 티라노 때처럼, 한 마리 한 마리 상대할 거라고는 생각도 안 했다. 저렇게 무리 지어 다닐 거라고도 어느 정도는 예측했었다.

['섬창'(殲槍)을 가동합니다.]

나는 창에 내가 가용할 수 있는 모든 '기'를 몰아넣었다. 아까보다는 확실히 적은 양이었지만, 그래도 그 에너지의 여파는 굉장했다.
'일단 최우선은 저 운석이다.'
저게 떨어지면 다 죽는다. 과거 '연옥 슬라임'(★★)의 즉사기를 생각하면 된다. 방어력이고 화염 저항이고 뭐고 없다. 그냥 무조건 '즉사'. 내가 알기로는 그렇다.
[재미있는 기술을 쓰는구나.]

사탄이 이죽거렸다.

그래, 그렇게 계속 웃어봐라. 조만간 그 얼굴에 죽빵을 한 대 날려줄 테니.

퉁!

나는 허공으로 튀어 올랐다.

방향은 떨어지는 운석. 아직 하늘에서 내려오고 있는 메테오가 도착하려면 1분 정도 남은 듯싶었다.

'떨어지기 전에 조져주지.'

퉁! 퉁! 퉁! 퉁!

발을 계속 굴러 하늘로 날아올랐다. '마라나타'의 스킬 '하늘을 걷는 자'의 숙련도도 이제 거의 Max에 달했다. 뿔하피가 날아다니는 것만큼 허공에서도 자유로웠다.

[잭필드가 경악합니다.]

[레너드 님이 그게 가능한 행동이냐 묻습니다.]

구경꾼들의 말은 무시했다. 나도 내 '섬창'이 저 무식한 운석을 소멸시킬 수 있을지는 모른다.

하지만, 가만히 있는 것보단 나았다.

나는 심호흡을 한번 한 뒤, 창을 위로 내질렀다.

"뒈져라, 운석."

가용한 모든 '기'가 담긴 섬창이 하늘에 폭사했다. 버프와 섬창의 특수 능력으로 능력이 수천 배 증폭된 그 기운이 천상으로 솟구쳤다.

그리고 내 창과 운석의 끝이 닿았을 때.

콰아아아앙!

고막을 찌르는듯한 소리가 울려 퍼졌다.

[Error! Error! Error!]

[에너지가 한계를 돌파합니다!]

엄청난 고통과 압력이 몰아쳤다.

콰드득!

내 튼튼한 살갗이 갈라지기 시작했다. 피가 수십 배는 빨리 흐르는 것 같았다.

"커헉!"

목구멍에서 피가 솟구쳤다.

'섬창'과 '메테오'의 부딪침.

그것만이 날 괴롭히는 게 아니었다.

이미 운석은 90% 정도 소멸했다. 문제는 그 부딪침으로 인한 에너지의 폭풍.

"끄아아악!"

나는 눈을 부릅떴다.

[잭필드가 걱정합니다.]

[레너드 님이 믿을 수 없다는 눈빛으로 쳐다봅니다.]

“닥쳐! 새끼들아!”

고함을 지르며 다시 한번 창을 휘둘렀다. 아직까지 신경이 아픈 걸 보면, 힘을 사용할 수 있다는 뜻. 남은 운석들마저 다 갈라 버릴 예정이었다.

‘어차피 구사일생도 안 터졌어.’

그 말은, 아직까지 무사하단 소리겠지.

견딜 수 있을 만큼의 고통이란 거다.

콰가가강!

‘기’도 없이 창을 계속 휘둘렀다. 베르트랑 창술에 떨어져 내리는 돌덩이가 갈라졌다. 온몸에 핏줄이 돋은 상태로 나는 끊임없이 움직였다.

[……대단한 자가 있었군. 내 궁극기를 막아 내다니.]

밑에서 사탄마저 입을 벌렸다. 얼마 지나지 않아, 모든 바위가 사라져 버렸다. 나 혼자 힘으로 90층 시련의 악마가 사용한 궁극기를 받아낸 것이다.

‘제기랄 놈들.’

완전히 「갓 컴퍼니」에 떠먹여 줬다. 이 보상은 나중에 톡톡히 받아내리라.

후우웅!

중력에 의해 다시 아래로 떨어져 내렸다. 이미 온몸의 힘을 다 쓴 상태. 발을 튕길 힘조차 남아 있지 않았다.

‘잘들 도망가고 있네.’

아래의 광경을 내려다봤다. 몇몇 보스들은 가만히 멈춰서, 떨어지고 있는 나를 경계하고 있었고 몇몇 보스들은 후퇴하는 네르갈 병력을 추격하고 있었다.

화르르륵! 파즈즈즉!

아래에서는 수백의 드래곤들과 로드들, 그리고 채팅방 용사들이 초월 된 몬스터들을 가용해서 그 공격들을 간신히 막아내고 있었다.

[마음이 바뀌었다.]

곧이어, 사탄이 읊조렸다.

[갓 컴퍼니 놈들보다 우선순위로 네놈을 처리해야겠다.]

그리고 나를 노려봤다. 네르갈 병력을 추격하던 놈들도 행동을 멈췄다. 여덟 존재의 시선이 오직 나에게 향했다. 사탄의 말뜻을 이해한 것이다.

'그래, 니들 맘대로 구워 잡수셔라.'

궁극기의 쿨타임은 전부 다 끝났다. 심장 속에 남아 있는 기운도 없다. 조금씩 들어오고는 있었지만, 간에 기별도 안 갈 정도. 이제 할 수 있는 건 다 했다.

'구사일생이나 써야지.'

후퇴는 무사히 완료했다. 아니, 아직은 안 했지만, 곧 완료할 거다. 내가 이 정도나 어그로를 끌어줬으면 그 정도는 해줘야 한다.

[Error! Error! Error!]

[신비한 기운이 감쌉니다.]

['궁극의 엘릭서'(EX급)가 도착합니다.]

어떤 메시지가 뜬 것은 그때였다.

"응?"

다급히 인벤토리 창을 뒤져봤다. 파란 물약이 손에 잡혔다.

[잭필드가 간섭력을 사용했다고 합니다.]

[레너드 님이 지금 꾸준히 만들고 있다고 응원합니다.]

뭐가 됐든. 일단, 줬으니 먹어보자.

정보 확인도 안 했다. 그럴 시간조차 없었다.

곧 있으면 바닥에 고꾸라질 테니까.

꿀꺽!

상쾌한 향이 코를 감쌌다. 부드러운 액체가 식도를 타고 넘어 흘러갔다.

[삐빅!]

[모든 상태 이상이 회복됩니다.]

[모든 스킬의 쿨타임이 초기화됩니다.]

빠졌던 힘이 돌아왔다. 진탕되었던 내부 장기가 급속도로 아물었다.

'울트라라도 된 기분이네.'

상처가 사라지고 기운이 돋았다. 마치 레벨업을 한 것 같은 엄청난 회복력이 내 상태를 호전시켰다.

퉁!

나는 곧바로 몸을 돌려 낙하를 멈췄다. 그리고 상태를 확인했다.

"기는 안 돌아왔네."

내가 중얼거리자 메시지가 떴다.

[잭필드가 '기'는 건들 수가 없다고 합니다. 시스템에 존재하는 게 아니라 방법을 모른다고 합니다.]

그래? 그럼 어쩔 수 없지.

'기' 없이 싸워봐야 결과가 어떨지는 뻔했지만, 그냥 당해줄 순 없었다.

'구사일생이 터지기 전까지 싸운다.'

할 수 있는 한 끝까지 싸운다. 그게 지금껏 내가 탑을 클리어해 온 방식이었다.

"덤벼라, 새끼들아."

창을 사탄에게 겨눴다.

[고작, 그 정도 힘으로 호기롭구나.]

사탄이 능글맞게 웃었다.

"누가 여유로운 건지는 두고 봐야겠지."

발을 박찼다. 첫 공격 방향은 '네시'(★★★★★★)였다. 81층의 보스로 호수에 사는 그 브라키오사우루스같이 생긴 놈이다.

'일단은 저놈이 제일 약하니까.'

약자를 먼저 공격하는 것. 혹은 원거리부터 타겟팅하는 것. 대부분 게임의 기초 원리다.

[크큭, 우리가 아주 우습게 보였나 보구나.]

사탄의 비웃음과 함께 놈들도 움직이기 시작했다. 그렇게 1:8의 전투가 시작됐다.

콰아앙!

화려한 스킬들이 몰아쳤다. '사탄'의 메테오 급은 아니더라도 어디 가서 무시당하지 않을 그런 스킬들이었다.

퉁! 퉁! 퉁!

나는 그것들을 정교한 컨트롤로 피해냈다. 최대한 힘을 보존하면서 '네시' 쪽으로 나아가고 있었다.

'온전히 다 상대해 주면 불리해.'

저들과 힘 대 힘으로 무식하게 맞붙는 것은 미친 짓이다. 혹여, 내 '기'가 정상적으로 차 있었다 해도 마찬가지다.

70층대에서 모아온 기로, 80층대 보스들을 전부 상대한다는 게 말이나 되는가.

파지직!

뇌전 공격 하나가 어깨를 스쳤다. 그 밑으로 수십 개의 마법들이 날아오고 있었다. 놈들이 던지는 가벼운 견제구다.

나는 몸을 가볍게 틀었다. 발가락을 미세하게 움직여 방향을 조절했다.

'이 정도는 피할 만해.'

유도기능이 달린 건 창으로 파쇄했다. '기'를 흡수하며 쌓아온 능력치만 각각 700대가 넘는다. 순수 육체의 힘만으로도 이 정도는 가능했다. '무명'(無名)은 부러지지 않는 창이니까.

[얌체같이 피하는 꼴이 꼭 벨제붑 같구나.]

사탄이 이죽거렸다. 벨제붑 같다는 건 파리 같다는 거겠지.

동요할 필요 없다. 그냥 미친×이 지껄이는 거라 생각하면 된다. 내가 잘 맞아주지 않으니까 조바심 내는 거겠지.

'일단 궁극기는 다 돌아왔어.'

그렇다고 함부로 갈길 순 없다. 잭필드의 버프가 또 언제 들어올지 모르는 일. 최대한 효율적으로 사용해야 한다.

[모찌(Lv.80):오빠! 어떻게 돼가고 있어?]

[병아리콩(Lv.80):설마 아직도 싸우고 계시는 중이에요?]

[조류족성애자(Lv.80):ㄷㄷ, 그놈들을 상대로 혼자…….]

[비운(Lv.80):어.]

[모찌(Lv.80):다친 곳은?]

[비운(Lv.80):아직은. 지금 급하다.]

[모찌(Lv.80):아, 오케! 조심하구!]

[병아리콩(Lv.80):조…… 심하세요!]

채팅창은 계속 올라오고 있었다. 상황을 보아하니 무사히 후퇴한 것 같았다.

'그럼 됐고.'

채팅창을 껐다. 그리고 손아귀에 힘을 줬다.

이제는 온전히 집중해야 할 때.

[광전사(狂戰士) 모드를 활성화합니다.]

이제부터 할 수 있는 건 뭐든 해볼 생각이었다.

쿠궁!

시간이 느리게 흐르기 시작했다. 알 수 없는 힘이 전신에 감돌았다. 오랜만에 자신감이 무럭무럭 차올랐다.

'그래, 해보자.'

하는 데까지 해보는 거다. 구사일생이 터질 때까지, 최대한 많은 놈을 지옥으로 보내버리는 거다.

전방을 바라봤다. 붉어진 시야 속에서 '네시' 역시 투명한 눈으로 나를 보고 있었다.

기다란 목. 뚱뚱한 육체.

놈의 특수능력은 생명력 흡수다. 일정 거리에 들어 있는 모든 생명체의 힘을 빨아먹는 나름 까다로운 스킬.

고오오오…….

이윽고 놈의 몸이 푸르게 변했다. 거대한 에너지의 흐름이 느껴졌다. 스킬을 쓰려는 징조다.

'멈추지 않는다.'

겨우 '네시' 따위에게 패턴 해제 스킬을 쓸 순 없었다. 확실한 건, 놈은 거마골보다 약하다. 그냥 맞부딪치기로 했다.

파츠윽…….

놈과 가까워지자 급속도로 힘이 빠지는 게 느껴졌다. 나는 그나마 남아 있는 잔여 기운들을 몸에 둘렀다. 지속적으로 차오르는 기운들을 그 즉시 몸을 보호하는 데 돌렸다.

'이거론 부족한가?'

상관없었다. 여분의 목숨이 있다는 건, 이렇게 과감한 전투를 할 수 있게 만든다.

[쯧, 불나방이 불로 달려가는 꼴이군.]

사탄이 비아냥거렸다. 놈들은 이제 더 이상 스킬을 난사하지 않았다. 이미 내가 네시에게 붙은 이상, 아군을 공격하게 될 수도 있기 때문이리라.

'뭐, 잘됐네.'

키아아아!

'네시'가 포효했다. 흡수되는 힘이 점차 강해졌다. 아무리 능력치가 강해졌다 해도, 확실히 '기'가 없으니 힘들었다.

'좀만 더.'

놈에게 붙기까지 약 10초 정도 남았다. 그전에 놈의 몸통에 창을 한방 넣고 구멍을 뚫을 수만 있으면 된다.

['섬창'(殲槍)을 가동합니다.]

창에 검푸른 기운을 불어넣었다. 숙련도가 Max에 달해 이제

기본 공격력 300배의 피해를 주는 내 최고의 궁극기였다.

키이이!

놈의 힘이 더욱 강해졌다. 에너지 역시 더욱 증폭됐다.

우습게도 그 모습을 보고 드는 생각은…… '맛있겠다' 였다. 저 기운을 온전히 내 것으로 만들 수 있으면 어떨까? 대충 봐도 벼락의 땅에 있던 기운들보다 훨씬 많아 보이는데.

'먹고 싶다.'

마음 한구석에 욕망이 자라났다. 가슴 속에 있는 허전함이 솟구쳤다. '기'가 고팠다.

놈들을 소멸시키기보다는 흡수해 버리고 싶었다. 텅텅 비어 있는 바다처럼 넓은 그릇에 물을 가득히 채워 넣고 싶었다.

[스킬 '□■■■□'(□□)가 욕망에 반응합니다.]

그때였다. 놈의 뱃속에 푸른 빛이 보였다. 그곳에서 참을 수 없는 향기가 솟구쳤다.

'뭐, 내단 같은 거라도 되나?'

바로 방향을 틀었다. 본능적인 움직임이었다. 원래 대가리에 섬창을 갈기려 했는데, 계획을 바꿨다.

키이이?

네시의 눈빛에 의문이 담겼다. 얼굴로 다가오던 내가 갑자기 밑으로 내려갔기 때문이리라.

'점점 버티기 힘들어.'

놈의 스킬 '생명력 흡수'가 극에 달했다. 빠르게 벗어나지 않으면, 옴짝달싹 못 한 채로 미라처럼 죽어 나갈 거다.

[잭필드가 걱정합니다.]
[레너드 님이 저런 류의 스킬은 '구사일생'이 통하지 않을 수도 있다고 합니다.]

구경꾼들이 말을 걸었다.
"그래?"
구사일생이 라이프 드레인 류에는 통하지 않는다니……. 그건 나도 몰랐다.
"그래도 괜찮아."
81층에서 사냥해 봐서 안다. 그리고 놈의 필드에서 벗어나는 방법도 안다.
마치 '폭풍의 눈'과 같은 곳. 놈의 뱃속으로 들어가면 된다.
목숨이 걸려 있다는 데도 별 대수롭지 않다는 생각이 들었다. 아마, 광전사 모드의 부작용이리라.
"타핫!"
놈의 배 쪽으로 도착한 나는 창을 힘차게 찔러넣었다.
콰아아앙!
'섬창'(殲槍)이 폭사했다. '기'를 담지 않았기에 소멸하지는 않았다. 다만, 커다란 놈의 육체 가운데 자그마한 구멍이 뚫렸다.
키아아아!

놈이 비명을 질렀다.

"아프지, 새꺄. 나도 아팠어."

나는 긴급히 그쪽으로 들어갔다. 꽤나 깊숙이 뚫렸기에 굳이 식도를 통해 가지 않아도 된다.

슈우우우-

몸을 옥죄는 기운들이 사라졌다. 놈의 스킬의 영향에서 벗어난 거다.

'판단과 행동은 빠르게.'

쉬고 있을 틈이 없었다. 나는 급히 푸른색 내단의 향이 느껴지는 방향으로 창을 휘두르며 질주했다.

퍼엉! 퍼엉!

가로막는 살과 혈관, 내장들은 전부 다 창으로 파괴했다.

구오오오오!

뱃속에서 비명의 울림이 들렸다.

'개 꿀이네.'

이곳에 있으면, 나머지 일곱 존재에게 공격받지도 않는다. 그와 동시에 놈을 확실하게 공략할 수 있다. 그야말로 일거양득의 효과.

'그래도 위험했어.'

생명력을 많이 흡수당한 상태다. 시간이 지나면 차오르겠지만, 아직 몸이 무거워진 느낌은 계속 들었다.

'이 정도야 뭐, 페널티지.'

대수롭지 않게 넘겼다. 탑 고층에서 이 정도 디버프는 항상 받았던 거니까. 옆에 서은채가 없는 게 조금은 아쉽다.

[잭필드가 괜찮냐고 묻습니다.]

[레너드 님이 호기심 어린 눈빛으로 바라봅니다.]

"구경났냐?"

내단까지의 거리는 꽤 멀었다. 가끔 걸리적거리는 뼈와 질긴 내장 때문에 진행속도는 더욱 늦어졌다.

질퍽!

이미 옷은 놈의 피로 흠뻑 젖어 있었다. 그 냄새가 심히 고약했다.

"버프 같은 거 말고 영구적 능력치 증가나 이런 건 없냐?"

[잭필드가 최대한 노력하고 있다고 합니다.]

"퍽이나."

나는 창에다 노오란 기운을 둘렀다.

['디스트럭션 쇼크웨이브'를 가동합니다.]

어차피 이런 광역기는 보스들을 상대로 쓸 수 없다. 여기서 써버리는 게 맞다. 한세월 동안 두더지처럼 놈의 육체를 파고 있을 순 없는 노릇이니까.

[레너드 님이 좋은 방법이라며 박수를 칩니다.]

쾅! 콰가가강!

메시지를 무시하며 창을 내질렀다. 방향은 정체불명의 기응집체가 느껴지는 곳. 황금빛 기운이 놈의 육체를 박살 내며 뻗어 나갔다. 끈질기게 가로막던 뼈와 핏줄들을 하나하나 갈라 버렸다.

그렇게 뻥 뚫려 버린 통로.

시간이 줄었다.

Chapter 4

“이건가?”

나는 숨을 토해낸 후, 전방을 바라봤다. 통로를 달린 후, 몇 번 더 지나자 푸른빛으로 보이는 장기를 발견할 수 있었다.

내 몸집만 한 크기. 놈의 심장이었다.

그리고 그 내부에는 놈의 근원이나 다름없는 엄청난 기운이 강렬하게 흐르고 있었다.

“하, 이거 왜 이러지.”

그것을 쳐다보며 한숨을 내쉬었다. 뭔가, 내가 ‘나’가 아닌 것 같은 느낌이 들었기 때문이었다. 저 징그럽고 비려 보이는 심장이 맛있어 보이다니.

“스킬의 부작용인가?”

더는 참을 수가 없었다. 곧바로 손을 가져가 한 움큼 뜯어냈다.

[잭필드가 눈을 크게 뜹니다.]

[레너드 님이 설마 그걸 먹을 거냐 묻습니다.]

미쳤냐. 이걸 먹게. 내가 야만인도 아니고.

그냥 자연스럽게 스킬을 운용했다. 왠지 그래야 할 것 같은 기분이 들었다.

파스슥!

심장 쪼가리가 순식간에 말라비틀어졌다. 그리고 그곳에 담겨 있던 기운은 온전히 내 것이 되었다.

"아아……."

황홀했다. 막대한 기운이 몸속에 차 들어오고 있었다. 배고픔이 살짝 가시는 느낌.

'더 흡수하고 싶어.'

마치 중독이라도 된 듯, 놈의 심장을 떼어냈다. 비어 있던 '기'를 채우는 작업이 아니었다. 본래 있던 한계를 뚫는 작업이었다. 마치, 가부좌를 틀고 기 연공법을 하는 그런 느낌.

그아아아아…….

놈의 맥빠진 비명이 들려왔다.

신경 쓰지 않았다. 그저 흡수하는데 온 신경을 집중했다.

참으로 역설적이지 않은가. 생명력 흡수가 주특기인 놈을 또 다른 '흡수'로 상대한다니.

파스슥! 파스슥!

기 응집체는 빠르게 사라져 갔다. 조금도 남기지 않고 다 가져왔다.

그렇게 모든 응집체를 처리했을 때.

['네시'(★★★★★★)를 처리합니다.]

쿠웅!

시야가 흔들렸고 충격이 느껴졌다. 놈이 중심을 잃고 쓰러진 것이다.

[잭필드가 환호합니다.]

[레너드 님이 예상 못 한 성과라며 기뻐합니다.]

뭐, 어쩌라고.

난 피식 웃은 후, 내부 몸 상태를 살폈다. 섭취 중 호흡법이 가동됐는지, 기존에 썼던 '기'가 전부 채워져 있었다.

그뿐만이 아니었다. '네시'가 가지고 있던 기운이 그대로 내게 더해졌다.

청량하면서도 개운했다. 끝내주는 기분이었다.

후웅!

창을 다시 들었다. 기운이 자연스럽게 흘러 들어간다.

'힘을 다시 찾았어.'

이제 놈들을 상대로도 어느 정도 버텨볼 만하다. 힘도 찾았고, 계속 놈의 사체 속에 숨어 있을 수는 없는 법.

콰아아앙!

나는 위를 향해 창을 찔러넣었다. 그리고 하늘로 솟구쳤다.

밖으로 나오자 남아 있는 일곱 존재들이 보였다. '네시'보다 강한 놈들. 그리고 그만큼 더 맛있어 보이는 놈들.

놈들의 중앙에도 '네시'처럼 푸른 빛이 보인다. 스킬의 효과인 것 같았다.

'계획을 바꿔야겠어.'

끝까지 버티다가 '구사일생'을 통해 도주하는 게 본래 계획이었다.

한데, 그러기 싫어졌다. 힘을 단숨에 키울 수 있는 방법이 요 앞에 있는데, 멀리 돌아갈 필요 있겠는가.

나는 살짝 당황한 모습의 '사탄'을 바라봤다.

그리고 씨익 웃었다.

"아직도 내가 불나방이냐?"

이제부터 저놈들을 하나하나 다 흡수해 버릴 생각이었다.

남은 일곱 존재. 놈들은 과연 영리했다.

내가 '네시' 속에서 기운을 흡수하는 동안 주변을 전부 점령해 도주로를 차단했다. 완전히 포위해 버린 것이다.

"이제야 제대로 해볼 생각이군."

거대한 존재들이 시야를 꽉꽉 채웠다.

나는 놈들 하나하나의 위치를 외워뒀다.

「몬스터즈」에서 상대했었던 놈들의 특징이 머릿속에 자동으로 떠올랐다. 이제부터 조금의 실수도 허용하면 안 된다.

[네시를 먹고 더 강해지다니……. 쯧, 기생충 같은 능력인가?]

사탄이 이를 악물었다. 놈들의 험악한 시선이 느껴졌다.

확실히 놈들에겐 경각심이라는 게 생겼다. 본인들과 비슷한 급의 존재였던 '네시'가 단숨에 쓰러지는 것을 봤기 때문이리라.

[다들 방심하지 마라. 지금부터 전력을 다해 놈을 소멸시킨다.]

사탄이 곧바로 손을 들어 에너지를 운용했다. 다른 보스들도 스킬들을 준비했다. 제대로 된 공격을 시작하려는 셈이다.

"기생충?"

난 씁쓸히 웃었다. 뭐, 틀린 말은 아니었으니까.

어쨌든- 이제부터 놈들은 진심을 다할 거다. 최선을 다해 최고의 스킬로 날 공략하려 할 거다.

슈우웅! 파즈즈즉!

놈들의 공격은 재빨랐다. '울트라'가 날을 세우며 달려들었고 '초개스'가 땅 아래에서 가시들을 쏘아 올렸다. '벨콥'이 자줏빛 광선을 날렸고 '골룸'이 전류를 흩뿌렸다.

'제기랄.'

나는 재빨리 허공으로 더 솟구쳤다. 무시하지 못할 속도였기에 다급히 움직여야 했다.

후웅! 콰아앙!

'기'를 두르고 창을 휘둘렀다. 끈질기게 다가오는 공격들을 빠르게 쳐냈다.

콰르르-

아래를 내려다봤다. 땅이 무너지고 하늘이 진동하고 있었다. '네시'의 사체는 이미 갈기갈기 찢겨 있었다. 날 어떻게든 죽이려 하는 놈들의 각오가 느껴졌다.

[잭필드가 걱정합니다.]

[레너드 님이 손에 진땀을 흘리며 바라보고 있습니다.]

그 짧은 시간 안에 지형이 변할 정도의 합공이었다.

'쩝, 1:1로 싸우면 다 이길 자신 있는데…….'

굳이 1:1까지 안 가도 된다. 1:2, 아니, 1:3만 되어도 해볼 만한데, 솔직히 일곱은 너무 많다.

기운의 차이 때문이 아니다. 놈들은 탑의 보스. 각자의 힘을 떠나서 성가신 패턴들이 너무 많다.

[공격을 멈추지 마라!]

쉴 틈이 없었다. 피해내고 쳐내도 새로운 공격들이 계속 다가왔다.

'망할 놈의 패턴.'

나는 성가신 공격들을 피하면서도 놈들의 동태를 하나하나 다 파악했다. 이윽고, 한 존재의 안광이 시뻘겋게 빛났다.

'옥토브…….'

여덟 다리를 가진 85층의 보스. 놈이 궁극기를 쓰려 하고 있었다.

'벌써 죽음의 시선 텀인가?'

놈의 스킬 '죽음의 시선'. 발동 후, 30초 안에 놈의 시선에서 벗어나지 못하면 단숨에 절명하는 까다로운 즉사기다.

'정신없네.'

머리가 터질 것 같았다. 저건 내가 가진 '반사' 스킬로 쳐낼 수도 없다. 놈의 다리마다 붙어 있는 구슬들을 깨뜨리지 않는 한, 모든 마법에 면역이기 때문이다.

'첫 패턴해제는 저놈한테 쓴다.'

나는 즉시 방향을 틀었다. 그리고 '옥토브'를 향해 내달렸다.

놈의 불쾌한 시선이 육체를 감쌌다.

'남은 시간은 대략 20초.'

그 안에 놈의 패턴을 박살 내고 스킬을 무효화시켜야 한다.

[놈의 접근을 막고 옥토브를 엄호하라! 끊임없이 공격해!]

사탄이 일갈했다. 공격은 더욱더 거세졌다.

난 창을 휘두르며 위태로운 비행을 지속했다. 그리고 계속해서 머리를 굴렸다.

'무효화시키는 방법은 둘.'

첫째는 내 캐릭터 스킬 '절대반사'. 둘째는 합체족 '키네틱'의 스킬 '반사'(Lv.Max).

전자는 놈의 스킬을 뺏어와 내가 사용할 수 있는 거고. 후자는 놈의 스킬을 그대로 놈에게 돌려주는 거다.

'전자가 낫지.'

어차피 '죽음의 시선' 쿨타임은 대략 10분. 놈이 스킬을 한

번 사용하면 10분 동안은 별 볼 일 없는 놈이 된다. 굳이, 먼저 처리하지 않아도 되는 거다.

피이잉! 슈우우웅!

순간적으로 놈의 연합 공격이 다가온 것은 그때였다.

'이런.'

지금까지는 피할 공간이 간신히라도 나왔지만, 지금은 빈틈이 없었다. 사각지대까지도 완전히 공격들로 가득 차버렸다.

여기서 두 가지 선택지가 있다.

멈추고 저것을 받아낸다, 아니면 그대로 맞는다.

그리고 내 선택은 후자였다.

'여기서 멈추면 진짜 큰일 난다. 시간이 없어.'

하지만, 그냥 맞을 순 없었다. 아무리 나라 해도 80층대 보스들의 연합 공격을 그대로 받았다간 큰일 날 거다. 특히나 시련의 악마 '사탄'까지 껴 있다면 말이다.

['용맹무쌍'(勇猛無雙)을 가동합니다.]

딱 5초. 그동안 어떠한 공격에도 무적 판정을 받는 스킬. 내 비장의 한 수를 여기서 꺼내 들었다.

콰아아앙!

굉장한 폭음이 고막을 때렸지만, 충격은 느껴지지 않았다. 폭발의 여파가 시야를 가렸지만 난 그대로 내달렸다.

[막아!]

다급한 사탄의 목소리. 남은 시간은 약 10초. 그러나 이미 '옥토브'의 지척에 도달한 상태다.

['패턴 해제' 스킬을 '옥토브'(★★★★★★)에게 사용하시겠습니까?]

['옥토브'(★★★★★★)의 패턴 버프가 해제됩니다.]

쨍그랑!

놈의 징그러운 다리에 달린 구슬이 일제히 깨졌다.

[이게 무슨!]

옥토브의 비명 섞인 목소리가 들렸다.

남은 시간은 약 5초. 놈은 스킬을 취소하지 않았다. 이미 완성을 향해 달려가고 있었기 때문이다.

[그냥 갈겨라!]

사탄이 외쳤다. 내 스킬을 모르기 때문에 내린 판단이겠지.

나는 포커페이스를 유지했다. 놈들은 나를 모르고, 나는 놈들을 안다. 그게 놈들과 나의 가장 큰 차이였다.

'절대반사 발동.'

옥토브를 바라보며 속으로 속삭였다.

[캐릭터 스킬 '절대반사'가 사용됩니다.]

시야가 붉게 물들었다.

약 3초 정도 남은 스킬. 일곱 존재에게 표적이 생겼다. 나는 바로 우측에 위치한 82층의 보스, '킹커랩'을 응시했다.

선택한 이유는 단순했다. 85층의 보스보다 낮은 등급의 보스가 저놈밖에 없었기 때문이다. 괜히 높은 등급한테 썼다가 통하지 않으면, 괜한 스킬 하나 날리게 되는 셈.

[마, 말도 안 돼!]

당황하는 옥토브의 목소리가 들렸고.

파즈즈즉!

내 눈에서 죽음의 광선이 쏘아졌다.

['킹커랩'(★★★★★★)을 처리합니다!]

즉사. 과연, 놈의 스킬은 사기였다. 그리고 그 사기 스킬을 뺏는 내 스킬도 사기다.

[잭필드가 환호합니다.]

[레너드 님이 감동의 눈물을 흘립니다.]

여기서 멈추면 안 된다.

다음 목표는 킹커랩의 사체.

퉁!

나는 즉시 발을 굴렀다. 저기서 아직 흩어지지 않은 기운의 정수를 먹어치워야 한다.

[어찌 저놈 하나를 못 잡는단 말인가!]

사탄이 답답한 듯 소리쳤다.

"너도 기다려라."

조만간 맛있게 먹어치워 줄 테니까.

처억!

얼마 지나지 않아, 놈의 사체에 도착했다. 놈들의 공격을 피하고 파쇄하느라 기운을 벌써 30%나 사용했다.

콰득!

킹커랩의 기운을 흡수하는 것 역시 간단했다. 창으로 갑바를 간단히 부숴내고 속에 있는 기운을 움켜쥐었다.

확실히 정체불명의 스킬은 대단했다. 놈의 응집체를 만지는 것만으로도 청량한 기운이 스며들었다.

"아아……."

끝내주는 기분이었다. 그러나 기분에 취해 있을 시간은 없다. 얼마나 늘었는지 파악할 시간조차 없었다.

항상 그렇듯, 상황은 다급했으니까.

스걱!

'울트라'의 앞발이 킹커랩의 사체를 단숨에 갈랐다. 찰나의 순간, 몸을 띄워 공격을 피해냈다.

[잭필드가 경고합니다!]

[곧 '전류의 폭풍'이 몰아칠 거라 합니다!]

허공에 뜬 채로, 좌측을 바라봤다. 86층의 보스, 괴물족 '골룸'(★★★★★★)이 주문을 준비하고 있었다.

[잭필드가 경고합니다!]
[곧 '파괴 광선'이 쏘아질 거라 합니다!]

우측에는 87층의 보스, '벨콥'이 보랏빛 기운을 모으고 있었다.
"×벌."
어쩌라는 건지.
머릿속이 복잡하다. '사탄'은 이미 메테오를 사용했고, '옥토브'도 방금 스킬을 사용했다. '울트라'야 믿을게 육체밖에 없는 놈이고, 여기다 메뚜기 떼를 소환해 봤자 내 스킬만 초기화된다는 사실도 알고 있을 거다.
'그리고 초개스.'
놈의 궁극기 '포식'. 88층의 보스, '초개스'는 그 상대가 누구든, 크기가 어떻든 단숨에 먹어치운다.
속에 있는 강한 산성 액은 어떠한 방어 스킬도 무시한 채 한 번에 소화시키는 거로 알고 있다. 그 '초개스' 또한 나에게 다가오고 있었다.

[잭필드가 어떡하냐 묻습니다.]
[레너드 님이 다시 불안한 표정으로 바라봅니다.]

나는 울트라의 공격을 피해내며 내 상황을 확인했다. 이미 광전사 모드는 끝났고 디쇼와 섬창도 사용했다. 캐릭터 스킬도 '절대반사'는 사용한 상태.

콰아아아!

가장 먼저 쏘아진 건, '벨콥'의 '파괴 광선'이었다. 가진 모든 기운을 타점에 집중해 쏘아대는 끔찍한 놈의 궁극기.

"응, 반사."

본능적으로 남은 '키네틱'의 스킬을 사용했다. 나에게 다가온 스킬을 반대로 돌려주는 기술.

[크아아아?]

쏘아지던 보랏빛 광선이 그대로 튕겨 나갔다. 놈이 모았던 에너지를 그대로 '벨콥'에게 돌려줬다.

[키에에엑!]

딱 한 수로, 놈의 단단한 가죽이 뜯기고 눈알이 찢어졌다. 즉사하지는 않았지만, 등등하던 기세가 단숨에 쭈그러들었다.

그러나.

파즈즈즉!

'골룸'의 전류 폭풍이 쏟아졌다.

"커헉!"

피할 새도 없었다. 내가 할 수 있는 거라고는 급하게 기운을 몸에 두르는 것뿐.

짜릿한 고통이 몰려들었다. 기운을 둘렀기에 온몸이 타들어 가진 않았지만, 통증이 가시는 건 아니었다.

정신이 없었다. 창을 놓쳤다. 몸이 절로 웅크려졌다.

'미친.'

과연 보스급 궁극기라는 건가.

만만치 않았다. 생각보다 더 아팠다.

'거기다가.'

엎친 데 덮친 격으로, 거대한 이빨 괴물 '초개스'가 다가오고 있었다. 놈의 가죽은 무슨 고무라도 되는지 전류 폭풍을 무시한 채로 쿵쿵거리며 질주했다.

[씹어먹어라! 초개스!]

사탄의 소리가 들려왔다.

'이건, 어쩔 수 없나?'

포식은 정말 답이 없다. 반응해서 피할 수준의 속도도 아니다. 그냥 0.0001초 만에 씹혀 사라진 후, 소화될 거다.

그래도 난 괜찮을 거다. '구사일생'이 있으니까.

그래도 좀 아쉬웠다. 저것들의 기운을 다 씹어먹어야 성에 찰 것 같은데…….

[Error! Error! Error!]

[신비한 기운이 감쌉니다.]

갑작스러운 메시지가 뜬 것은 그때였다.

"응?"

[캐릭터 스킬, '화염의 군주'(EX급)가 상향 조정됩니다.]

[화염의 기운을 100배 증폭합니다.]

['불지옥'의 지속시간이 10분에서 1시간으로 증가합니다.]

"아!"

잭필드의 간섭이었다. 너무 다급한 상황이라 잊고 있었다. '불지옥'의 존재를.

"그렇지."

이 전류로 가득 찬 공간을 벗겨낼 방법. 나도 이 공간을 화염으로 가득 차게 하면 되는 거다.

적색 하늘의 필드. 전류로 가득 찬 공간. 그리고 빠르게 다가오는 '초개스'. 그 암담한 상황 속에서 나는 기운을 끌어올렸다.

[잭필드가 고심 끝에 모든 간섭력을 '불지옥'에 투자했다고 합니다.]

[단발성 버프보다는 영구 능력치 증가에 초점을 두었다 합니다.]

[레너드 님이 무운을 빈다고 합니다.]

캐릭터 스킬, 화염의 군주가 상향됐다.

'그래, 차라리 이게 낫지.'

지금 당장은 스킬 초기화가 더 좋을지 모른다. '용맹무쌍'으로 위기를 벗어날 수 있으니까.

하지만, 장기적으로 봤을 때는 그렇지 않다. 나 자체가 강해질 수 있는 방향이 더 바람직하다. 요컨대, 능력치의 증가나 스킬의 강화 같은 것들 말이다. 결국, 내가 상대할 놈들은 눈앞에 저들보다 더 강력한 존재일 테니까.

[아공간 '불지옥'이 활성화됩니다.]

화르르륵!

순간, 섬뜩한 기운이 공간 전체를 지배했다.

무려 100배의 증폭이라 했다. 지금까지 써왔던 '화염의 군주'와는 차원이 다른 힘. 거기다가 내가 가진 잔여 기운들도 가세하기 시작했다.

파즈즈즉! 화르르륵!

'기'와 섞여 한층 더 강력해진 염화가 전류를 밀어내고 주변을 장악했다. 전류 폭풍은 조금 전 그 위세가 무색하게도 제대로 힘조차 내지 못하고 사그라들었다.

'이게 바로 힘 차이지.'

고작 보스 한 마리 정도의 힘은 충분히 짓누를 수 있다. '기'만 있다면 말이다.

"후우."

전류 폭풍을 걷어내자 숨이 쉬어졌다. 고통이 사그라들었다. 육체를 감싸던 짜릿함도 사라졌다. 나는 다시 창을 들었다.

'그리고.'

어느새 허공에 떠 있는 시뻘건 문.

['불지옥' 내 테이밍된 몬스터들이 출동을 준비합니다.]

['불지옥' 문을 여시겠습니까?]

[문은 1시간 동안 열 수 있습니다.]

두근!

가슴이 재차 뛰었다. 화염의 정수가 뿜어내는 불줄기들과 지옥문 속 존재들의 힘이 더욱 소름 끼치게 다가왔다.

[잭필드가 기대합니다.]

[레너드 님이 두 손을 모읍니다.]

녀석들……. 처음으로 한 건 했네. 구경만 하는 줄 알았는데.

물론, 굳이 칭찬하지는 않았다. 당연히 받아야 할 것을 받은 거니까.

'내가 해주는 게 얼만데.'

쿠웅! 쿠웅!

온몸이 쪼그라들 정도의 압박이 느껴진 것은 그때였다.

몬스터들이 문을 두들기는 거다. 빨리 문을 열라고. 답답한 지옥에서 벗어나 이곳 공간에서 활개 치고 싶다는 것일 터.

"그래그래. 나와서 날뛰어라."

나는 문을 열었다. 이윽고 뜨거운 염화가 공간을 뒤덮었다.

그 기세가 엄청났다. 다가오던 '초개스'가 멈칫할 정도?

'초개스…….'

놈을 바라봤다. 그래. 아직 해결할 게 하나 더 남았다.

놈이 가진 스킬.

'……포식.'

나는 탑 88층 당시를 떠올렸다. 저 무식한 스킬을 상대하는 방법은 간단하다. 6성 이상 몬스터 하나를 집어 던지면 된다.

'단, 저기에 먹히면 그대로 끝이었지.'

「몬스터즈」 당시엔, 가능했던 몬스터 부활이 저놈에겐 먹히지 않았었다. 즉, 몬스터의 영구 삭제.

처음 88층에 도전했을 당시, 핸드폰을 집어 던졌던 기억이 있다. 애정으로 키웠던 몬스터 한 마리가 완전히 소멸했기 때문이다.

지금이야 어떻게 죽던 소멸하는 건 마찬가지지만, 그땐 그랬다. 그 때문에 버릴 만한 잡 몬스터를 6성까지 키워 가져갔었지.

[크아아아아!]

쿵쿵쿵!

'초개스'가 울부짖으며 다가왔다. 내 불지옥 필드에 견딘 채, 공격해 들어오다니 놈도 대단하다면 대단하다.

'이제 선택해야 해.'

놈에게 희생당할 몬스터를 선택해야 한다. 조금이라도 늦으면, 몬스터 대신에 내가 당한다.

'켈피를 던질까?'

제일 먼저 떠오른 것은 요새 쓰지 않는 '유령마 켈피'였다. 으로의 여정을 계산해 봐도 켈피를 쓸 각이 나오지 않는다.

'아니면, 잠깐.'

문득, 뇌리가 번뜩였다.

'무적의 존재, 피닉스를 희생시키면 어떻게 될까?'

왜, 있지 않은가. 모든 것을 뚫는 창과 모든 것을 막는 방패가 붙으면 누가 이길까? 하는 것.

'더 센 놈이 이기겠지.'

이것도 마찬가지다. 죽지 않는 새와 모든 것을 소화시키는 괴물이 붙는다면?

"피닉스!"

바로 실험해 보기로 했다. 나도 어쩔 수 없는 「몬스터즈」 덕후인가 보다. 이 순간에도 실험 정신을 발휘하다니.

끼아아아!

피닉스가 내 부름에 응답했다. 모든 것이 불로 이루어진 녀석이 그대로 초개스의 이빨을 향해 질주했다.

콰득!

그리고 단숨에 삼켜지는 피닉스.

과연 어떻게 됐을까?

나는 심장 속 정수에 '기'를 더욱더 강하게 불어넣었다.

확실한 건 아직 연결이 끊기지 않았다. 놈의 뱃속에서 알의 형태로 남아 있음이 분명했다.

슈웅! 슈웅!

주변에서 이것저것 공격들이 날아들었지만, 신경 쓰지 않았다. 날뛰는 염화의 기운들이 그것들을 다 집어삼켜 녹여냈기 때문이다.

[……]

사탄의 표정이 심각해졌다. 다른 보스들 또한 긴장하기 시작했다. 내가 생각하던 것보다 더 까다롭기 때문이겠지.

슬슬 불안할 거다. 혹여 내가 저 '초개스'마저 흡수한다면 정말 감당이 안 될 터이니.

[크아아아아!]

곧이어, 초개스가 비명을 내질렀다.

쿵! 쿵! 쿵! 쿵!

앞뒤로 날뛰며 발광하기 시작했다.

'역시, 부화했나 보군.'

실험은 성공적이었다. 저렇게 괴로워한다는 것만 봐도 안다. 치킨게임에서 피닉스가 이긴 것이다.

[잭필드가 안도의 한숨을 내쉽니다.]

[레너드 님이 역시 비운 님이라고 하십니다.]

쩝, 나도 일종의 도박이었는데.

'메커니즘은 간단해.'

피닉스의 알을 소멸시키면? 다시 피닉스로 태어난다. 그 피닉스를 소멸시키면? 다시 알로 변한다.

그 과정이 반복된다면? 결국은 속이 다 타버릴 거다. 지금 발광하는 저 '초개스'처럼 말이다.

"한 놈은 꽁으로 잡았고."

나는 놈에게 날듯이 달려갔다. 포식을 쓸 겨를도 없이 고통스러워하는 놈의 배 밑으로 이동했다. 그리고 창을 내질렀다.

푸숙!

기운을 넣어 배를 부드럽게 갈라냈다. 그러자 뜨거운 열기가 푸쉬익- 하며 빠져나온다.

'어휴, 제대로 익었네.'

화륵!

곧, 불이 가죽에도 붙었다. 살갗은 이미 시커멓게 익었고 속에 있는 장기들도 다 녹아버린 상태였다. 이거, 진짜 괴로웠겠는데?

끼아아아!

곧이어 그 배 사이로 피닉스가 빠져나왔다.

"잘했어, 피닉스."

날개를 활짝 펴며 허공으로 솟구치는 피닉스. 그 위풍당당한 모습이 참 마음에 들었다. 한번 불을 뿜어낸 불사의 새가 다음 표적을 찾아 나섰다. 그래, 마음껏 다 태워 려!

['초개스'(★★★★★★)를 처리합니다!]

쿠웅!

이윽고 88층의 괴물이 옆으로 쓰러졌다.

"잘 먹을게."

나는 놈의 사체를 뒤적여 아직 흩어지지 않은 기운을 더 흡수했다.

"크으."

빈속을 채우는 기분. 뇌리 끝까지 올라오는 청량한 느낌.

'네시'와 '킹커랩' 따위와는 차원이 다를 만큼 많은 기운이 들어왔다. 그에 맞추어 주변의 열기도 더욱 거세졌다.

[잭필드가 환호합니다. 이대로라면 후퇴를 멈추고 점령을 시작해도 되겠다고 합니다.]

뭐? 아직 완전히 후퇴한 건 아니었나?

"그렇게 해라."

내가 이곳의 보스들을 혼자서 잡아둔다면, 점령은 식은 죽 먹기다. 남아 있는 잔여 괴물족들만 처리하면 되기 때문이다.

"이놈들은 내가 책임지고 다 상대해 줄 테니."

[잭필드가 알겠다고 합니다.]

[레너드 님이 비운 님의 패기에 감동합니다.]

감동은 무슨.

나는 다시 자세를 잡았다.

'시간 끌 생각은 없어.'

딱 불지옥의 지속시간인 1시간. 그 안에 모든 놈들을 먹어 치운다.

'이제 남은 놈은 사탄까지 총 다섯.'

퉁!

초개스의 기운을 전부 흡수한 후, 다시 허공으로 튀어 올랐다. 주변 상황을 지켜봤다. 이미 전세는 완전히 기울었다.

[그아아아!]

쿵! 쿵! 쿵!

'거대 마그마 골렘'이 기존보다 더 강해진 육체로 전장을 휘젓고 있었고.

[이놈! 언제 배신을 했더냐!]

사탄이 울부짖고 있었다. 벨콥과 골룸이 골렘을 힘겹게 막는 모습을 보며 서서히 불안함이 차오르기 시작한 거다.

끼아아아!

피닉스와 울트라는 한데 뒤엉켜 있었다. 둘 다 서로 죽이지 못하는 상황에서 공격을 주고받았다.

피닉스는 울트라를 태우고…… 울트라는 부활해서 의미 없는 발톱질을 가하고…….

키아아!

79층의 악마 보티스도 한몫했다. 스킬을 이미 한 번 사용한 옥토브를 상대로 잘 싸워주고 있었다.

그렇다면 남은 건? 바로 사탄뿐이다.

넌 내가 상대해 주지.

[……이놈.]

나는 당황하는 사탄에게 내달렸다. 그리고 30초 뒤, 놈의 앞에 도착했다.

"안녕?"

언제 한 번 약속했었지. 놈의 면상에 죽빵을 한번 날려주겠다고.

"불나방한테 당한 기분이 어때?"

[잘난 척하지 마라!]

콰아앙!

곧바로 놈과 부딪쳤다.

서로 죽고 죽이는 사이. 굳이 대화를 나눌 필요 없었다. 본격적인 육탄전의 시작이었다.

'좀 하긴 하네.'

쾅! 쾅! 쾅!

놈을 향해 창을 찔러냈고 발톱 공격을 받아냈다. 내 대부분의 '기'가 불지옥에 사용되고 있었기에, 완전히 압도할 수는 없었다.

"크윽."

사선에서 날라온 기파가 내 허리를 강하게 후려쳤다. 과연 시련의 악마라는 것일까? 가끔씩 날라오는 마법 공격과 육탄 공격 하나하나가 묵직했다.

[제법 끔찍한 기운을 가지고 있었구나.]

내 '엔트로피'의 각성효과로 얻은 멸마의 기운을 말하는 것이리라. 나는 비릿하게 웃었다.

"넌 생각보다 허접한데."

[뭐라?]

"그 기운을 가진 여덟이서 한 명한테 지는 게 말이 되냐?"

[쯧, 벌써 다 이겼다는 듯이 말하는구나.]

"곧 그렇게 될 테니까."

[미쳤군.]

그래도 싸울 만했다. 다른 거대한 괴물과 달리 사탄은 인간형이었으니까. 그리고 '베르트랑 스피어'는 대인용으로 만들어진 창술이다.

'여기서 환기를 쓰자.'

아직 남아 있는 스킬, 환기를 '섬창'에 사용했다.

['섬창'(殲槍)의 쿨타임이 초기화됩니다.]

이것도 받아봐라.

나는 곧바로 검푸른 기운을 창에 실었다. 불지옥에 쓰는 것을 제외한 모든 '기'를 쏟아부어서.

[……또 잔재주를 부리는 게냐?]

사탄도 손을 뻗어 마법진을 그렸다. 궁극기인 메테오 스트라이크를 제외하고 놈이 쓸 수 있는 스킬이라면?

'앱솔루트 제로 포인트.'

단일 대상의 주변을 절대영도(絶對零度)로 만들어 버리는 마법이다. 냉기 관련 마법 중에는 최고봉으로 알려져 있다.

'재밌네.'

과연 누구의 기술이 더 셀까. 한번 해보자고.

현재 내 냉기 저항 레벨은 4. 과거 '리치'(★★★★★)를 이용해 올렸던 게 다이기 때문에, 확실히 불리한 건 있다.

하지만 나에겐 구사일생이 있다. 목숨이 위험할 때 빠져나갈 수 있다는 말이다. 그리고 '기'를 몸에 둘러서 막을 수도 있다.

그때 알렉산드로 드 베르트랑도 내 섬창을 '기'로 막았었지.

'어디 한번 견뎌볼까?'

잘 만한다면, 냉기 저항의 숙련도도 올릴 수 있을 거다.

'그럼 난 개이득이지.'

강해질 수만 있다면, 어떤 고통이든 마다하지 않는다.

곧 사탄의 기운과 내 기운이 부딪쳤다.

'앱솔루트 제로 포인트'와 '섬창'의 대결.

콰아앙!

거대한 폭발이 일었다. 서로의 기운에 밀려 몸이 거세게 튕겨 나갔다.

[크아악!]

"커헉!"

충격이 밀려들어 왔다. 그와 동시에 온도가 급격히 낮아졌다. 온 지역이 화염으로 감싸져 있음에도 오싹한 한기가 느껴졌다. 나는 긴급히 남은 '기'를 몸에 둘렀다.

'사탄은?'

정신없는 와중에도 적의 상태를 살폈다. 혹시 놈에게 타격이 없다면, 추가 공격에 대비를 해야 한다. 아무리 고통스럽다 해도 말이다.

그러나-

[끄아아아아!]

눈앞의 사탄은 땅에 처박힌 채로 피를 철철 흘리고 있었다. 날개는 다 뜯겨 있었고 피부는 '멸마'의 기운에 먹혀 타들어 가고 있었다. 팔과 다리 또한 기괴하게 꺾여 있었다.

과연, 희대의 사기 스킬 섬창. 놈의 스킬을 중화함과 동시에 제대로 된 타격을 입혔다.

'다행이군…….'

놈에 비하면 내 상태는 양반이다. 비록 내부 장기가 다 뒤엉킨 느낌이었지만, 그래도 참을 만했다. 이제 고통에 어느 정도 내성이 생긴 느낌이었다.

"시련의 악마도 별거 없네."

차악!

바닥에 착지하며 중심을 잡았다.

입안에 고인 피 가래를 퉤- 뱉어냈다.

뼛속까지 이는 오한은 그냥 참아냈다. 이미 고통 중 최고봉이라는 작열통을 견뎠던 나다. 이 정도는 깡으로 참을 수 있지.

[잭필드가 환호합니다.]

[레너드 님이 샴페인을 터뜨립니다.]

힘 대 힘으로 완벽히 이겼다. 내가 불지옥을 쓰고 있는 상태라지만, 놈도 메테오를 한 번 사용했으니 공정한 싸움이라 할 수 있겠다.

'이제 해야 할 것은.'

버티는 것. 불행히도 놈의 스킬은 아직 내 주변에 남아 있었다.

파드드득!

내 바닥 땅이 얼어가기 시작했다. 온몸에 사리가 꼈고 몸이 굳기 시작했다.

앱솔루트 제로 포인트. 번역하면 절대영도라는 뜻이다. 온도가 낮아질 때까지 낮아져 고전 역학계의 엔트로피가 0이 되는 수치. 분자의 운동이 완전히 정지하게 되다 보니, 시간마저 흐르지 않게 되는 무서운 스킬이다.

게임으로 따지면 무한 스턴. 그렇다고 죽는 것도 아니니, 구사일생이 발동하지 않을 수도 있다.

"끄으으……."

그래도 그나마 많이 중화된 상태였다. 또한, 냉기 저항 Lv.4가 어느 정도 작동하고 있는지 조금씩 움직일 수는 있었다.

화르르륵!

게다가 주변에 넘실거리는 화염의 기운이 날 도왔다. 가슴 속 화염의 정수가 반응하며 내 체온을 올리기 시작했다.

['냉기 저항'(Lv.5)을 습득합니다.]

얼마 지나지 않았을 때였다. 저항 레벨이 올랐다.

과연, 빙(氷) 속성 최고의 스킬일까? 오르는 속도가 장난이 아니다.

'아직, 더 견딘다.'

마음만 먹으면 완전히 걷어낼 수 있다. 하지만, 내가 '앱솔루트 제로 포인트'를 맞을 확률이 앞으로 얼마나 될까. 여기서 사탄을 처리한다면 평생 불가능하다. 그 기회를 놓칠 수는 없었다.

'숙련도 Max는 찍어줘야지.'

이 스킬에 견디는 것만으로도 숙련 경험치는 기하급수적으로 빨리 오른다.

나는 눈을 감고 인내했다. 그와 동시에 기감을 펼쳐 주변 상황을 살폈다. 최대한 고통에 신경 쓰지 않으려 노력했다.

콰아앙! 콰드득!

상황은 그다지 좋지 못했다. 화염의 정수가 본능적으로 날 지키기 위함인지, 펼쳐두었던 '기'를 회수하고 있었기 때문이다.

[그어어어!]

거마골이 점점 밀려나기 시작했고,

끼아아아!

피닉스와 보티스의 화력도 점점 약해져 갔다. 물론, 사탄은 아직도 고통스럽게 울부짖는 중이었다.

'좀만 더하면 Max 찍을 거 같은데.'

나를 강하게 하는 이 시스템이 뭔지는 모른다. 하지만, 강해질 수 있는 방법이 눈앞에 보인다면 포기할 수 없다.

'그렇다면…….'
저벅-
나는 앞으로 힘겹게 걸어 나갔다. 목적지는 전투 불능 상태의 사탄.
'놈의 기운을 먹는다.'
그리고 화염의 기운을 더 키운다. 그 힘으로 지옥문 속 존재들에게 힘을 더 실어준다.
[크으윽, 네, 네놈이 어떻게……?]
내가 가까이 가자 사탄이 경악했다. 온몸에 서리를 붙인 채로 동상처럼 움직이는 모습이 기괴해 보였나 보다. 얼마나 힘을 줬는지, 온몸에 핏줄이 서 있었다.
[저, 절대영도에서 움직일 수 있는 존재가 있다고?]
응, 중화했거든.
놈의 절규에는 굳이 대답하지 않았다. 대답할 힘도 없었다. 그저 천천히 사탄의 심장에 손을 뻗었다. 지금은 한시 빨리 기운을 섭취하고 싶었다.
[자, 잠깐!]
놈이 다급하게 외친 것은 그때였다. 눈빛이 간절한 게 무언가 할 말이 있는 듯했다.
그러나 나도 다급하다. 절대영도에 견디기 위해 '기'가 계속 소모되고 있었기 때문.
푸슉!
사탄 가슴에 보이는 푸른 기운. 일단, 그것에 손을 뻗어 잡았다.
물컹한 감각이 느껴졌다.
[끄아아악!]
사탄이 비명을 질렀다.
'일단은 반만 흡수한다.'
기 응집체의 절반을 갈라냈다. 그리고 그것을 흡수했다.
수아아아!
엄청난 양의 '기'가 심장 속으로 들어왔다. 반만 흡수했음에도 '초개스'의 기와는 차원이 다른 양이었다.
화르르륵!
화력이 훨씬 강해졌다. 몸을 감싸던 냉기도 조금은 약해졌다. 정수가 제대로 저항하기 시작한 것이다.
밀리던 몬스터들도 다시 힘을 되찾았다.
"후우, 뭐……. 할 말이라도 있냐?"
목소리가 나왔다. 성대가 마비된 것처럼 저렸지만, 그래도 제 기능은 하는 것 같았다.
[크으으……. 비운, 그대를 부르는 이명(異名)이 비운이라지?]
놈은 고통스러워하면서도 간신히 말을 꺼냈다. 저 상태에서도 말하려 하는 게 간절하긴 간절하나 보네.
"뭐야, 알고 있었나?"
나는 창을 털었다. 이제 한층 여유로워졌다. '기'가 충만하게 찼기 때문이다.
[그렇다. 사이버께서 두려워하는 이유가 있었군. 처음에는 왜

경계하시나 했는데……. 강해지는 속도가 말이 안 나올 정도야.]
"본론만 말해라. 뭔가 말하고 싶다면."
그냥 죽일 수도 있다.
그러나, 놈은 마지막 시련의 악마. 대화를 나누다 보면 어떤 힌트를 얻을 수도 있다. 그렇기에 잠깐 살려주는 거다.
[그대는 갓 컴퍼니의 무엇을 믿고 싸우는가.]
뭐?
"고작 한다는 얘기가 이간질이냐."
[레너드가 말하는 걸 100% 신뢰할 수 있나?]
쩝, 시시했다. 저 정도의 말로 흔들릴 거였으면 진즉에 의심했을 거다.
나는 다시 손을 들었다. 남은 기운을 흡수하기 위해서였다.
[비운! 그대가 탑을 정복하면 레너드가 다시 이 세계를 원상태로 돌려주겠다고 약속이라도 했나? 애초에 그가 그런 능력이 있을까?]
멈칫-
내밀던 손을 멈췄다.
생각해 보니 그렇기 때문이다.
사이버를 점령하면? 이 세계는 어찌 되는 걸까.
지금까지 죽었던 사람들은? 부서진 건물들은?
[이 세계는 이미 사이버 님께 잠식당했다. 그분의 의지대로 생명이 태어나고 세상이 만들어지지. 생각해 봐라. 갓 컴퍼니 측에서 이곳 세상에 관여한 그 무언가라도 있어 보이는가? 고작 하는

거라고는 조그마한 간섭뿐. 그것도 제대로 된 간섭도 아니지.]

"그래서 하고 싶은 말이 뭔데."

[그분은 이제 이 세상의 근원. 그분이 파괴된다면 세상은 사라질 것이다. 그것이 정말 그대가 원하는 결과인가?]

사이버를 파괴하면……. 이 세상이 사라진다고?

[잭필드가 헛소리라고 합니다.]

[레너드 님이 속지 말고 빨리 죽여 버리라고 합니다.]

"잠깐."

걱정하지 마라. 다 생각이 있으니.

"그 말도 일리가 있군. 뭐, 내가 확인할 길은 없으니까. 그럼 묻자."

[무얼 말인가.]

"너희가 원하는 목표는 뭔데."

[우리 말인가?]

"그래, 갓 컴퍼니가 너희를 파괴시키는 게 목표인 것처럼 너희들도 뭔가 목표가 있을까 아니냐."

궁금하긴 했다. 사이버의 목표는 뭘까.

정말 레너드의 말대로 그저 인류를 가지고 놀려는 목표일까? 그냥 오직 나를 죽이기 위함일까?

[……지구의 보호다.]

"뭐?"

고개가 갸웃하게 만드는 말이다.

현재 세계를 망친 장본인들이 할 소리인가?

[인류 입장에선 이해할 수 없겠지. 하지만 그것은 사실이다. 미래 인류가 만들어낸 모습을 직접 본 적 있는가? 인류에 의해 멸망으로 치닫고 있는 지구의 모습을 본 적이 있는가?]

놈이 고통스럽게 날 올려다봤다.

[이미 지구는 멸망할 운명이었다. 우리가 잘했다는 건 아니지만, 우리는 그래도 이 세계가 존속할 수 있도록 최선을 다하고 있었다는 말이다.]

난 하늘을 올려다봤다.

[잭필드가 희대의 개소리라 합니다.]

[레너드 님이 황당한 표정으로 쳐다봅니다.]

재미있었다. 저 두 집단 중 누구 하나는 거짓말을 하고 있단 거겠지.

나는 더 캐보기로 했다. 대화가 길어질수록 힌트는 많이 나오니까.

"그럼 형들은?"

[형들?]

"너희가 세뇌한 세 명의 인간들 말이다."

[아, 그분들.]

사탄이 고개를 끄덕였다.

[갓 컴퍼니와 같은 입장이다. 그들이 비운, 당신을 세뇌한 것처럼 우리도 우리의 목표를 위해 그들을 포섭했을 뿐이다. 랭킹 최상위권에 있었다는 것으로 그 가치는 증명한 셈이니.]

"이성을 잃게 해가면서 말인가?"

[그분들의 이성이 없다고? 천만에. 그 당시 그들의 이성을 잃게 한 것이 누구일 거라 생각하는가.]

"갓 컴퍼니가 그랬다는 거야?"

[정답이다.]

사탄의 대답에 두 구경꾼들이 발광했다.

[잭필드가 억울하다고 합니다.]

[레너드 님이 책상을 부수며 화내고 있습니다.]

나는 놈의 눈을 똑바로 응시했다.

"그럼 형들은 어딨는데?"

[뭐?]

"내가 형들과 대화를 나눌 수 있는 자리를 마련해라. 자신 있다면."

[그 정도야 간단하지.]

놈이 손을 한 번 휘저었다.

[인벤토리에 '지정 텔레포트 주문서'가 생성됩니다.]

"이게 뭐지?"

[그대가 말하는 형들이 위치해 있는 곳이다.]

"큭."

헛웃음이 나왔다.

아니, 아까부터 속으려고 노력해봤는데……. 너무 뻔히 수가 보이지 않은가.

사실, 갓 컴퍼니가 형들에게 세뇌를 걸었다는 것 자체가 넌센스다. 왜냐. 이미 우리 일행들이 사이버의 세뇌를 직접 겪었기 때문이다.

할아버지. 양종현 씨. 그리고 서지호가 똑똑히 말했었지.

그 더럽고 끈적한 기분. 그리고 사이버의 시선. 이성은 존재하면서도 육체를 자동으로 움직이는……. 그 기분은 절대 잭필드와 레너드가 할 수 없는 행동이다.

적어도 내 판단은 그랬다. 무엇보다 레너드는 그 정도로 똑똑하지가 않으니까.

그게 연기였다면? 그러면 답이 없어지긴 한다.

근데, 그렇게까지 생각하고 싶진 않았다. 어쨌든, 놈들은 내 목숨을 수 번이나 노리려 했으니.

"이건 너무 뻔한 함정 아니냐?"

[……그게 무슨.]

"나보고 네 말을 온전히 믿고 이 주문서를 사용하라고? 그것도 방금까지 날 죽이려던 상대의 말을?"

[나는 사실을 전했을 뿐이다.]

"야."

[왜 그러는가.]

"너 같은 애들을 우리가 뭐라 부르는 줄 알아?"

놈의 눈이 휘둥그레진다. 그리고 고개를 갸웃했다.

"사기꾼이라 불러."

[뭐?]

"혹여 네 말이 맞다고 쳐."

[그렇다면?]

"그래도 네놈들이 날 죽이려 했다는 사실은 변하지 않아."

[……어쩌겠다는 거냐.]

"널 죽이고, 힘을 흡수한 후 형들의 생사는 내가 직접 확인한다."

그게 내가 내린 결론이었다.

푸숙!

곧바로 놈의 심장에 손을 마저 넣었다.

그리고 남은 기운을 모조리 다 흡수했다.

[끄아아아악!]

끔찍한 비명 소리. 그게 90층의 악마, 사탄의 최후였다.

상황은 빠르게 정리됐다. 불지옥 몬스터들에게 밀리던 옥토브, 골룸, 벨콥은 내가 본격적으로 합세하자 금방 소멸당했다.

울트라 역시 피닉스의 끊임없는 공격에 불타 버렸다. 생명력이 한계에 달해 더 이상 새살이 돋지 않았다.

'정리 완료.'

그렇게 총 여덟의 존재가 고작 나, 인간 하나에게 전부 소멸 당했다.

[잭필드가 이건 놀라운 성과라고 합니다.]
[레너드 님이 감동하여 기절합니다.]

확실히 옛날 같았으면 말도 안 될 일이다. 「몬스터즈」 당시엔 한 층, 한 층 깨는 데만 기본 한 달에서 1년까지 걸렸던 지독한 놈들이었기 때문이다.
번쩍!
'사탄'이 죽었던 자리에 무언가 빛이 번뜩이고 있었다.

[악마성의 열쇠 조각(9/9)]

간만에 보는 열쇠 조각이었다.
4개까지는 내가 소유하고 있고 나머지는 레너드가 소유하고 있다. 벨제붑을 잡아 나온 여덟 번째 열쇠 조각은 네르갈이 점령하면서 회수했었다.
'어디에 사용되는진 모르겠지만.'
이제 모아서 조각을 맞춰보면 답이 나오겠지.
뭐, 레너드는 알고 있을지도 모르고.
'우선 제일 먼저 해야 할 것은.'
잔여 기운을 흡수하는 것.

나는 근처에 있는 보스들의 잔해를 하나하나 뒤적였다.

옥토브, 골룸, 벨콥, 울트라. 푸른색으로 빛나는 그들의 응집체를 심장 속으로 받아들였다.

수우우우!

엄청난 양의 기운들이 축적됐다. 각지 각색의 기운들이 모여 서로 치대며 날뛰기 시작했다.

"큥."

'불지옥'의 지속시간은 끝난 상태. 하늘과 땅이 갈라진, 이제는 적막에 휩싸인 그 공간에서 나는 털썩- 자리에 앉았다.

'이제 완전히 내 것으로 갈무리한다.'

'기'라는 게 그렇다. 방금처럼 받아들이는 즉시 쓰다 보면 뭔가 기분이 꺼림칙하다. 순도 100%의 힘도 나오지 않는 것 같고, 확실히 내 것 같지 않은 느낌이 든다.

대충 남의 힘을 빌려 쓰는 느낌? 그것을 연공법으로 해결할 수 있다.

"후우."

나는 가부좌를 틀고 호흡을 시작했다. 눈을 감고 내부의 '기'를 탐색했다.

'많긴 많네.'

심장 속 깊은 곳. 생각지도 못할 만큼 엄청난 양의 기운이 도사리고 있다. 그간 모아왔던 것의 거의 10배에 달할 정도. 환골탈태로 커진 그릇은 그 기운들을 다 담아내고 있었다.

고오오오…….

호흡이 시작되자, 주변에 바람이 일기 시작했다. 그동안 사용하느라 비워뒀던 내 본래의 '기'. 그것들이 다시 돌아오고 있는 현상이었다.

들숨을 통해 다시 심장 속에 차곡차곡 쌓아갔다.

썼던 '기'가 다시 충전되는 것. 흡수한 '기'를 다시 내것화하는 것. 호흡법의 두 가지 효능이었다.

나는 계속 호흡에 집중하며 기운을 다스렸다.

'쩝, 이걸 뭐라 표현해야 할지.'

악명이 자자했던 시련의 탑 보스들. 그들의 힘을 전부 흡수한 나는 괴물일까 인간일까.

당장에라도 창을 내질러 태산을 부숴버릴 수도 있을 것 같은 거력이 느껴졌다. 산을 부수는 인간을 인간이라 할 수 있을까?

'아니, 그것보다.'

과연 이 정도의 힘이면 사이버를 상대할 수 있을까? 아니면, 이 그릇을 다 채울 정도로 더 모아야 하는 걸까? 머리가 복잡했다.

그 와중에도 스텟은 계속 올랐다. 보스들의 기운이 점차 나에게 맞춰지고 있다는 방증이리라.

날뛰던 기운들도 서서히 가라앉기 시작했다. 유유히 흐르는 내 본연의 기운에 섞여들기 시작했다.

'엄청나네.'

기존 벼락의 땅에서는 능력치가 1씩 올랐다면, 지금은 10씩 오른다. 그것도 이미 한계치에 다다른 상태임에도 말이다. 그만큼 엄청난 순도의 '기'였다.

그렇게 시간이 흘렀고 대충 정리가 끝난 나는 오랜만에 상태창을 열었다. 강해진 기념으로 한번 정리하고 넘어가고 싶었다.

가진 몬스터의 수는 총 7마리. 켈피는 이제 쓰질 않으니 교체해 줄 때가 왔고 합체족을 더 가져와 스킬들을 충당해야 할 것 같았다.

'VIP 상점에 스킬들 많으니까.'

방법은? 레너드가 알아서 해주겠지. 이제 모든 간섭력을 나에게 투자하라 해둔 상태니.

합체족 몇 마리 주는 거? 아마 일도 아닐 거다.

캐릭터 스킬은 전부 S급 이상으로 채워뒀다.

'네르갈의 재판은 지우자.'

이제 딱히 쓸 일이 없다. 차라리 그 자리에 다른 스킬을 채워 넣는 게 더 효율적이지.

배신을 대비한 스킬이긴 한데……. 누군가 날 배신할 리도 없고, 배신한다 해도 직접 찾아가 뚝배기를 깨버리면 될 일이니까.

솔직히 말해서, 아까 사탄의 말을 믿지 않은 것도 같은 이유에서다. 만약, 레너드가 나에게 조금이라도 거짓을 고했다면? 그리고 그 사실을 나에게 들킨다면? 그대로 뚝배기를 깨 뇌수로 비빔국수를 해 먹을 거다. 이제 그 정도의 힘은 있으니까.

다음으로 확인한 능력치는 핵이라도 쓴 것 같은 수치였다.

1,000을 뚫다니, 과거라면 상상도 할 수 없었던 일. 이건, 온전히 '기' 덕분이었다.

'마지막으로 인벤토리 창.'

다른 건, 다 원래 있던 거였고. 사탄이 만들어 둔 저 주문서가 눈에 띄었다.

내 추측 상, 100% 함정인데 괜스레 궁금하게 만든다.

저걸 사용하면 어떻게 될까?

아무래도 50층으로 돌아가 잭필드와 상담해 봐야 할 듯싶었다. 같은 인공지능이니 뭔가 알 수도 있겠지.

"잭필드."

나는 허공에 대고 잭필드를 불렀다.

[잭필드가 안 그래도 마침 이동을 위한 준비를 마쳤다고 합니다.]

[레너드 님이 신나서 파티를 준비 중이라 합니다.]

파티는 무슨. 저게 분위기 파악도 못 하고. 아무래도 쟤는 좀 혼나야겠다. 전투 중에도 계속 거슬리게 했었으니까.

곧이어 눈앞에 보랏빛 포탈이 생겼다.

나는 창을 들고 장비 점검을 한 후, 그곳에 몸을 던졌다.

시련의 탑 50층. 기계실 내부.

나는 책상에 앉아 간만에 커피를 마시고 있었고, 잭필드가 반대편에서 내가 건네준 '지정 텔레포트 주문서'를 분석하고 있었다.

[좌표가 딱 91~100층대 지역이네요.]

"그래?"

[휴, 정말 큰일 날 뻔했습니다.]

기계실에 소수정예 멤버들은 없었다. 그들은 네르갈 병력을 진두지휘하며 90층까지 점령 중이라 했다. 채팅창 멤버들도 마찬가지.

'그게 낫지.'

보스들을 상대하는 건 처음부터 무리였다. 그곳에 있는 잡몬스터들을 상대하며 천천히 커나가는 게 좋을 거다.

"비, 비운 님."

옆에서 레너드의 목소리가 들렸다. 시선을 돌렸다. 그는 두 손을 뒷짐 지고 바닥에 대가리를 박은 상태로 부들부들 떨고 있었다.

"뭐."

"버, 벌써 20분이나 지난 것 같습니다만."

"같습니다만? 미쳤냐?"

"아, 아닙니다."

"내가 눈치 없이 전투 중에 겐세이 넣지 말랬지. 확 탑 1층에 집어 던져 버리기 전에 조용히 하고 있어."

"크흑."

어차피 레너드는 대화에 참여해 봤자, 큰 도움이 안 된다.

'도움은 무슨 열만 돋구지.'

잭필드와 이야기하는 게 몇십 배는 편하다. 그렇기에 간단한 벌을 줬다. 내가 당했던 거에 비하면 아주 간단하고도 심플한 벌.

"그래서 그 주문서를 쓰면 어떻게 됐을까?"

잭필드를 뒤로하고 계속 대화를 이었다.

[말했다시피, 사이버가 이곳 시간 축으로 온 이유는 오직 비운 님을 죽여 미래의 결과를 막기 위해서입니다. 놈은 수단과 방법을 가리지 않고 비운 님을 죽이려 들 것입니다. 만약 비운 님께서 그 주문서를 뜯으셨으면, 그쪽 지역에 있는 모든 보스들이 달려들었겠죠. 그 형들이라는 존재들과 같이요.]

"그럴 수도 있겠네."

확실히 그렇게 되면 나라도 장담 못 한다. 게다가 이번 전투는 내가 적들의 정보를 알기라도 했지, 90층 이후의 정보는 하나도 모른다.

'그리고 그곳은.'

사이버가 직접 나올 수도 있다.

[하지만, 그것 나름대로 나쁘지 않을 수도 있겠군요.]

"음?"

그게 무슨 소리지?

잭필드가 조심스레 말을 이었다.

[어차피 비운 님은 어떤 시련이든 해결하시니까요.]

"야, 그건 좀."

[들어보세요. 첫 번째 시간 여행 때의 또 다른 비운 님이 99층까지 깼다고 말씀드렸었죠?]

펄럭!

잭필드가 날개를 한번 휘저으며 물었다.

"그랬었지."

[그때의 비운 님이랑 지금의 비운 님을 비교하면 어떨까요?]

"그게 무슨 소리냐."

[단언컨대, 지금의 비운 님이 10배는 더 강할 겁니다.]

그게 말이 되나? 그때도 분명, 보스들이 있었을 텐데.

내 1/10 정도의 힘으로 99층에 간다는 건 납득할 수가 없다.

[그때의 비운 님. 즉, 굳센호랑이 님이 90층까지 점령하는 데 걸렸던 시간이 약 12년이었습니다. 한데, 지금의 비운 님은 약 2년의 시간도 걸리지 않았죠. 게다가 81~90층을 혼자서? 어우, 그때는 절대 불가능한 일이었습니다.]

"그건 너희가 그만큼 지원을……."

[아닙니다. 굳센호랑이 님도 40층대까지는 비슷한 속도였거든요.]

"그래?"

[비운 님이 '기'라는 것을 터득한 이후로 말도 안 되는 속도로 성장하고 계신 겁니다. 아마 사이버도 당황하고 있을 거예요. 기껏 준비해 놓은 보스들의 힘을 비운 님이 다 흡수해 버렸으니까 말이죠. 게다가 90층 이후의 정보는 이제 저희가 대충 알고 있기도 하구요.]

"흐음……."

과거의 나는 '기'를 사용하지 않았단 건가?

그렇다면 참 웃기는 일이다. 내가 '기'를 얻게 된 이유는 사이버의 함정 때문이니까.

[이미 비운 님은 놈의 예측을 넘어섰습니다. 생각해 보십시오. 만약 우리 측이 전력을 다해 비운 님을 막는다면 어떻게 되겠습니까.]

우리 측이라면 갓 컴퍼니 진영. 네르갈의 병력들을 말하는 것이리라.

"내가 이기겠지."

볼 것도 없다. 놈들을 압도했던 여덟 보스를 혼자 박살 냈던 나다. 아마 불지옥만 운용해도 네르갈 진영은 초토화될 거다.

[아마 90층 이후의 보스들도 별다를 바 없을 겁니다.]

"제 꾀에 제가 당한 꼴이로군."

[그렇습니다. 놈이 판 함정마다 비운 님에게 득이 된 거죠.]

"그래서 어떡하라는 거지? 지금 당장 주문서라도 뜯으라는 건가?"

[아, 우선 여길 보시죠.]

잭필드가 곧 무언가를 탁자 위에 올렸다.

검푸른 빛으로 번뜩이는 열쇠였다.

"……이건?"

열쇠는 굉장히 커다랬다.

"악마성의 열쇠 조각을 합친 거야?"

[그렇습니다.]

기이한 빛깔을 품어내는 열쇠.

근데 뭔가 이상하다. 뭔지 모를 친숙함이 든다.

[기존에도 합친 적이 있었습니다. 한데, 그때도 탑의 비밀을 풀 열쇠라고만 설명되어 있고 모든 정보에 락이 걸려 있어 끝까지 알아내지 못했었죠.]

"그래?"

나는 눈앞의 열쇠를 주시했다. 그러자 스킬, 심연의 눈동자가 발동했다.

[악마성의 열쇠(EX급)]

-??:???

-?? ?? ?. ? ??? ? ???? ??? ??? ? ????.

-???? ?? ?????.

-절대 부러지지 않습니다.

-??? ?? ??? ????? ??? ? ????

-탑의 비밀을 풀 수 있는 열쇠.

대부분의 설명에 잠금이 걸려 있었다.

보여지는 설명은 딱 두 개. 그리고.

"이것도 EX급이네?"

[네, 그리고 얼마나 걸릴지는 모르겠지만 비운 님께선 분명 사이버를 잡을 수 있으실 겁니다. 당시의 군센호랑이처럼 우리 병력과 함께 라면요.]

"너희 병력?"

그 쫄따구들?

[저희도 시간이 지날수록 성장이란 걸 할 테니까요. 근데 그 전에 이 열쇠의 비밀부터 풀어야 한다는 겁니다.]

"……열쇠의 비밀이라."

탑의 비밀을 풀어야만 사이버를 잡을 수 있다는 건가?

[저희는 그 열쇠의 비밀이 세계수에 있다고 생각하고 있습니다.]

"세계수?"

[그렇습니다. 당시 99층 점령 당시 그 구역을 샅샅이 뒤졌는데도 나오지 않았던 나무. 우리는 그 세계수를 찾아야 합니다.]

세계수 위그드라실. 세계를 떠받들고 있다는 나무의 정점으로 지병수 할아버지가 화신체를 가지고 있다.

"그 세계수를 어떻게 찾는데."

[그건 저희도 모릅니다.]

뭐야?

근데, 잠깐. 말이 안 되는 게 있는데?

"근데 군센호랑이는 사이버를 잡기 일보 직전이었다며, 그래서 위기감을 느낀 사이버가 이쪽으로 넘어온 거 아니야?"

날 제거하기 위해서.

분명 그 당시에도 열쇠의 비밀을 못 풀었다고 했었다. 그런데 어떻게 사이버를 잡기 직전까지 갈 수 있었던 걸까.

[맞습니다. 아마, 그 당시 군센호랑이 님이 세계수의 비밀에 접근했던 것 같습니다.]

"그걸 너희는 몰랐고?"

[안타깝게도 그렇습니다. 사실 사라지신 것도 좀 이후에 알았

거든요. 그때 당시에는 모든 통수권을 레너드 님이 쥐고 계셔서.]

"얼씨구?"

또 레너드야?

[다만, 그 당시 군센호랑이 님이 찾았던 것처럼 비운 님도 가능할 거라 보고 있는 거죠.]

"그것참, 속 편한 소리네."

[……죄송합니다.]

후우.

나는 한숨을 쉬며 커피를 들이켰다. 향과 맛은 있었으나 무언가 칼칼하다.

어쨌든, 이 세계의 비밀을 풀 사람은 오직 하나, 나라는 말이겠지? 그렇기에 「갓 컴퍼니」도 이렇듯 나에게 목매고 있는 것일 테고.

'뭐, 어차피 기대도 안 했으니까.'

이왕 시작한 거 끝을 볼 생각이었다. 「갓 컴퍼니」의 무능함 따위는 신경 쓰지 않는다. 「몬스터즈」 플레이 당시에도 결국은 나 혼자 힘으로 해낸 거지 않은가. 지금이랑 별다를 거 없다.

'이제 얼마 남지도 않았어.'

91~100층대만 점령하면 뭐가 됐든 이 빌어먹을 세계의 결말이 보일 거다. 그 끝이 파멸이든 생존이든 종지부를 찍을 거다. 어차피 가만히 있다가는 '사이버'에게 당하는 결말뿐이니.

나는 고개를 우측으로 돌렸다. 옆에는 아직도 레너드가 부들부들 떨며 대가리를 박고 있는 중이었다.

아쉽게도 당장은 이놈이 필요하다. 그래도 네르갈의 병력을 통제하는 건 이놈뿐이니. 잭필드도 나름 필요로 하고 있는 것 같고.

"야, 레너드"

"네, 넵! 비운 님!"

"일어나 봐."

그가 기다렸다는 듯이 벌떡 일어났다. 부르르 떨면서 목을 만지는 게 본인 힘들다는 걸 대놓고 티 내고 있다.

"휴우."

옛날엔 쉐넌이 짜증 났다면, 이제는 요놈이 문제다.

"펜 있냐?"

"펜 말씀이십니까?"

"어, 뭐 좀 적게."

[여기 있습니다. 비운 님.]

레너드에게 시키기도 전에 잭필드가 신속하게 종이와 펜을 가져왔다. 나는 탁자에서 무언가를 신속히 써서 내밀었다. 잭필드가 물었다.

[이게 뭡니까?]

"합체족 4마리에게 들어갈 스킬들. 총 20개 추려놨으니까 90층까지 점령한 간섭력으로 만들어 지급해 놔."

합체족에 들어갈 '합체' 스킬을 제외한 총 20개의 스킬이다. 물론, 중복되는 것도 있다.

[히익…… 이건.]

종이를 받아든 잭필드의 눈이 휘둥그레졌다.

옆에서 힐끔 보던 레너드도 입을 떡 벌렸다.

"왜."

[……티라노의 '튼튼한 육체'에 옥토브의 '죽음의 시선', 골룸의 '전류 폭풍', 벨콥의 '파괴 광선', 초개스의 '포식', 울트라의 '무한 재생'……. 헐, 거기다가 사탄의 '메테오 스트라이크'까지요?]

총 7개의 스킬이다. 이번 전투에서 쓸 만해 보이는 것들로 추렸다.

[거기다가 남은 13개 자리는 전부 다 '환기'네요?]

그럼. 좋은 스킬을 한 번 더 쓸 수 있는 '환기'야말로 「몬스터즈」 사상 최고의 사기 스킬이니까.

"왜 힘들어?"

[이번에 얻은 간섭력으로 남아나지 않겠…… 게다가 이걸 다 연산해 넣으려면……. 으음, 6성짜리 합체족도 4마리나 만들어야 하니까…….]

"그래서 못하겠다고?"

나는 잭필드의 눈동자를 빤히 응시했다.

그러자 날개가 부르르 떨린다.

[최, 최대한 해보겠습니다.]

"응, 그러는 게 좋을 거야. 서로 목적을 달성하고 싶다면."

나는 자리에서 일어났다. 간만에 벌어진 무리한 전투였다. 휴식이 조금 필요했다.

'우선은 강해지는 거에만 초점을 둔다.'

형들이고 주문서고 나발이고 생각은 다음에 한다.

우선은 얻은 간섭력을 투자받는 데만 집중한다. 과거의 굳센호랑이는 약 15년 동안 일행들 그리고 병력들과 함께 성장했다 했는데, 굳이 난 그럴 필요 없다. 그냥 오로지 내가 다 투자받고 나 혼자 해결할 생각이다. 그게 편하니까. 그게 지금 나의 전투 방식이다.

'굳센호랑이랑 나는 달라.'

미래의 내가 무슨 짓을 했는지도 모르고, 알 생각도 없다. '나'는 오직 지금의 나다. 현재 내 판단대로 할 거다. 그 당시의 나도 그랬겠지.

지이잉!

탑 밖, 포탈로 나가려 할 때였다.

[비, 비운 님 잠깐 기다려 주십시오!]

잭필드가 긴급히 불렀다.

"뭔데?"

뒤를 돌아다 봤다. 보아하니, 탁자 위의 열쇠가 검푸른 빛을 발아하며 덜덜덜- 진동하고 있었다.

"저건 뭐지?"

[저, 저도 모릅니다.]

부우웅!

내 등 뒤에 있던 '무명'(無名)이 반응한 것도 그때였다.

"응?"

그러고 보니, 저 열쇠. 뭔가 친숙한 느낌이 들었었지.

지금 생각해 보니, 내가 가지고 있는 '무명'(無名)과 성질이 비슷했다. 그러고 보니 뿜어내는 색도 비슷하네.

"기다려 봐."

나는 홀린 듯 탁자 쪽으로 다가갔다.

['악마성의 열쇠'(EX급)가 특수조건을 달성합니다.]

['악마성의 열쇠'(EX급)의 봉인이 해제됩니다.]

나는 잭필드를 돌아다봤다. 그도 고개를 절레절레 젓고 있을 뿐이었다.

다시 열쇠의 정보를 확인했다.

[악마성의 열쇠(EX급)]

-레벨:1

-특징:성장형.

-그 누구도 이 아이템의 근원을 추측할 수 없습니다.

-사용자와 함께 성장합니다.

-절대 부러지지 않습니다.

-캐릭터 혹은 인간형 몬스터만이 사용할 수 있습니다.

-모든 속성에 우위 대미지를 부여합니다.

-속성 대미지×130%

-기본 대미지×130%

"……이건?"

놀라웠다. 정보가 기존 '무명'(無名)의 레벨 1 때 모습과 동일했기 때문이다. 생긴 건 완전히 딴판이었지만 말이다.

[이게 어찌 된…….]

잭필드도 당황했다. 그들도 정보를 뽑아 본 것 같았다.

"이 창……. 너네도 근원을 모른다 했지."

내가 무명을 꺼내 들었다. 열쇠를 보며 격렬하게 진동하는 창.

[그, 그렇습니다.]

"허."

갑자기 이게 또 뭐야.

머리가 더욱 복잡해졌다.

[락은 그대로입니다. 클라이언트를 분석해 봐도 이 열쇠에 대한 정보는 어디에도 없습니다. 물론…… 무명도요.]

"끄응, 사이버의 함정인가?"

[그건…… 아닐 겁니다. 로그 분석 결과 놈에게도 접근했던 흔적이 있어요. 거기에 사이버가 제정신이라면 본인을 위협하는 무기를 만들진 않았을 겁니다.]

"그럼? 갑자기 생뚱맞게 등장한 아이템이라고?"

[크응, 비운 님의 '기 연공법'도 그랬지 않습니까.]

맞다. 캐릭터 스킬, '□■■■□'(□□). 요놈도 정체를 알 수가 없었다.

따지고 보면, 이것 역시 사이버에게 반하는 스킬이라 사이버가 만들었을 리는 없고.

[저는 버그 같은 게 아닐까 생각 중입니다.]

"버그?"

[네, 비운 님 세대 입장에서 보면 각종 게임에 등장하는 핵이나 바이러스 같은 거 있잖아요.]

"그런 걸 누군가 만들었다는 거야?"

생물학적 바이러스와 컴퓨터 바이러스는 극명히 다르다. 컴퓨터 바이러스는 일종의 프로그램이다. 즉, 누군가 만들지 않았다면 생길 수 없다는 말이다.

'혹시.'

레너드의 조부였다는 버나드의 작품일까?

근데 그건 말이 안 된다. 버나드는 이 게임이 창시되기 이전에 사망했으니까.

[생물학적 바이러스일 가능성도 염두에 두고 있습니다.]

"응?"

[사이버가 한 짓 역시 결국은 자연을 거스르는 일이었으니까요. 우선, 이 부분은 제가 좀 더 검사해 보고 말씀드리겠습니다.]

하아.

알 수 없는 것투성이. 속이 뭐에 끼인 듯 답답하다.

"그래, 일단은 그래라."

우선은 좀 쉬고 싶었다.

Chapter 5

시간은 빠르게 흘렀다. 사이버 측은 별다른 움직임이 없었고 90층 점령도 마무리 단계에 접어들고 있었다.

내가 그 구역 모든 보스들을 잡으면서 괴물족들은 통제력을 잃었고 네르갈 병력들에게 완전히 말살당했다. 71~80층 때처럼 굳이 괴물족들을 아군으로 끌어들이진 않았다. 그것보다는 죽인 후, 채팅창 멤버들의 '기'로 흡수되게끔 했다.

이성이 없고 투기만 남아 있는 괴물보단 그래도 '유저'들이 통제하기 더 편하니까.

[병아리콩(Lv.80):와, 우리가 이 땅을 다 점령했다고?]

[조류족성애자(Lv.80):하아, 이제 괴물족만 봐도 토 나올 것 같아. 빨리 복귀해서 뿔하피 보고 싶다.]

[아리아리동동(Lv.80):그래도 우리가 언제 탑 80층대를 노닐겠냐. 다들 고생했다.]

[병아리콩(Lv.80):ㅇㅇ. 많이 강해지기도 했지. 기도 많이 먹었고.]

[카드값줘체리(Lv.80):이제 탑 밖 유저들은 그냥 피라미 수준이겠는데.]

채팅방 멤버들은 더욱 성장했다. 아무리 노력해 봐야 나에 못 미치겠지만, 그래도 반가운 일이다. 혹여 또 한 번의 전쟁이 일어난다면 그래도 시간을 벌어다 줄 정도는 될 터이니.

소수정예 멤버들 역시 급속도로 성장했다. 과거 알렉산드로는 진즉에 넘어선 상태. 이번 전투로 각자 가지고 있는 초월 몬스터들의 수준도 한껏 업그레이드시켰다.

'그리고 나는…….'

잭필드는 결국 해냈다. 내가 요구했던 스킬들을 모두 만들어냈다. 그만큼 이번에 얻은 간섭력이 많았나 보다.

안타깝지만 '유령마 켈피'는 그만 보내줬다. 등록 해제한 후, 새로 받은 합체족들을 장착했다. 이제야 레벨 만렙에 6성 풀 장착을 한 것이다.

'근데…… 합체족 이름이 왜 이따위야?'

뭔가 시계 브랜드 이름 같은데…….

레너드 이 새끼, 시덕인가?

콰아아아!

보랏빛 광선이 60층대 탑 일대를 휩쓸었다. 압도적인 파괴력에 한 사냥터의 잡 몬스터들이 일제히 찢겨 나갔다.

벨콥의 '파괴 광선'. 발사된 곳 일대의 모든 것을 파괴한다는 그 광선이 이제는 내 오른손에서 펼쳐지고 있었다.

'확실히 디쇼보다는 쓸 만하네.'

과연 보스급 스킬일까. 내 '기'까지 첨가되어 증폭된 광선은 기존 디스트럭션 쇼크웨이브의 위력을 한참 넘어섰다. 앞으로 다량의 적을 상대할 때 그 위력을 보여줄 거다.

[와, 주인. 이건 진짜…… 보고도 못 믿겠어. 상대의 스킬을 이런 식으로 다 빼 올 수 있다고?]

옆에서 골베론이 중얼거렸다. 잭필드가 만들어준 선물을 이해 못 하는 것 같았다.

'말해봐야 모르지.'

나는 피식 웃은 후 팔을 번쩍 들어 올렸다.

파즈즈즉!

공간 일대에 전류가 번뜩이기 시작했다. 이번엔 골룸의 '전류 폭풍'이다.

'끔찍했었지.'

아직까지도 그때의 고통이 잊히지 않는다. 모든 생명체를 옴짝달싹 못 하게 마비시킨다는 광역 공격기임과 동시에 CC기까지 겸하는 사기적인 스킬.

콰가가강!

하늘에서 번개가 수천 번씩 내리꽂힌다. 격렬한 뇌(雷)의 기운이 이리저리 날뛴다.

'내가 이런 곳에서 살아남았다고?'

아직도 놀랍다.

[이건…… 전격을 다루는 나도 감당 안 될 정도의 힘이다, 주인.]

실베론도 감탄했다. 나는 소환수들을 데리고 탑을 순회하고 있었다. 이번에 얻은 스킬들을 연습하기 위해서였다. 훈련소에서 사용하기엔 스케일이 너무 크니까.

'특히.'

사탄의 '메테오 스트라이크'. 이건 아직 실험조차 못 했다. 그 스킬에 내 '기'가 섞인다면 세계 자체가 큰 손상을 입을 수 있다는 잭필드의 만류 때문이었다. 그는 메테오를 인류가 가졌던 비대칭 무기인 핵폭탄과 동일시했다.

아니, 그보다 더할 거다. 운석이 떨어지는 거니까.

'요건 사이버 진영에 선물하기로 하고.'

일단은 보류했다. 60층은 명실상부 「갓 컴퍼니」의 소유니까. 난장판은 사이버 진영에다 칠 거다.

"골베론, 실베론."

[응! 주인.]

[말해라, 주인.]

"지금부터 진심을 다해 날 공격해."

두 드래곤 로드에게 날 공격하라 시켰다. 다음으로 새로운 몸빵 스킬인 티라노의 '튼튼한 육체'와 울트라의 '무한 재생'을 실험해 보기 위해서였다.

[그러지.]

[걱정 안 해도 되겠지? 주인은 괴물이니까.]

나는 고개를 끄덕였다. 로드들뿐만 아니라 뿔하피도 공격에 가담시켰다.

후우웅! 파즈즈즉!

이윽고 가지각색의 스킬들이 날아왔다.

'뭐야.'

그 강력했던 로드들의 공격이 이제는 슬로우모션으로 보일 정도로 느렸다. 이는 능력치의 상승 덕분이다.

'그냥 맞아줘 볼까?'

어차피 방어력과 회복력을 실험해 보려던 거니까. 몸을 최소한으로 움직여 스킬을 피해내던 나는 그냥 몸에 가져다 댔다.

콰아앙!

육체에 부딪힌 에너지들이 터져 나갔다. 스킬 자체는 가벼워 보여도 로드들의 마법에는 복잡한 다수 연산과 증폭 공식들이 첨가되어 있었다.

'그런데 아무런 통증이 없어.'

통증은커녕, 충격조차 없다. 작용 반작용의 법칙에 의하면 뒤로 튕겨 나가기라도 해야 하는데 그런 '미는' 느낌조차 없다. 그냥 소리만 요란하다.

[괘, 괜찮아, 주인?]

골베론이 당황해서 물었다. 실베론은 나와 훈련을 많이 해서인지 계속 공격을 날린다. 내가 이 정도 공격에 당할 리 없다는 걸 아는 거다.

"지상 최강이라는 용족의 수장들이 그거밖에 안 되냐? 이건 뭐, 간지럽지도 않네. 할 수 있는 최강의 스킬을 써 봐."

나는 그들에게 '기'를 주입했다. 그래야 조금이나마 충격이 올 것 같았다.

[좋아, 역시 괴물이라 이거지? 후회하지 마.]

[할 수 있는 최고의 마법을 준비하지, 주인.]

복잡한 수식들이 허공에 아로새겨졌다.

고오오오…….

에너지의 과집중에 대기가 흔들리기 시작했다. 모이는 '기'만 봐도 80층대의 보스들에 견줄 정도.

"좋아, 그대로 날려."

나는 방어 태세를 해제했다. 다소 무식하지만, 이게 테스트하기에 가장 좋은 방법이다.

곧이어.

콰가가가!

광풍과 뇌전을 담은 연계 스킬들이 한가득 쏟아졌다. 아마 그들이 낼 수 있는 최고 에너지를 출력했을 거다.

파즉!

생채기가 나기 시작했고.

쩌억-

살갗이 벌어지기 시작했다.

'그러나.'

하나도 아프지 않았다. 상처와 동시에 급속도로 아물었다. 마치 서은채의 힐링 세례를 지속적으로 받는 느낌.

"좋아, 이 정도면 충분해."

결과는 만족스러웠다.

완벽한 딜과 탱의 조화. 나는 「몬스터즈」 사상 최고의 탱커이자 딜러가 된 것이다. 이 정도면 힐러 없이 혼자서도 종횡무진할 수 있다.

[마, 말도 안 돼. 내 생에 이런 괴물을 볼 수 있다니!]

[주인, 이건 나도 놀랍군.]

두 로드가 경악했다.

'쩝, 나도 놀랍다.'

감회가 새로웠다. 이렇게까지 강해질 수 있다니.

이곳에 떨어졌을 당시만 해도 상상도 못 할 일이다. 게다가 이제 내 스펙도 「몬스터즈」 10년 차 플레이 당시를 완전히 넘어서 버렸다.

'과연.'

이 힘이면 몇 층까지 올라갈 수 있을까. 사이버는 상대할 수 있을까?

[잭필드가 비운 님을 호출합니다.]

그때였다. 허공에 메시지가 떴다.

"왜, 무슨 일이냐."

[90층 점령 마무리 작업이 끝났다고 합니다. 그에 관련해서 이야기를 나누고 싶어 합니다.]

90층 점령 완료. 이제 진짜 마지막 한 차원만 남은 거다.
91~100층대. 사이버가 점령하고 있는 놈의 본진.
"좋아, 소환해."

[지금이 적기입니다.]
기계실에 들어오자 잭필드가 처음 꺼낸 말은 이거였다.
"응?"
[90층을 점령하는 동안 사이버 측의 움직임이 하나도 없었습니다. 방해할 법도 한데 말이죠.]
"그래서?"
[추측건대, 놈은 다음 있을 전쟁에 모든 힘을 쏟고 있을 겁니다. 놈도 깨달은 거죠. 자잘하게 간섭해 봐야 비운 님의 힘만 더 키워주는 꼴이란 걸요.]
그걸 이제야 깨달았나?
뭐든, 아무래도 좋다.
"그래서 하고 싶은 말이 뭔데."

[지금 쳐야 합니다.]

“사이버를?”

[네, 우리가 강해지고 있는 만큼 사이버 측도 시간이 갈수록 강해질 테니까요. 치려면 지금이 낫습니다.]

“흐음.”

나쁜 생각은 아니다.

어차피 난 성장할 만큼 했다. 80층대에 머물러 있는다고 해봐야 드라마틱한 성장을 기대하기도 어렵고.

사실, 내가 먼저 제안하려 했는데. 마침 잘 됐다.

[괜찮습니까?]

잭필드가 내 의중을 묻는 의도. 다음 전쟁의 히든카드 역시 나이기 때문이다.

내가 싫다고 하면? 작전 불가다. 아무것도 할 수 있는 게 없을 거다.

“어떻게 칠 건데?”

[저번처럼 세계수의 뿌리를 개방할 겁니다. 가용할 수 있는 전 병력을 이용해서 밀고 들어가야죠.]

“81~90층대 세계를 쳤을 때처럼?”

[맞습니다. 이번에도 비운 님이 함께 가서 지원해 주신다면…….]

“아니.”

난 고개를 저었다.

저번에 느껴봐서 안다. 네르갈의 병력은 도움이 전혀 안 된다. 도움이 되는 거라곤 세계를 점령하는 것뿐. 잡 몬스터들을 상대해 주는 것.

그들은 오로지 그 용도다.

[……마음에 안 드십니까?]

"나는 따로 움직인다."

[그게 무슨……? 설마.]

"어, 주문서를 찢을 거야."

내 답에 잭필드의 눈이 휘둥그레졌다. 옆에 있던 레너드도 살짝 경직됐다.

"알잖아. 어차피 저쪽 진영 보스들은 나 혼자 상대해야 한다는 거. 너희는 너희대로 따로 움직여라. 시선은 내가 끈다."

[그건 그렇습니다만…… 너무 위험…….]

"왜, 먼저 제안한 건 너잖아?"

[맞습니다. 그냥 죄송스러워서요.]

"마음에도 없는 말은 집어치워."

잭필드도 분명 원하고 있었다. 내가 주문서를 찢길. 다만, 무작정 희생을 강요하는 것 같아 조심스럽겠지.

"그냥 하던 대로 해. 어울리지 않는 배려 하지 말고."

참, 웃긴다. 지금 가나 주문서를 찢나 위험한 건 매한가지인데.

[가, 감사합니다.]

나는 답 없이 창을 꺼냈다. 그리고 주문서 역시 꺼내 들었다. 쇠뿔도 단김에 빼랬다고 마음먹은 즉시 움직일 생각이었다. 그렇지 않으면 가기 싫을 것 같으니까. 나도 사람인지라 부담되긴 하거든.

'사이버라니.'

그 끔찍한 눈동자. 과연 놈이 직접 기다리고 있을까?

형들은? 혹여 정말 사탄의 말이 맞다면? 나는 어떻게 해야 하는가.

'직접 보고 판단한다.'

그게 내가 내린 결론이다.

그렇기에 주문서를 찢는 거기도 하다. 놈이 내가 성장할까 두려워 함정을 파지 않는 거라면? 내가 직접 함정에 빠진다는 역발상이기도 하다. 언제나 나는 함정에서 살아남아 왔으니까. 그리고 그만큼 더 강해져 왔으니까.

"준비는?"

[다 된 상태입니다.]

저렇게 대답하는 거로 보아 배신의 징조는 없지만.

"거기서도 통신은 문제없겠지?"

[비운 님에게 원격 장치를 설치해 놨습니다. 저번처럼 문제없을 겁니다.]

"좋아."

출발 전 마지막으로 상태를 점검했다. 소환수들을 확인했고 스킬 쿨다운 상태를 점검했다.

골베론은 어쩔 수 없다. 소환수가 아니기에 네르갈 진영에 합류시킬 수밖에. 이미 예측하고 실베론의 드래곤 통제권도 골베론에게 넘겨놓은 상태다.

'가서 무슨 일이 벌어지든.'

이제 끝이 다가온다. 결전의 때가 다가왔다.

그 끝이 사이버의 파멸이던, 내 죽음이던 나는 할 만큼 했다. 최선을 다해 생존했고 온 힘을 다해 스펙을 키웠다.

여기서 안 되면, 나도 어쩔 수 없다. 인간을 초월한 힘으로도 할 수 없는 것일 테니.

[여기 악마성의 열쇠입니다. 아쉽게도 열쇠의 비밀은 아직 풀지 못했습니다.]

잭필드가 다가와 검푸른 빛 열쇠를 내밀었다.

"이걸 왜 날 줘?"

[비운 님이 그곳에서 하셔야 할 것은 세계수의 비밀을 풀어내는 겁니다. 당시의 굳센호랑이 님이 하셨던 것처럼요. 이게 필요할지도 모르는 일입니다.]

맞다, 세계수. 그게 남아 있었지.

나는 열쇠를 받아 챙겼다.

'무명'(無名)과 똑같은 분위기. 도대체 어떤 비밀을 숨기고 있는 것이냐.

[그럼 건투를 빌겠습니다.]

잭필드와 레너드가 고개를 숙였다.

준비는 끝났다. 이제 직접 부딪치는 것뿐.

[비운(Lv.80):먼저 갑니다.]

채팅창에는 한 마디만 남겼다. 아무런 통보 없이 움직이면 서운해할 수도 있기 때문이다. 특히 소수정예 멤버들은 지금껏 정을 나눠왔던 존재들이니.

[아리아리동동(Lv.80):오, 갑자기 비운 님 등장!]

[병아리콩(Lv.80):잉? 갑자기 어딜요?]

[모찌(Lv.80):무슨 말이야?]

[서은채(Lv.80):???]

그 외 많은 메시지가 떠올랐지만, 그대로 채팅창을 내렸다. 설명해 봐야 반대만 할 게 뻔하기 때문이다. 지금부터 내가 할 짓은 과거 함정과 차원이 다른 일일 테니.

'잭필드가 잘 설명해 주겠지.'

찌익!

준비가 끝난 나는 망설이지 않고 주문서를 찢었다.

내가 선택한 길. 놈을 향한 역습의 시작이었다.

파즛-

시야가 번쩍임과 동시에 낯선 장소가 보였다.

[탑 ??층 지역에 도착합니다.]

간만에 뜨는 메시지.

나는 그 즉시 자세를 낮추고 기감을 펼쳤다.

'집중하자.'

주변은 척박해 보이는 기계 도시였다. 색이라고는 짙은 회색과 검은색밖에 없는 그런 적막한 도시. 망해 버린 미래도시가 있다면 이런 모습일까 싶었다.

"잭필드, 들리냐?"

우선 통신상태부터 확인했다. 구경꾼이 성가시다 해도 없는 것보단 낫다. 그래도 이것저것 간섭해 주는 게 있으니까.

[잭필드가 들린다고 합니다.]

[레너드 님이 이곳은……]

상태는 양호했다. 다행이라면 다행이다.

[당시 군센호랑이 님이 갔던 탑 99층대의 모습과 동일하다 합니다.]

"응?"

잠깐 레너드의 말을 곱씹었다.

'탑 99층이라고?'

이렇게 한 번에? 그건 너무 급발진이긴 한데…….

뭐, 상관은 없다. 빨리 끝낼 수 있다면 나야 환영이니까.

"뿔하피, 실베론."

[응! 주인님!]

[신기한 환경을 가진 곳이로군.]

곧바로 뿔하피와 실베론을 꺼냈다. 그 후, 창을 꺼낸 채로 전투태세를 갖췄다.

이곳은 사이버의 필드. 한순간도 방심해서는 안 된다.

'주변은 조용해.'

사탄의 말이 진짜이든, 함정이든 뭔가 나타나야 하는데…… 이상하리만큼 조용하다.

"일단, 움직여 보자."

사이버를 찾든, 세계수의 비밀을 알아보든 이 주변을 탐색해봐야 할 것 같았다.

[알겠다, 주인.]

[그럴게!]

평소 말이 많던 두 소환수가 유난히 조용했다. 분위기가 심상치 않음을 느낀 것이다.

'골베론에게 미안하긴 하네.'

이 세계의 끝을 보여주기로 약속했는데. 사정상 함께하지 못했다.

'뭐, 아직 끝은 아니니까.'

뭐든 아직 속단하기는 이르다. 네르갈 진영도 점령해 들어오긴 할 거고.

퉁!

땅을 박차 허공을 날았다. 높은 고도에 올라 주변을 훑을 생각이었다. 뾸하피와 실베론도 뒤를 따랐다.
기계 도시는 생각보다 큼지막했다.
'몬스터도 없고 보스들도 없어.'
혹여 내가 기운들을 흡수할까 봐 다 없애버리기라도 한 걸까? 아니면, 나를 이리로 불러놓고 반대로 레너드 쪽을 치기라도 하려는 건가?
오만가지 생각이 다 들었다.
순간, 시선이 어떤 건물로 향했다.
큼지막한 기계 탑이었다. 마치 날 봐달라고 하듯 기괴하게 생긴 탑.
'탑 속의 탑이라…….'
왠지 저기로 가야 할 것만 같았다. 눈에 띄는 곳이라고는 저기밖에 없었으니까. 우리는 방향을 틀어 그곳으로 날았다.
"아, 잠깐."
[응?]
얼마 지나지 않아 내가 속도를 낮추자, 두 소환수가 의아해했다.
[주인님! 무슨 일이야?]
"이거…… 뭔가 가까이 갈수록 위화감 드는데."
[잘은 모르겠지만 들어가면 안 될 것 같은 느낌이 들긴 한다.]
실베론이 동조했다.
"아니, 그런 게 아냐."
나는 고개를 저었다.

[그럼 뭔가.]

"저기, 무언가가 있어. 분명."

이건 직감이었다.

제3의 감각으로 봤을 땐 아무것도 없다. 그러나 내 경험이 말해준다. 저기 무언가 거대한 힘이 숨죽이고 있다고.

이건 내 10년간 「몬스터즈」를 플레이했던 경험이기도 하고 생사를 오가며 체득한 감각이기도 하다.

[주인이 그렇다면 그런 거겠지.]

허공에 뜬 채로 멈춰 섰다. 구경꾼들도 이번엔 숨죽이며 말을 아끼고 있었다. 내 판단을 기다리는 거다.

"나와라, 사이버."

허공에 외쳤다. 적막한 필드에 내 목소리가 메아리쳐 울린다.

'흐음.'

답이 없었다. 기분이 썩 좋진 않았다.

왜 있지 않은가. 아무도 없는 집에 괜히 누군가 있을까 확인하는 그런 더러운 기분.

"초대해 놓고 숨어서 지켜보고 있다니, 쫄보가 따로 없구나."

이곳은 99층. 사이버의 필드다. 즉, 놈이 날 주시하고 있을 가능성이 매우 높다. 나는 일부러 '초대'라는 단어에 힘을 줬다.

'분명 놈은 원했으니까.'

내가 그쪽과 함께 힘을 합치길. 내가 그쪽으로 넘어가길.

[……크크크…… 크큭.]

그때였다. 문제의 탑에서 기괴한 기계음이 울렸다.

'이런 ×발.'

역시 숨어 있었나.

[뭐지…… 저건.]

[주인님! 무셔!]

실베론이 경계하고 뿔하피가 내 뒤로 숨었다.

야, 뿔하피……. 잊었나 본데, 너 내 소환수야…….

꿈틀-

기괴한 탑 끝부분에 무언가가 움직인 것은 그때였다. 기계음이 들려오는 방향인 걸 보아하니……. 저놈이 사이번가?

이윽고- 그 무언가가 활짝 펴졌다.

'그래……. 저건.'

저것은 눈이었다. 항상 날 지켜보던 끈적한 눈. 오싹하면서도 시뻘건 구체.

"사이버……."

놈의 시선이 우리에게 닿았다.

"커헉."

역시나 변한 게 없었다.

과거에 느꼈던 그대로의 눈빛. 그 압도적인 힘의 격차.

['사이버'의 눈길에 노출됩니다.]

['힘' 능력치가 20% 저하됩니다.]

['민첩' 능력치가 20% 저하됩니다.]

['체력' 능력치가 20% 저하됩니다.]

[스킬 재사용 대기시간이 50% 늘어…….]

과연 최종 보스일까. 각종 디버프가 쏟아졌다.

제기랄.

[크흑, 몸이 약해진 느낌이다. 주인.]

[주인님! 몸이 무거워!]

두 소환수도 고통을 호소했다.

'아…….'

마침내 등장한 놈의 모습. 뭔가 암담하면서도 허탈했다.

'저런 존재를 상대해야 한다고?'

마치 고양이가 아무리 강해져도 호랑이를 못 이기는 것처럼…… 그런 박탈감이 느껴졌다.

'아니, 뭐. 예상 못 한 건 아니잖아.'

마음을 다잡았다. 손아귀에 힘이 꽉 들어갔다.

어차피 더 이상 강해지기 힘들어서 온 곳이다. 힘을 모으고 모아도 격차가 느껴진다면, 그냥 그전에 부딪힌다.

모든 게임이 그렇다. 불가능해 보여도 항상 해결책은 존재한다. 그냥 이것 역시 게임이라 생각하면 된다. 그럼 마음이 편해진다.

[잭필드가 경악합니다.]

[레너드 님이 어차피 사이버 역시 우리처럼 전투에 끼어들지 못하는 거 아니냐 묻습니다.]

그걸 왜 나한테 물어, 새꺄.

[그때도 분명 그랬었다고 합니다.]
[잭필드가 사실 그건 모르는 일이라 합니다.]

얼씨구.
구경꾼들도 멘탈이 나간 듯싶었다. 지들끼리 혼란스럽게 의견 충돌이 일어난다.
'뭐, 사실 모르는 게 당연하지.'
미래와 현재는 분명히 다른 법이니.
난 사이버의 시선을 그대로 받았다. 놈의 눈동자가 초승달처럼 휜다.
[혹시나 했는데 진짜 오다니. 역시 그대는 재미있는 인간이야.]
놈이 말을 걸었다. 옛날에 들었을 땐, 좀 끊기는 느낌이었는데 지금은 매끄럽다. 그때는 뭐, 통신 오류 같은 거였나?
"……사이버. 나왔군."
[많은 인간 군상들을 만나왔지만, 그대만큼 날 충족시켜 주는 존재는 없었지.]
대화를 이어가자는 건가? 안될 거 없지.
"충족이라. 역시, 네놈은 이걸 한낱 유희라 생각하나 보군."
[유희라. 어째서 그렇게 생각하는 거지?]
"충족이란 단어. 너의 그 무언가 결핍된 걸 나로 인해 채운다는 거 아닌가?"

[크크큭, 틀린 말은 아니지. 하나, 착각하지 마라. 나는 단지 그대가 무작정 혼자 이곳으로 들어왔다는 것에 대해 재미를 느낀 것뿐이니.]

쿠구구구…….

놈의 말이 끝남과 동시에, 탑이 흔들리기 시작했다. 나는 몸에 힘을 준 채로 대비했다.

[원래는 이곳에 들어오면 급습하려 했는데, 생각보다 감이 좋은 놈이었어.]

역시. 놈은 날 경계하고 있다. 여유로운 척하지만, 그렇지 않고서야 저렇게 암습을 준비할 리 없다.

[다시 한번 묻지. 우리 쪽으로 넘어올 생각 없나?]

"급습하려고 했다는 놈이 할 말은 아닌 거 같군."

넘어가는 순간, 죽겠지.

답이 뻔히 보였다.

[크크, 그럴 줄 알았다. 그럼 어디 한번 살아남아 보거라. 항상 하던 대로.]

쿠궁!

곧이어, 탑 양측의 문이 열렸다. 그리고 그곳에 경악스러운 기운을 가진 세 존재가 등장했다.

'이 정도 기운을 내가 탐지하지 못했다고?'

그만큼 자신의 기운을 잘 갈무리할 줄 아는 존재라는 거다.

[이건…… 위험하다, 주인.]

[주인님! 무서워!]

"둘 다 들어가 있어라."
소환수에게 '기'를 나눠줄 여유가 안 된다.
나 혼자 전력을 다해 싸워도 될까 말까 할 정도다.
"형들……."
역시나 등장한 사람들은 형들이었다.
사탄의 말은 반은 맞고 반은 틀렸다. 주문서를 찢은 곳에 형들이 있는 것은 맞았지만, 그 형들이 세뇌당하지 않았다는 말은 거짓이다.
시뻘건 안광을 두른 눈. 같은 인간임에도 못 알아보고 강력한 투기만 내보내는 저 상태가 정상일 리 없으니까.
'완벽히 세뇌당한 거지.'
괴물족이나 다름없는 저 모습. 내 손으로라도 저 고통스러울 것 같은 상태를 끝내주고 싶었다.

[잭필드가 눈살을 찌푸립니다.]
[아무래도 이곳 전장에 있는 모든 보스와 몬스터의 힘을 저들에게 흡수시킨 것 같다고 합니다.]
[레너드 님이 걱정합니다.]

그래. 사이버가 선택한 것들이 형들. 「갓 컴퍼니」가 선택한 게 나.
누가 더 가능성 있는 사람이었는지는 이번 싸움에서 분명히 드러나겠지. 비록, 기운이 더 앞선다고 하지만 그걸 컨트롤

하는 사람도 중요하단 것을 사이버는 모른다.

'보여줄게.'

누가 더 잘 싸우는지.

꽈악.

나는 창을 고쳐잡았다.

[잭필드가 당황합니다.]

[아무래도 도망가는 게 좋을 거 같다 합니다.]

[간섭력을 무리하게 사용하면 포탈을 만들 수 있을 것 같다 합니다.]

[레너드 님도 동의합니다.]

아니, 됐어.

나는 손을 들어 제스처를 취했다. 뭐가 됐든, 형들이든 뭐든, 내 앞을 가로막는 것은 부숴낸다.

디버프? 힘의 격차? 그런 건 상관없다. 오로지 컨트롤로 승부한다.

쿠구궁!

형들도 전투를 준비했다. 곱창사랑 형이 시퍼런 검을 들었고.

'아직도 합체족과 검을 쓰는군.'

토실토실 형이 자신의 큼지막한 몬스터 10마리를 사방에 깔았으며.

'저 형이 광역 스턴 탱커 위주였었나?'

과거 랭킹 1위였던 매우큰사람 형이 신속하게 후방으로 이동했다.

'저 형은 암살족.'

머릿속으로 순식간에 정리가 끝났다. 조합의 구성을 파악하고 어떻게 상대할지 판단을 끝냈다.

과거 한 번 붙어봤기에 성향들은 다 잘 안다. 물론, 그때보다 훨씬 강해지고 까다로워졌겠지만.

"그래, 형들."

1대8도 이겼는데 1대3 정도야 양반이지.

"어디 들어와 봐."

내 말을 끝으로 먼저 탱커들이 움직이기 시작했다. 토실토실 형의 탱커였다.

'정석인가?'

형들이 세뇌당한 상태라면 사이버가 움직이고 있다는 것. 즉, 사이버와 나의 전략 싸움이기도 하다.

쿠르릉!

놈들의 스킬이 단체로 발동하기 시작했다. 수많은 기운들이 내 육체를 노리고 날아들었다. 그중에는 CC기도 있었고 각종 상태 이상 마법이 걸린 것도 있었다.

'저런 건.'

순간적으로 계산을 끝냈다. 궤적과 속도를 파악하고 그에 맞추어 몸을 움직였다.

'안 맞으면 돼.'

수많은 스킬들이 몸을 비껴갔다.

"후우."

어디 제대로 해볼까?

숨 막히도록 옥죄어오는 기운들. 역시 좀 더 용기가 필요하다.

'그럴 땐.'

[광전사(狂戰士) 모드(Lv.Max)를 가동합니다.]

'광전사 모드가 최고지.'

처음 받아보는 숙련도 만렙의 효과. 난 스킬을 가동한 후, 내달렸다.

피가 빠르게 돌았다. 시야가 적색으로 물들었다. 가슴 깊은 곳에서부터 용기가 물밀듯 솟구쳤다. 숙련도 Max 광전사 모드의 효과였다.

'좋아.'

사이버에게 받았던 디버프가 어느 정도 상쇄되는 느낌이었다. 비록, 방어력이 낮아졌다지만 그래도 상관없었다. 내가 가진 울트라의 '무한 재생'과 티라노의 '튼튼한 육체'가 커버쳐줄 거다.

'우선 탱커부터 처리한다.'

속도를 더욱 끌어 올렸다. 근처에서 쏘아 올리는 수많은 공격을 피해내며 질주했다.

방향은 형들이 위치한 자리. 그곳에는 10마리의 탱커들이 진을 친 채로 두 형을 보호하고 있었다.

토실토실 형과 매우큰사람 형. 내가 최종적으로 죽여야 할 후방의 '캐릭터'다.

'한 번에 뚫긴 힘들어.'

한 마리, 한 마리 처리해야만 한다. 다들 몸길이만 수십 미터에 육박하는 거대한 놈들이지만, 처리할 수 있을 거다. 나에겐 '기'가 있으니까.

콰직!

먼저 눈앞에 보이는 한 코끼리의 눈깔에 창을 깊숙이 찔러 넣었다. '무명'(無名)의 창끝에서 방출된 '기'가 놈의 내부를 흔들어놓았다.

끼에에엑!

끔찍한 비명 소리. 나는 창을 다시 한번 비튼 후, 힘차게 빼냈다. 수정체와 그 내부가 찢기는 소리와 함께 시뻘건 피가 폭포수처럼 쏟아졌다. 놈의 혈관을 제대로 건든 것 같았다.

끼에엑! 끼엑!

코와 상아를 한껏 세우며 울부짖는 코끼리. 이놈의 광역 CC기는 지상 유닛에게만 먹히는데, 다행히 나는 하늘을 난다.

'음?'

등 뒤에 섬뜩한 느낌이 든 건 그때였다.

'암살족들이구나.'

곧바로 놈의 가죽을 차, 허공으로 튀어 올랐다. 허리에 따가운 통증이 느껴졌다. 금세 베인 것이다. 좀만 늦었어도 허리 전체가 갈라질 만큼 빠른 속도였다.

'과연, 세졌다는 건가?'

제3의 감각으로도 잡기 어려울 만큼 굉장한 스피드. 총 10마리 암살족들의 살기가 곳곳에서 느껴졌다. 내가 빈틈을 보이는 순간, 일제히 달려들 거다.

[잭필드가 응원합니다.]

[그리고 곧 점령을 시작하겠다고 합니다.]

[레너드 님이 비운 님께서 시선만 끌어주신다면, 점령은 편하게 이루어질 거라 합니다.]

지켜보던 잭필드 역시 공격을 선언했다. 점령이 빨라야 그만큼의 간섭력을 나에게 제공해 줄 수 있을 거다.

"알아서 해! 바쁘니까."

물론, 난 그런 거에 신경 쓸 겨를이 없었다. 곧이어, 검을 든 곱창사랑 형이 달려들었기 때문이다.

'안 봐주고 합공하겠다는 거지?'

채앵! 챙! 챙! 챙!

미칠듯한 속도로 퍼부어지는 형의 검격을 나는 다급하게 막아냈다. 둔중한 충격이 온몸을 짜릿짜릿하게 울려댄다. 확실히 과거보다 더 빠르고 강력하며 정교했다.

'일단 피하자.'

이 자리에서 탱커, 암살족, 합체족 세 포지션을 동시에 상대하기엔 힘들다. 이제부터 이성이 없는 형과 암살족을 뒤로 유인해야 한다.

"후우."

심호흡한 뒤, 뒤로 빠졌다. 베인 허리는 이미 아물었다.

그렇다 해도 방심하면 안 된다. 울트라의 생명력에 한계가 있었던 것처럼, 나 역시 언제까지 버틸 수만은 없을 테니까.

쿵! 쿵!

오랜만에 심장이 뛰는 느낌이었다. 「몬스터즈」 초반, 탑에 도전했을 때의 그 느낌. 어려운 난이도의 임무를 수행할 때 느껴지는 그 카타르시스.

'난 변태인가?'

상황이 어려워질수록 정신이 차가워졌다. 그게 내가 탑 고층까지 오를 수 있었던 저력 중 하나다.

후웅! 챙!

계속 뒤로 빠지며 형의 공격을 막았다. 도중 서서히 후방으로 움직이는 암살족들이 감각에 잡혔다. 이제 탱커들과의 거리도 벌렸고. 이럴 땐.

"전류 폭풍."

놈들의 움직임을 살짝 제한해 줄 필요가 있다.

콰르르릉! 파즈즈즈즉!

하늘에서 수천 번의 벼락이 내리꽂혔다. 지상에서 고압의 전류가 솟구쳤다.

벨콥의 궁극기, 전류 폭풍이었다. 몬스터들을 짜릿하게 마비시키는 광역 CC기이자 공격기. 그런데도 나에겐 아무런 제

한이 없다.

푸숙!

곧바로 뒤로 이동한 나는 한 암살족의 어깨에 창을 꽂아 넣었다. 그 후, 찢기는 근육의 감각을 느끼며 심장 쪽으로 내리그었다. 속도는 섬광과 같았고, 놈은 당한 지도 모른 채 피를 뿜어냈다. 당연히, 내가 이번 공격으로 만족할 리 없다.

파파파팍!

다리를 정신없이 놀렸다. 감각에 잡히는 모든 암살족들의 심장에 창을 꽂아 넣었다.

'암살족 대비는 진즉에 끝났지.'

와중에 몇몇 공격들이 내 피부에 틀어박혔지만, 간지러운 안마 수준이다. 티라노의 '튼튼한 육체' 거기다가 '기'까지 두르고 있었기 때문이다.

"어딜 암살족으로 탱커를 잡아?"

참고로 난 명실상부 「몬스터즈」 최고의 탱커다. 암살족이 아무리 뛰어나다 해도 탱커를 상대로는 힘들다.

[전류 폭풍이 취소됩니다.]

'음?'

다시 시선을 돌리니, 곱창사랑 형이 검으로 내가 펼친 스킬을 걷어내고 있었다.

'허어, 검으로 디스펠을 건다고?'

과연 대단한 위력이다. 마치, 내가 섬창으로 메테오를 중화시킨 것과 같은 이치다.

'아, 메테오.'

써볼까?

주변을 둘러다 봤다. 기괴한 탑 위에 존재하는 사이버의 눈깔이 날 아직도 끈적하게 바라보고 있다. 오싹하게 휘어 있는 눈알은 놈이 이 상황을 즐기고 있음을 말해주고 있었다.

'이상하긴 해.'

분명, 놈은 나를 극도로 경계한다고 했다.

근데 어떻게 저렇게 여유로울 수 있을까.

'맘에 안 들어.'

이곳을 박살 냄과 동시에, 저 탑에도 한 방 먹여주고 싶었다. 비록, 나 역시 위험하겠지만……. 그래도 운석 한방은 떨어뜨려 줘야 시원할 것 같았다.

'뭐, 어차피 실험해 볼 생각이었으니.'

나는 후방으로 빠짐과 동시에 '화염의 군주' 스킬을 가동시켰다. 메테오를 소환하는데 걸리는 시간은 대략 1분. 그동안, 나를 보호해 줄 몬스터들이 필요했다.

[아공간 '불지옥'이 활성화됩니다.]

화르르륵!

곧이어, 허공에 문이 생겼다. 전류 폭풍 때처럼 공간이 뜨겁

게 달아오르기 시작됐다.

기존보다 100배 증폭된 불지옥. 남아 있는 암살족들이 고통의 신음을 흘렸다.

'내가 가진 기운의 10%만 섞자.'

저번처럼 무리할 필요는 없다. 아직 쓸 스킬도 많았고 상대할 적도 많았다.

['불지옥' 내 테이밍된 몬스터들이 출동을 준비합니다.]

"가라!"

끼이이이!

내 외침과 함께 심장의 기운이 날뛰기 시작됐다. 그와 동시에 봉인되어 있던 화(火)속성 몬스터들이 튀어 나갔다.

총 7마리의 몬스터들. 그들은 앞뒤 안 가리고 곱창사랑 형에게 돌진했다.

'저 형만 막아주면 돼.'

그 후, 곧바로 '메테오 스트라이크'를 가동했다. 이것 역시 10%만 섞어서.

고오오오…….

막대한 에너지의 흐름이 느껴졌다. 복잡한 수식들이 눈앞에 아로새겨졌다.

화르르륵!

곱창사랑 형이 엄청난 속도로 몬스터들을 베어나갔다. 아무리 불지옥 몬스터들이라 해도 형의 상대는 되지 않았다.

하지만.

끼아아아!

무적의 불사조는 끝없이 달라붙으며 형을 괴롭혔다. 고작 1분의 시간 동안 알이 되고 새가 되기를 반복하면서 버텨줬다.

'좋아.'

그리고 1분이 지난 지금.

쿠궁!

하늘에 커다란 구멍이 생겼다. 그리고 그곳에 막대한 크기의 운석이 등장했다.

쿠구구구…….

천지가 뒤흔들리며 떨어지는 운석.

[잭필드가 걱정합니다.]

[레너드 님이 저게 떨어지면 비운님은 어떡하냐고 묻습니다.]

구경꾼들이 걱정할 정도로 운석은 무지막지했다. 형들의 암살족과 탱커들도 하늘을 바라보며 발만 동동 구를 뿐이었다.

'난 괜찮아.'

구사일생이 있으니까.

아플 수도 있지 않냐고? 놈에게 빅엿만 먹일 수 있다면, 그 정도는 감수할 수 있다.

[잔재주를 부리는구나.]

멀리서 지켜보던 사이버가 중얼거렸다.

"잔재주는 무슨, 뭐질진 모르겠지만 한 방 먹어봐라."

놈은 사이버. 탑의 수장이다.

고작 90층 악마의 스킬로 처리할 수 있을 거라 생각하진 않았다. 피해만 입힐 수 있다면 그걸로 만족이다.

[끌끌.]

상황이 급격하게 흘러갔다. 탱커들은 형들을 지키기 위해 서로를 둘러 방호벽을 쌓았고 곱창사랑 형은 아직도 불지옥 몬스터들과 싸우는 중이었다.

그리고 변화가 일어난 것은 그때였다.

탑 위에 있던 사이버의 눈이 점점 커지기 시작했다.

"응?"

탑에 달려 있던 눈동자가 툭 떨어지더니, 하늘로 솟구쳤다. 운석이 있는 방향이었다.

[잭필드가 입을 벌립니다.]

[레너드 님이 징그럽다고 합니다.]

확실히 기괴한 장면이었다.

"근데 저게 뭐 하는 거지?"

설마, 직접 부딪히려고 하는 건가? 아니면 내가 했던 것처럼 중화시키려고?

[잭필드가 잘 모르겠다고 합니다.]

"제기랄, 도대체 아는 게 뭔데."

곧이어 사이버의 눈동자와 운석이 맞닿았고-

콰아아앙!

엄청난 굉음과 함께 하늘 전체에 불길이 치솟았다.

자신의 병력을 지키기 위함일까. 본인이 직접 메테오를 상대하고 있는 거다.

콰가가가가!

그러나 난 하늘을 보며 인상을 찌푸릴 수밖에 없었다. 운석의 여파가 눈동자 앞 어떤 투명한 막에 막혀 아래로 떨어지지 않았기 때문이다.

'미친.'

그렇게 2분 정도가 흐른 후.

불길이 사라지고 운석 역시 가루가 되어 사라졌다. 충돌의 여파는 어떤 수를 쓴 것인지 하늘로 솟구쳐 증발했다.

[그대는 내가 만든 스킬이 나에게 통할 거라 생각했던가? 보기보다 멍청하구나.]

곧이어 사이버의 비웃음 섞인 목소리가 들려왔다. 사탄이 쓴 운석보다 훨씬 큰 운석이었다. 나라 해도 한 번에 다 중화시키지 못할 정도. 그런데 그런 운석을 놈은 단신으로 막아냈다. 아무런 손해도 입지 않고 말이다.

'이런 ×발.'

절망스러운 상황이었다. 괜히 10%의 기운만 날렸다.

[레너드 님이 사이버는 무적이기 때문에 어쩔 수 없다고 합니다.]

"그럼 나보고 어떡하라고!"
답답한 마음에 소리쳤다.

[잭필드가 세계수의 비밀을 풀어야 한다고 합니다. 그 외에는 방법이 없다고 합니다.]

에씨.
그놈의 세계수, 세계수. 방법도 안 알려주고 어떻게 풀라는 건가.
"패턴해제로 저 패턴은 못 푸는 거야?"

[잭필드가 당연하다고 합니다.]
[그래 봐야 본인이 만든 스킬이라고 합니다.]

제기랄.
나는 다시 탑을 바라봤다. 한차례 운석을 정리한 사이버가 다시 탑 꼭대기에 안착했다. 크기는 다시 줄어들어 있었다. 내 전투엔 굳이 개입하지 않겠다는 심보였다.
그래. 지금껏 놈이 부렸던 여유도 이해가 갔다.

'무적이니까.'

적어도 내가 비밀을 풀기 전까지는 말이다.

[잭필드가 저건 개입이 아니라 합니다.]

그럼 뭔데.

[사이버는 전투에 직접적으로 개입할 수 없습니다. 저건 그냥 본인의 특성인 무적을 활용하여 막아낸 것에 불과합니다. 물론 저도 지금 보고 추측한 겁니다.]

왜 미리 말 안 했냐고 뭐라 하려 했는데.

저렇게 선수를 친다.

'일단.'

뭐가 됐든 사이버는 구경만 하고 있다. 그렇다면 내가 할 일은 단 하나다.

달라붙는 형들을 상대하는 것.

'어차피 방법은 없으니까.'

지금 당장 날 위협하는 형들부터 처리하자. 세계수는 그다음 생각하는 거다.

퉤-

피 섞인 가래를 뱉어냈다.

'죽을 것 같구만.'

벌써 곱창사랑 형과 무기가 맞닿은 지 수 백합을 넘어섰다. 얼마나 힘을 준 건지, 손이 부들부들 떨려왔다.

아무리 능력치가 높다 해도 이건 상대적인 거니까. 아마 매 순간 고강도의 훈련을 하지 않았다면, 진즉에 나가떨어졌을 거다.

대 혈투였다. 몇 시간이 흘렀는지 모르겠다.

형의 검술은 견고하고도 튼튼했다. 몇 번을 부딪쳐도 뚫리지 않았다.

그러면서도 또 빨랐다. 얼마나 빠른지 바람 소리로 인해 귀가 먹먹해질 정도였다.

신경 쓸 게 형뿐이면 다행이다. 탱커족들과 남은 암살족들도 주기적으로 날 괴롭혔다.

도저히 전투에 집중할 수 없었다. 불지옥 몬스터들로 신경을 돌리긴 했지만 그래도……. 광전사 모드와 불지옥은 여분의 '환기'를 통해 계속 유지했다. 스킬을 아끼면서 싸울 상황이 아니었다.

'죽음의 시선.'

원래 붉었던 시야가 더욱 짙게 붉어졌다. 발동 후, 30초 안에 시선에서 벗어나지 못하면 단숨에 절명하는 옥토브의 즉사기가 내 눈에서 터져 나왔다.

파즈즈즉!

30초 후, 곱창사랑 형에게 발사되는 광선. 그러나 가볍게 검을 휘둘러 쳐낸다.

'말이 되냐고.'

이러면 스킬이 의미가 있나 싶을 정도다. 다만, 튕겨 나간 광선이 탱커족 한 명에게 맞는다.

['메가 야수'(★★★★★★)를 처리합니다!]

즉사. 탱커 한 명이 익은 오징어처럼 쪼그라들더니 천천히 부식된다.

과연 사기 스킬은 사기 스킬이다. 겨우 스킬 하나로 저 거대한 탱커가 소멸하다니.

'이런 거로 만족하고 싶은데.'

만족할 수가 없다. 매우 큰사람 형에게는 엄청난 사기 스킬이 있기 때문이다.

구어어어!

죽었던 암살족들과 탱커들이 다시금 일어났다. 10층의 악마, '아스모데우스'(★★★★★)의 '레이즈 데드' 스킬과 유사한 그것. 무저갱 속에서 올라오는 듯한 울부짖음과 함께 소멸했던 몬스터들이 다시 부활했다.

'×발.'

말 그대로 끝이 없었다. 또 죽인다 해도 좀비처럼 끝없이 부활할 거다.

채애앵!

쇳소리가 귀가 찢어질 듯 울렸다. 손아귀가 묵직하게 아파왔다.

'그래도 무술은 내가 우위야.'

내 상태도 상태였지만, 형도 마찬가지였다. 처음보다 속도가 많이 줄었고 힘도 떨어졌다. 난 '아누비스의 손길'로 버틴다 쳐도, 형은 회복할 수단이 없었다. 아마 시간이 흐를수록 형의 피로는 더욱 누적될 거다.

'그거에 기대야 하나?'

고오오오……. 형의 검날이 붉게 변한 것은 그때였다. 엄청난 에너지의 기파가 그 주변으로 소용돌이쳤다.

'또야?'

몇 번째인지 모를 스킬. 이건 피하면 안 된다. 아니, 피할 수 없다는 말이 더 맞는 말이겠다. 그만큼 빠르고 집요한 스킬이니까.

물론, 그냥 맞을 수도 없다. 튼튼한 육체와 회복력이 있다지만, 그래도 위험하다.

그렇다면 답은? '섬창'뿐이다.

'역시 섬창이 최고야.'

80층대에서 얻었던 스킬들? 다 섬창만 못했다. 괜한 '환기'를 낭비하는 것보다 섬창 하나만 계속 쓰는 게 더 낫다는 판단이었다.

콰아아앙!

서로 휘두른 창과 검이 맞닿았다. 형의 스킬과 내 섬창의 부딪침. 순간적으로 높아진 기류와 기파가 암살족들과 탱커들을 밀어냈다.

공간이 찢어지고 충격이 범람했다. 배가 알싸하고 눈에 핏발이 섰다.

"크흐윽."

형의 입에서 신음이 흘러나왔다.

나 역시 정신이 없었다. 창을 잠깐 땅에 지탱하고 꺽꺽- 숨을 내뱉었다. 폐가 끊어질 것 같았다. 심장이 미칠 듯이 쿵쿵 뛰었다. 내부가 다 진탕된 느낌에 구토감이 밀려왔다.

'아직 포기하면 안 돼.'

정신을 잃으면 다 끝이다. 나는 혀를 살짝 깨물어 집중을 유지했다.

육체는 어차피 곧 회복된다. 기다린 후, 다시 싸워야 한다.

혹여 목숨이 다하더라도, 혹여 내가 진다고 하더라도, 절대 멈출 수는 없었다. 저 뒤에서 웃고 있는 사이버에게 제대로 한 방 먹이기 전까지는.

슈슈슉!

각종 스킬들이 쉴 틈 없이 날아왔다. 나는 고통 속에서도 창을 휘둘러 그것들을 파쇄했다. 그 폭발음이 귀를 먹먹하게 울렸다.

'한…… 방.'

한방이 필요했다. 계속 이렇게 싸우기만 할 수는 없었다.

[잭필드가 약 5% 정도 점령했다고 합니다.]

[레너드 님이 조금만 버텨달라고 간절하게 부탁합니다.]

구경꾼들의 조바심도 느껴졌다. 내가 여기서 당하면? 이들의 전쟁도 끝이다. 형들을 필두로 한 역공에 50층까지 순식간에 점령해 버리겠지.

'어떡해야 하지?'

머리를 굴렸다. 그러나 딱히 방법은 나오지 않았다.

일단, 눈앞에 있는 곱창사랑 형. 제일 성가신 검술가를 먼저 처리해야 한다. 형들에게 처리한다는 표현을 하긴 뭐 했지만, 어쩔 수 없었다. 일단은 내가 살아야지.

'그러려면?'

가진 모든 것을 한 번에 다 동원한다. 사실 아까도 해봤지만 통하지 않았던 것. 하지만 다시 해볼 만했다. 형의 상태가 아까 같지 않았으니까. 입고 있는 옷에 피가 덕지덕지 묻어 있고 육체의 미세한 떨림도 느껴진다. 분명히 내구도가 닳고 있는 거다.

고오오오…….

말이 끝나기 무섭게 형의 검날이 다시 붉어졌다.

'또 그 스킬.'

형도 환기 스킬이라도 있는 걸까?

쿨타임도 없이 계속 뿜어댄다.

'마지막 기회야.'

나는 집중했다. 다른 탱커들과 암살족들에게도 기가 밀집되는 게, 동시에 스킬을 준비하는 듯했다.

'놈들도 한 방을 노리고 있어.'

직감으로 알았다. 지금이 터닝 포인트였다. 이 위기를 어떻게 넘기냐에 따라 승패가 갈린다.

'집중!'

나 역시 '무명'(無名)에 섬창의 기운을 불어넣었다. 그다음 형이 먼저 공격하길 기다렸다.

콰아아아!

검격에서 나오는 막대한 기파가 느껴질 때.

['반사'를 가동합니다.]

스킬 '반사'를 통해 기파를 쳐냈다.

예상했다는 듯, 우측으로 재빨리 빠지는 형.

그와 동시에 뒤에서 탱커 다섯 마리가 동시에 스킬을 사용한다. 맞으면 적어도 10초 동안 움직이지 못하는 CC기(군중 제어기)들이다.

['용맹무쌍'(勇猛無雙)을 가동합니다.]

이건 무적으로 씹어줘야 한다. 무적에는 마법 면역 효과까지 있으니 꿀이다. 그와 동시에 형에게 달라붙었다.

'빡세네.'

이 모든 것을 동시에 타이밍 맞춰서 하려면 엄청난 집중력이 필요하다. 형에게 모든 신경을 집중하면서도 상대의 스킬 작동 시간을 계산해야 한다. 조금이라도 어긋나면 당하는 건 나다.

'조금만 더 붙자.'

바로 섬창을 날리지 않았다. 피하는 속도가 굉장하기에 제대로 붙어서 맞출 수 있을 때 날려야 한다.

타앗.

그렇게 접근했고 당황하는 형의 표정을 보며.

후우웅!

형의 심장을 향해 '섬창'의 기운을 쏟아낸다.

'제발.'

찰나의 순간. 형의 표정이 변했다. 도망가던 육체가 멈춰 서고 검이 사각으로 파고든다.

'맞응수?'

피하는 것보다는 부딪치는 방법을 선택했다. 그것도 자신의 육체를 내어주며 붉은 기운을 내 옆구리에 폭사했다.

'동귀어진인가?'

퍼걱! 콰아앙!

그 짧은 순간. 서로의 스킬이 서로의 무기가 아닌 육체에 맞닿았다.

"커허억!"

정신이 아찔해지고 의식이 사라질법한 통증이 허리를 타고 올라왔다. 컥- 소리와 함께 입이 절로 벌어졌다. 그 고통을 온전히 느끼며 앞을 바라봤다. 골이 깨질 것 같았다.

그러나 시야가 흐릿했다. 형이 어떤 모습인지 제대로 보이지 않았다.

'이러면 안 되는데.'

전쟁터 한중간이다. 이런 상태로 있다간 추가 공격에 대비할 수가 없다. 구사일생이 터지지 않은 거로 보아, 아직 육체가 버틸 수준이라는 건데…….

'기가 많이 사라졌어.'

형의 공격을 막는데 본능적으로 '기'를 움직인 듯싶었다. 고개를 강하게 털었다. 정신을 차리기 위해 인상을 쓰며 눈가에 힘을 줬다.

그래도 잘 보이지 않는다. 아무래도 회복되기를 기다려야 할 듯싶었다. 그래서 그냥 아예 눈을 감았다. 제3의 감각을 활성화했다. 생각해 보니, 나는 딱히 시각의 제약을 받지 않는다.

'형의 상태는…….'

나와 비슷했다. 거의 목숨이 끊어질 정도의 치명타를 입은 모습.

대단하다면 대단했다. 그 강력한 '섬창'을 온전히 받아내고도 육체를 유지하고 있다니. 공간마저 찢어버리는 그 위험한 기술을 말이다.

그다음은 주변 상태를 파악했다. 다행히도 지금 당장 날 위협하는 몬스터는 없었다. 그 부딪침의 여파로 또 한차례 밀려나간 거다.

나는 다시 창을 들었다. 아찔한 상황이지만, 여기서 포기하지 않는 사람이 이기는 거다. 그리고 그 승자는 내가 되어야만 한다.

"비…… 운……."

그때였다. 낯선 목소리가 들려왔다.

내 앞에서 인간의 목소리를 낼 존재라면…… 곱창사랑, 그 형뿐이다.

"……형?"

나는 놀라서 창을 거두었다. 그래, 분명 들었던 목소리였다. 실제로 본 적은 없지만 그래도 보이스톡은 자주 했던 사이니.

"어떻게 된 거야!"

"비…… 운아."

눈앞의 형은 분명 눈물을 흘리고 있었다. 그리고 느껴졌다. 형의 생명력이 다해가는 것을. 아, 목숨이 다하면서 세뇌가 잠깐 풀리기라도 한 것일까?

"……형?"

"고맙다……. 드디어 이 지옥 같은 족쇄가 풀렸구나."

그 슬픔이. 고통이 그 목소리에 담겨 있었다.

할 말이 없었다. 문득, 소수정예 멤버들이 했던 말이 떠올랐다. 의식은 계속 있지만, 몸이 제멋대로 움직이는 그 현상. 내 몸이 내 것이 아니게 된 느낌. 그동안 얼마나 고통스러웠을까.

"비…… 운아, 세계수……."

형의 목소리가 끊겨 들려왔다.

"뭐?"

나는 다급히 물었다. 뭔가 비밀을 알려주려는 것 같았다.

"세계수로…… 가야 해. 어차피 놈은 무적이야……. 제발 이 흐름을…… 수없이 반복되고 있는 이 굴레를 제발……."

이건 또 무슨 말이야.

"무슨 말인지 모르겠어! 자세히 말해 봐!"

형이 세계수의 비밀을 알고 있는 것일까? 잭필드도 레너드도 모르는 그것을?

하긴, 오랜 기간 사이버 측에 있었으니, 놈의 비밀을 알 수도 있겠다.

"세계수는……."

형이 다시금 입을 벌리려 할 때였다.

파즉!

형의 머리가 단숨에 터져 나갔다.

[장난감 주제에 헛소리를 하려 하는구나.]

……이게 무슨?

탑 쪽을 올려다봤다. 눈동자가 가늘게 웃고 있었다.

"이…… ×발 새끼가."

피가 역류하는 느낌이었다. 몸에 열이 올라 꼭지가 터질 것 같았다.

역시 놈은 악 중의 악이었다. 처단해야 할 존재이며, 내버려 두면 안 될 존재였다.

[그래도 제법 버티는구나. 어디 더욱 발버둥 쳐보거라. 크하하하.]

그저 비웃으며 상황을 즐기는 사이버.

확실히…… 놈은 여유로워 보였다.

"이런 개새끼가아아!"

힘껏 소리쳤다. 억눌려 있는 분노를 음성으로 표출했다.

그러지 않으면 참을 수 없을 것 같았다. 당장 다가가 저기 있는 탑을 섬창으로 난사해 다 부숴 버리고 싶었다.

쿵! 쿵!

그러나 아직 전투는 끝나지 않았다. 남아 있는 두 형. 두 형의 몬스터들이 시퍼런 안광을 뿜어내며 다가오고 있었다.

나는 창을 들었다. 나머지 형들. 형들도 기다려. 뭔지는 모르겠지만 지금, 이 순간이 괴롭다면…….

그 고통, 내가 끝내줄 테니까.

곱창사랑 형의 죽음. 그 죽음은 너무나 가볍고도 간단했다.

'전투에 간섭할 수 없다며?'

어차피 없어져 가던 생명력이긴 했다. 그래도 이런 비참한 죽음은 아니었다.

'사이버……. 이 악독한 새끼.'

아무리 조종당하고 있었다지만, 그래도 같은 편 아니었나? 놈을 위해 싸워온 자를 너무도 쉽게 죽여 버렸다. 진짜 놈의 말대로 장난감이나 다름없었단 말인가?

이 상황도? 이 전투도?

[잭필드가 안타까워합니다.]

[레너드 님이 진정하라고 합니다.]

분노가 온몸을 감쌌다. 그 분노는 원동력이 되었다. 몸이 무겁고 찌뿌둥했지만, 절로 움직여졌다.

'……형들.'

만약, 죽어야만 세뇌가 풀린다면…….

내 손으로 직접 죽여주고 싶었다. 사이버의 힘에 머리가 터져 죽는 비참함을 느끼게 하고 싶진 않았다.

"으아아앗!"

힘찬 함성을 내질렀다. 가장 큰 걸림돌이었던 곱창사랑 형이 제거됐다. 이제 전투의 흐름을 내가 가져올 수 있게 됐다.

허벅지에 힘을 줬다. 텅 빈 공터를 내달렸다.

심장이 터질 듯 달아올랐지만, 개의치 않았다. 온몸에 피가 철철 흘러내리고 있었지만 무시했다. 굳이 지혈하지도 않았다. 어차피 시간이 지날수록 살이 아물고 체력이 회복될 거다.

각종 디버프가 들어왔다. 토실토실 형의 스킬이었다. 통증이 심해지고 힘이 빠졌다.

'엄살 피우지 마.'

고통 따윈 아무것도 아니었다. 형들이 느끼는 고통에 비하면, 그래도 난 나은 사항이니까. 적어도 자유가 있지 않은가.

낼 수 있는 한 힘을 냈다. 이를 악다물며 창을 쥐었다.

"사이버, 이 버러지 같은 놈!"

서걱!

눈앞에 암살족 하나의 대가리를 베어냈다. 비스듬하게 잘린 머리가 바닥에 떨어졌다.

그대로 허리를 돌려 창을 휘둘렀다.

콰득!

다른 한 마리의 머리가 으깨졌다.

화가 치밀어 올랐지만, 이제 입 밖으로 꺼내지 않았다. 호흡을 가다듬었다. 이제부터 형들이 위치한 곳까지 뚫어내려면 체력을 아껴야 했다.

거리가 꽤 멀었다. 그래도 멈추지 않았다.

달려가면서 끊임없이 창을 휘둘렀다. '섬창'을 날리기도 했고 그저 '기'를 담아 베어내기도 했다.

지금 내가 느끼는 감정. 광전사 모드로 인한 가짜 분노가 아니었다. 진짜 내 진심에서 우러나오는 분노였다.

[잭필드가 비운 님의 상태를 우려합니다.]

분노에 몸을 맡기자 행동이 과감해졌다. 내가 휩쓸고 지나간 자리엔 갈라진 탱커족과 암살족들뿐이었다. 사체들이 갈기갈기 찢긴 상태로 처참하게 굴러다녔다.

구어어어…….

물론, 금방 일어나서 다시 달려들었지만.

다시 살아나면? 다시 죽이면 되지.

난 다시 다가오는 탱커족 한 마리를 전력으로 베었다. 심장 속 '기'가 미친 듯 날뛰기 시작했다. '무명'(無名)이 신난 듯 떨어 울었다.

'얼마 남지 않았어.'

힘들었지만, 확실한 건. 형들과의 거리가 점점 줄어들고 있다는 것.

크아아아!

튼튼해 보이는 가죽을 가진 괴물이 앞을 막아섰다.

'또 왔냐?'

아까 소멸시켰던 놈이었다. 휘두르는 발톱을 날렵하게 피해낸 후, 발을 베어버렸다.

피 분수가 솟구쳤다. 굳이 피하지도 않았다.

역겨운 냄새가 코를 자극한다.

'왜 이렇게 멀게 느껴지냐.'

총 14개의 '환기' 스킬도 이제 2개밖에 남지 않았다. 나머지 스킬들은 전부 쿨타임이 돌고 있는 상태. 그만큼 치열하게 싸워왔다.

[잭필드가 이 정도면 피해를 많이 입힌 것 같다고 합니다.]

[뒤로 빠져서 재정비하는 것이 어떻냐 묻습니다.]

[이대로라면 위험할 수도 있다고 합니다.]

잠깐 빠졌다가 스킬 재충전을 하고 싸우란 뜻이겠지.

"시끄러."

그러나 난 그럴 생각이 없다. 오늘, 지금 당장 끝을 볼 생각이었다.

'베르트랑 휘두르기.'

후웅! 후웅!

기운을 담아 좌우 대각으로 창을 휘둘렀다. '기'가 방출되며 커다란 괴물을 총 4조각으로 갈라 버렸다.

스킬이 없으면? 그냥 창술로 상대하면 될 일이다.

이제 남은 기는 대략 20% 정도. 그동안 아껴 쓰고 아껴 쓴 결과였다.

'다행인 건.'

남은 형들의 캐릭터가 비교적 약하다는 사실. 아무래도 '사이버'가 합체족을 지닌 곱창사랑 형에게 모든 간섭력을 몰빵한 느낌이었다.

'이제…….'

눈 바로 앞에 형들이 보인다. 끝이 보인다.

[끌끌, 지인을 죽이기 위해 발버둥 치는 꼴이 우습구나.]

사이버가 비웃었지만 답하지 않았다. 답할 여력도 없었다.

'먼저.'

첫 목표는 살짝 통통한 모습의 매우큰사람 형. 시뻘건 눈빛으로 손발을 움직여 암살족을 통제하고 있다. 나는 그대로 달려 나가 형의 심장에 창을 꽂았다. 그 행동에 망설임은 없었다.

푸숙!

의외로 손쉽게 당했다. 피하려고 하는 것 같았지만 곱창사랑 형보다 빠를 수는 없는 일. 단번에 나에게 공격을 허용했다.

"……끄아아아."

힘없이 내지르는 비명. 마음이 아팠지만, 행동은 그렇지 않다. 이렇게 해주는 게 형들을 위한 길이다.

콰득!

창을 다시 뽑아 옆으로 굴렀다. 다급히 다가오는 스킬들이 그 자리를 스쳐 지나간다.

'옆으로.'

그 옆에는 날렵한 모습의 토실토실 형이 서 있다. 직접 본 적은 없지만, 사진으로는 많이 봐왔기에 정확히 알 수 있었다.

'토실토실…… 이란 아이디.'

매우큰사람 형의 뚱뚱한 모습을 놀린다고 닉변했던 아이디였지. 10년간의 추억이 머릿속에 떠올랐다.

'……어쩌다가.'

우리가 이런 모습으로 만나게 됐을까.

푸숙!

마지막으로 그 토실토실 형의 심장에도 창을 꽂아 넣었다. 두 형의 심장을 찌르고 뽑는데 걸린 시간은 약 1초. 공격은 그만큼 과감하고 빨랐다.

파슥!

그렇게 창을 뽑을 때였다.

우우웅!

묵빛 위용을 떨치던 무명이 힘차게 진동하기 시작했다.

['무명'(無名)의 레벨이 50에 도달합니다!]

['무명'(無名)의 레벨이 한계치에 도달합니다!]

[봉인이 완전히 해제됩니다!]

그간 경험치가 쌓이기라도 한 걸까. 마침내 무명의 레벨이 50에 달했다.

'봉인 해제?'

무명에 봉인이 있었나?

상태창을 확인하려 할 때였다.

"……비운."

"커헉, 비운아……."

두 형의 목소리가 들려왔다. 내 시선이 피로 물든 심장을 부여잡고 있는 두 형에게 향했다.

이번에도…… 마찬가지였다. 생명력이 다해가는 게 느껴졌다. 시뻘겋던 눈빛이 다시 정상으로 돌아왔다.

"형들…… 힘들었지? 미안해. 늦게 와서"

나는 힘 없이 사과했다. 아는 사람을 내 손으로 죽여야 한다는 게 정신적으로 괴로웠다. 기분이 구렸다. 아니, 구리다는 말로는 이 감정을 표현할 수 없었다. 복잡 미묘한 감정.

"……크흑. 비, 비운아, 잘 들어라."

매우큰사람 형이 나를 똑똑히 바라봤다.

그런데 그 표정이 매우 다급해 보였다.

'아, 그러고 보니…….'

내가 곱창사랑 형과 싸우는 모습도 다 봤겠구나. 조종당하는 그 순간에도 항상 의식은 있었다고 했으니.

"평행우주…… 생각해라. 굴레, 놈의 유일한 약점……. 세계수."

형은 미친 듯이 단어들을 나열했다. 빨리 말하지 않으면 안 될 것처럼. 다급하고 절절하게.

그리고 옆에서 토실토실 형이 외쳤다.

"비운아…… 피해라!"

"……응?"

그때였다. 두 형의 모습이 기괴하게 변하기 시작했다. 얼굴에 핏발이 서며 몸이 부풀어 오르기 시작했다.

'뭐야.'

당연히 말이 끊길 수밖에 없었다. 얼굴이고 몸이고 다 울긋불긋 뭉개지기 시작했으니까.

[크크크크크.]

재밌다는 듯, 웃는 사이버의 목소리도 들려왔다.

'이게…… 뭐지?'

또 놈의 수작인가?

곱창사랑 형의 머리를 터뜨렸던 것처럼, 또 이상한 술수를 부려놓은 건가?

'그래도 이건…….'

너무하잖아. 한 번에 머리를 터뜨리는 것도 모자라, 이런 식으로 죽여야만 하는가.

"이…… 개새끼가."

나는 기괴한 탑을 바라보며 조용히 읊조렸다.

[분노하지 말아라. 어차피 이렇게 될 걸 알고 있지 않았나.]

순간, 주변에 있던 암살족과 탱커들의 기운이 형들의 육체로 몰려들기 시작했다. 엄청난 위화감이 들었다.

[잭필드가 경악합니다.]
[모았던 에너지를 일제히 터뜨리는 자폭술이라 합니다.]
[빨리 자리에서 벗어나라 합니다.]

잭필드의 경고가 떨어졌다.
'×발.'
죽이는 것도 모자라서 이제는 공격으로 활용해? 나는 다급히 뒤로 물러났다. 봉인이 해제된 무명과 형들이 말한 단어는 나중에 추측한다.
그러나.
띠이이잉!
고막이 멍- 하니 울렸다. 시야가 하얗게 변했다.
'아…… 늦었나?'
두 형이 흡수한 에너지가 급속도로 폭발해 버렸다. 육체가 갈기갈기 찢겨나감과 동시에 지금껏 볼 수 없었던 엄청난 파괴력의 기파가 내게로 쏟아졌다.
티라노의 '튼튼한 육체'도. 울트라의 '무한 재생'도. 이 폭발력 앞에는 무용지물이었다.
그리고 눈앞에 뜨는 메시지.

[죽음에 준하는 피해를 입습니다.]

['구사일생'(S급)이 발동합니다.]

[약 1시간 후, 무작위 지역으로 이동합니다.]

그와 동시에 난 의식을 잃었다. 세 형을 죽였지만, 나에게 남은 건 하나도 없었다.

Chapter 6

띠이잉!

골이 울렸다. 의식이 돌아왔다. 몸 상태를 확인하려 해봐도 몸에 감각이 느껴지지 않는다. 마치 예전 '제3의 감각'을 얻었던 그 방에 갇힌 느낌이었다.

그리고 시야 앞에는…….

[이동까지 남은 시간 34:22]

메시지가 1초씩 줄어들고 있었다.

'아…….'

의식을 잃은 지 30분 정도 흐른 건가? 1시간 후, 무작위 지역으로 이동한다 했으니, 그게 맞을 거다.

할 말이 없었다. 사이버는…… 애초부터 이럴 생각이었나?

형들의 죽음. 그리고 그 자폭. 마치 예상했다는 듯 비웃는 그 태도.

'놈에게 형들은…….'

그저 유희 거리였다. 솔직히 부정하고 싶었지만, 인정할 건 인정해야 했다.

놈은 어차피 무적. 아마, 내가 상대하려 했어도 어쩔 수 없었을 테니까.

비참했다. 억울했다. 지금껏 노력한 게, 한 번에 무산된 것 같았다.

형들이 가졌던 막대한 기운의 잔재. 다시 그 지역으로 가서 그걸 다 흡수하면 뭐 하나. 어차피 사이버는 무적인데.

'놈을 잡으려면…….'

세계수의 비밀을 풀어야 한댔지.

매우큰사람 형이 다급히 단어들을 나열했었다.

평행우주. 생각해라. 굴레. 놈의 유일한 약점. 세계수.

'이게 뭐야.'

다 아는 내용이다. 그런데도 굳이 나에게 이걸 전하기 위해 인사도 하지 못했다.

본인의 괴로움과 슬픔, 고통, 분노를 표출하지도 못했다. 그저 이 단어만 전달하다가 마침내 찾은 잠깐의 자유마저 보내 버렸다.

울분이 터졌다.

도대체 세계수! 세계수! 그게 뭐냐고!

지이잉!

'음?'

분명히 감각이 없다. 근데 어디선가 계속 울리듯 진동만은 느껴졌다.

'아……. 무명.'

무명의 레벨이 만렙에 도달했었다. 그거부터 확인해 보기로 했다. 시야에 시간이 보이는 것으로 보아 상태창은 열릴 테니.

곧이어, 눈앞에 봉인 해제된 '무명'(無名)의 정보가 나열됐다. 그리고 그 정보를 본 나는 눈이 휘둥그레질 수밖에 없었다.

['봉인 해제된 악마성의 열쇠'(EX급)]

-레벨:50(Max)

-특징:성장형.

-그 누구도 이 아이템의 근원을 추측할 수 없습니다.

-사용자와 함께 성장합니다.

-절대 부러지지 않습니다.

-캐릭터 혹은 인간형 몬스터만이 사용할 수 있습니다.

-모든 속성에 우위 대미지를 부여합니다.

-검은 오러로 기본 대미지×500%의 스플래시 대미지를 부여합니다. (1분에 1번)

-몬스터의 모든 방어력을 무시합니다.

-치명타 대미지가 2배 늘어납니다.

-몬스터 1,000마리 처치 시, 한 가지 스킬을 지정하여 쿨타임 초기화. (단, 무명을 통해 사용하는 스킬이어야 함.)

-속성 대미지×500%

-기본 대미지×500%

-세계수로 향하는 길이 열립니다.

좌르르-

시커먼 시야에 새하얀 글자로 정보가 가지런히 나열된다.

'……이게 뭐야.'

만렙을 달성한 '무명'(無名). 그것의 정체는 놀라웠다.

'무명이 악마성의 열쇠였다고?'

분명 비슷해 보이긴 했었다. 느낌도 비슷했고 기운도 비슷했다. 근데 정말 악마성의 열쇠일 줄은 전혀 몰랐다.

혼란스러웠다. 혼란스러울 수밖에 없었다.

'내가 무명을 어디서 얻었더라?'

천천히 과거를 복기해봤다.

두 번째 메인 퀘스트를 했었고……. 국왕이 보상을 준다며 아라둔 왕국의 지하 보물 창고로 보냈었지……. 수많은 화려한 아이템들이 있었고, 그중 무언가가 분명 날 끌어당겼었어.

만류귀종. 아레스의 본능. 그리고 심연의 눈동자.

이 세 스킬이 '무명'(無名)에 감응했었지……. 그리고 이 세 스킬들은 잭필드가 직접 만들었다고 나에게 말한 바 있다.

'말이 안 되잖아?'

잭필드는 무명의 존재를 몰랐다. 분명 락(Lock)을 풀 수 없다고 했다. 근데 그런 창이 왜 잭필드가 만든 스킬에 감응하는가.

그뿐이 아니다. 내 인벤토리엔 잭필드가 건네줬던 1레벨짜리 '악마성의 열쇠'가 분명 자리 잡고 있다.

'그럼 열쇠가 두 개라는 거야?'

골이 땅겼다. 머리에 감각이 느껴지는 건 아니었지만, 그냥 머릿속이 복잡했다.

'잭필드에게 물어보고 싶은데.'

목소리를 낼 수 없는 상황이다. 솔직히 통신이 잘 되는 건지도 모르겠다.

[이동까지 남은 시간 25:30]

벌써 남은 시간은 25분. 이 와중에도 시간은 천천히 흘러가고 있었다. 나는 봉인 해제된 열쇠의 정보를 찬찬히 훑었다. 곧 마지막에 추가되어 있는 정보가 눈에 들어온다.

세계수로 향하는 길이 열립니다.

나는 멍하니 그 글자를 바라봤다.

잭필드도 그랬었지. 이 열쇠로 세계수의 비밀을 풀 수 있다고. 사이버가 세계수를 이 세계 깊은 곳에 숨겨놔 찾을 방법이 거의 없었다고.

'근데 이 열쇠를 사용하면 세계수로 갈 수 있다는 거지?'

세계수는 사이버의 약점이랬다. 사이버의 무적 상태를 풀 수 있는 유일한 방법이랬다.

'이건 무조건 가야 한다.'

인류를 농락하고 있는 그놈. 그놈을 상대하기 위한 유일한 길. 그 방법이 드디어 눈앞에 도달했다.

'근데 어떻게?'

그냥 창을 휘두르면 되는 건가? 아니면…… 불지옥을 썼던 것처럼 머릿속으로 떠올리면 되는 건가? 라고 생각할 때였다.

프스스스…….

까무잡잡하던 시야가 점점 녹빛으로 물들기 시작했다.

'뭐야?'

왜 이러는지, 이유를 모르겠다. 정말로 속으로 생각하는 게 해답이었던 건가?

프스스…….

적막한 시야에 변화가 계속됐다.

이윽고 모든 시야가 푸르르게 물들었을 때.

[세계수가 당신을 부릅니다.]

[세계수의 내부로 이동하시겠습니까?]

어떠한 메시지가 떴다.

'아아…….'

어떤 종류의 희열이 느껴졌다. 마침내…… 그 비밀에 다가갈 방법이 생긴 거다. 그 개새끼를 잡을 수 있는 실마리가 생긴 거다.

'이건…… 못 먹어도 고지.'

답답했던 마음을 풀어주는 메시지. 지금, 이 상태에서 누르면 되는 건가?

[세계수가 당신을 이끕니다.]

[특수한 힘이 개입합니다.]

['구사일생'(S급) 스킬의 목적지를 '세계수의 내부'로 변경합니다.]

[이동까지 남은 시간을 0:00 분으로 초기화합니다.]

[세계수의 내부로 이동합니다.]

무언가가 초월적인 힘이 스킬을 조작하는 소리가 들렸고-

파앗!

시야가 번쩍 트임과 동시에 다시 한번 의식이 사라지는 게 느껴졌다.

솔솔 불어오는 바람에 눈이 떠졌다. 초록빛으로 넘실거리는 공간. 시야에 녹빛 잎사귀와 열매들이 가득 차 있다.

"여긴……."

목소리가 흘러나왔다. 그러고 보니 몸 상태도 정상이다.

비었던 '기'도 한가득 차 있었고 치열한 전투로 망가졌던 육체도 전부 회복되어 있었다.

"어디지?"

자리에서 벌떡 일어났다. 팔목을 돌려보고 손목을 돌려봤다. 각종 관절 상태와 근육의 움직임을 느껴봤다.

정상적으로 움직인다. 오히려 컨디션이 더 좋아졌다. 몸에 피로함이 없고 상쾌하다.

그리고 '무명'(無名). 아니, 봉인 해제된 악마성의 열쇠를 들었다. 봉인이 풀렸음에도 내가 지녔던 창의 모습 그대로였다.

"네가 날 이곳으로 안내한 거냐?"

혹시나 해서 창에게 물었다.

우우웅!

창이 그렇다는 듯 진동했다.

와, 이거 의사소통도 되는 거야?

그건 몰랐네.

"그럼 이건 뭔데?"

나는 잭필드가 줬던 열쇠도 꺼냈다. 이건 창의 모습이 아니다. 열쇠 그대로의 모습이다.

비록, 설명은 무기처럼 되어 있었지만 말이다.

우우웅!

내 물음에 창은 그저 떨기만 했다.

쩝, 그럼 그렇지.

창이 대화할 수 있을 리 없다.

"우선."

몸 상태를 확인했으니, 이곳이 어딘 지부터 파악해야 한다. 세계수의 내부라는 건 알았지만, 그 외의 정보는 아무것도 없다. 전부 베일에 싸여 있다. 정확히 이곳에서 뭘 해야만 사이버를 상대할 수 있는 건지 알아야 했다.

'시간이 없어.'

내가 이곳에 들어와 있단 걸 사이버가 알까?

알든 모르든, 사이버는 뭔가 대책을 마련할 거다. 91~100층대를 점령하는 네르갈 진영에 압박을 가할 수도 있고, 소수정예 멤버들을 공격할 수도 있을 거다. 그전에 빨리 해결책을 가지고 나가야 한다.

"어, 자네. 일어났는가?"

응?

어떤 익숙한 소리가 들려온 것은 그때였다.

위치는 후방. 그리고 이 목소리는…….

"할아버지?"

나는 고개를 돌렸다. 그곳엔 지병수 할아버지가 고개를 끄덕이며 다가오고 있었다.

"헐, 할아버지께서 어떻게 이곳에……."

"이곳에서 자네를 찾은 지, 벌써 일주일이 흘렀네. 계속 의식이 없어 가장 기운이 충만한 곳에 위치시켜놨네만……. 아, 이리 오게나. 자세한 얘기는 여기 앉아서 하지."

할아버지가 눈앞 돌바위를 가리켰다. 마치 의자처럼 생긴 그곳.

"……그게 무슨."

내가 여기 떨어진 지, 일주일이나 지났다고? 그건 그렇다 쳐도, 할아버지가 이곳에 있는 게 신기했다.

"어떻게 된 겁니까."

"사이버의 지대. 그곳을 열심히 점령하던 도중이었지. 그때 갑자기 세계수가 초월했네."

"초월…… 이요?"

캐릭터가 가지고 있는 화신이, 본체를 만났을 때 하는 게 '초월'이다. 그렇다면…….

"자네가 가지고 있던 무명, 그것의 봉인이 해제되면서 세계수가 이곳에 드러난 걸세. 내가 가지고 있던 몬스터 기억나는가?"

"그 작고 귀여운 나무요?"

"맞네, 작귀나. 그 녀석이 날 이리로 인도했지. 그리고 쓰러져 있는 자네를 보여줬네."

"아아……."

할아버지가 흐뭇하게 웃었다. 애정 깊은 본인의 몬스터가 제힘을 찾은 게 기쁜 듯했다.

[잭필드가 깨어나셨냐 묻습니다.]

[레너드 님이 다행이라며 두 손을 잡고 눈물을 흘리고 있습니다.]

두 구경꾼의 통신도 들려왔다.

"아, 밖에는 별일 없습니까?"

우선, 궁금한 것들을 해결하기 전에 걱정되는 것부터 물었다.

일주일이나 흘렀다면, 사이버가 가만히 있을 리 없었을 텐데.

"별일 없네. 이상하리만큼 조용하더군. 아마 아직도 점령작업은 계속되고 있을 걸세."

"……그렇군요."

"레너드가 나보고 자네를 보살피라더군. 점령작업에서 빼줬네. 세계수를 소환수로 가진 나는 이곳 세상과 바깥을 자유자재로 드나들 수 있기 때문이지."

하긴, 이곳에 올 수 있는 사람이 할아버지뿐이라면 할아버지가 이곳에 있는 게 납득이 간다.

"그나저나 도대체 이곳은 어딥니까."

"어디겠는가. 세계수의 내부지. 아, 우리가 가진 기의 비밀도 알 수 있었네."

"기요?"

나는 심장 속에 있는 기운을 다시 살펴봤다.

'헐?'

그러고 보니 기운이 가득 차 있다.

기존에 내가 가진 양만큼이 아니다. 훨씬 더 크게, 그리고 충만하게 차 있었다.

그 커다란 바다 같은 그릇이 말이다.

나는 재빨리 상태창을 확인했다. 그리고 스킬, '□■■■□'(□□)?의 상태를 확인했다. 뭔가 그래야만 할 것 같았다.

-'세계수의 힘'(EX급):세계수가 선물해 준 권능. 자신이 뽑어내

는 기운을 몸 안에 저장 및 사용할 수 있게 한다.

역시나였다. 상태창 내부의 스킬은 바뀌어 있었다.

'세계수의 힘'이라는 이름으로.

'……이게 무슨?'

나는 눈썹을 찡그렸다. 70층대에서 발전했던 그 스킬이, 사실 세계수가 선물해 준 거였다고? 그 말은 예전부터 세계수가 나에게 개입해 왔다는 소린데.

"혼란스럽지?"

할아버지가 웃으며 물었다. 나는 고개를 끄덕였다.

"솔직히 그렇네요. 아직도 뭔가 벙벙하고 뭐가 뭔지 모르겠습니다. 할아버지는 이게 어떤 상황인지 아시겠습니까? 세계수와 사이버의 관계가 뭔지."

"일단 따라오게나."

"네?"

"세계수가 자네를 보고 싶어 해."

"세계수와 대화를 나눠보신 겁니까?"

"안 그러면 내가 이런 걸 어찌 알겠나. 이래 봬도 내가 세계수의 주인일세, 허허."

뭔가 자부심 어린 목소리.

"뭐, 그것도 그렇겠군요."

할아버지는 나를 인도했다.

나는 천천히 할아버지를 따랐다. 구부렁길을 오르기도 했고 오르막 내리막길을 반복하기도 하며 계속 이동했다.

속도는 내지 않았다. 뭔가 걸을수록 기분이 좋아졌기 때문이다.

간만에 느껴지는 상큼한 숲의 냄새. 반갑다며 툭툭 건드는 공간을 가득 채운 기운들.

그렇게 수십 분을 이동했을 때.

한 존재가 보였다. 커다란 나무에 등을 기대고 있는 하얀 순백의 소녀. 할아버지가 손을 들자, 소녀가 웃으며 고개를 숙인다.

"저건 뭡니까?"

나는 참지 못하고 물었다. 궁금했기 때문이다.

세계수 내부에 서 있는 인간이라.

"저게 바로 세계수의 본체일세. 예쁘지?"

"저게…… 요?"

곧이어 소녀가 다가왔다. 그리고 청량한 목소리로 말한다.

"안녕하세요. 끝없는 악의 굴레를 종식시켜 줄 영웅이시여. 저는 세계수 위그드라실. 이 세계를 지탱하고 있는 존재랍니다."

그게 세계수와 나의 첫 만남이었다.

'세계수의 모습은 나무 아니었나?'

나는 눈앞의 소녀를 바라봤다. 깊은 옥색 눈동자, 녹색 머리카락, 비현실적으로 새하얀 피부. 작은 키에 하늘하늘 나부끼는 원피스 자락.

'아아…….'

절로 감탄이 나왔다. 소녀의 신비한 외모 때문에 나온 감탄은 아니었다.

내가 주의해서 바라본 건……. 그녀의 가슴에 위치한 막대한 에너지였다.

고오오오…….

엄청난 기의 파도가 그녀의 심장에 웅크리고 있다. 그녀는 숨긴다고 숨기는 것 같은데, 느껴지지 않을 수 없었다.

굳이 신경을 집중하지 않아도 느껴졌다. 그녀 체내에 존재하는 거대한 에너지 덩어리들이 샅샅이 감지됐다.

'……이건.'

대충 가늠해 봐도 거의 사이버와 버금가는 수준이었다.

'아니, 그 이상인가?'

뭐가 됐든. 감히 내가 가진 '기'로는 판단도 안 될 수준이었다. 과연, 나에게 그 스킬을 전수했던 존재라는 건가? 하긴, 그렇기에 사이버를 잡아낼 유일한 비밀이라 하는 걸 거다.

세계수 위그드라실. 이 세계를 지탱하고 있다는 존재.

나는 본능적으로 깨달았다. 그녀가 가지고 있는 저 막대한 기운들이 이 시련의 탑 전체를 지탱하고 있음을. 탑 내부에 존재하는 각종의 차원들을 유지해 내고 있다는 사실을.

'보여.'

그녀의 심장에서부터. 사방으로 뻗어 나가 마인드맵처럼 복잡하게 연결되어 있는 그 기운들이 세밀하게 보였다.

[잭필드가 현 상황을 주의 깊게 바라보고 있습니다.]

[레너드 님이 두 손을 꼭 잡고 지켜보고 있습니다.]

잭필드와 레너드도 내 시야를 공유하고 있었다. 아마 그들도 세계수의 본 모습은 처음 보는 걸 거다.

기대되겠지. 앞으로 전투의 유일한 희망이니.

"비운 님?"

내가 대답이 없자, 소녀가 다시 한번 물었다. 아, 본인 소개를 했었나? 나는 급히 멍을 풀고 제정신을 차렸다.

"너는……."

"네, 영웅이시여. 편하게 말씀하세요."

그녀가 살포시 웃는다.

그러고 보니, 궁금한 게 한둘이 아니다.

무명의 존재, 갑작스러웠던 '기 연공법'의 각성.

이 모든 게 세계수의 지원이었다면…….

"내가 가진 이 스킬…… 이 창."

"세계수의 힘과 '무명'(無名)을 말씀하시는 건가요?"

역시, 알고 있었다.

"그래, 이것들. 다 네가 준 거였나?"

"그렇답니다."

"왜지?"

궁금했다. 그녀가 날 어떻게 알았으며, 왜 영웅이라 부르는지. 날 돕는 이유가 뭐고 사이버와의 관계는 어떻게 되는지. 열쇠를 만들어 날 이곳으로 인도한 이유가 뭔지. 형들이 말했던 굴레가 도대체 뭔지.

"혼란스럽겠지요. 그럼 천천히 얘기를 나눠보실까요? 이야기가 길어질 것 같아서요."

세계수가 다시 한번 인사 후, 손을 살짝 올렸다.

콰르르!

그러자 땅 밑에서 나무 기둥 3개가 솟았다. 자연의 힘으로 만들어진 고풍스러운 느낌의 의자였다.

'창조…….'

나는 놀랐다. 무언가를 만들어 낸다는 건 굉장히 어려운 일이다.

어떤 이야기를 봐도 '창조'의 권능은 신의 영역으로 나오는 게 보통이니까.

세계수는 그걸 간단하게 손짓으로만 해냈다. 과연 세계수는 어떤 존재일까. 정말 신이라도 되는 것일까?

"큼."

나는 한 번 헛기침을 했다. 문득, 내 표정이 굉장히 다급해 보인다는 걸 깨달았다.

일단, 진정해야 했다. 어차피 세계수가 호의적으로 보이니, 복잡하게 꼬인 실타래를 천천히 풀어보는 거다.

"전 비운 님을 굉장히 오래전부터 지켜보고 있었답니다. 그리고 이렇게 만나 뵙기를 애타게 바라왔었죠."

세계수의 이야기가 시작됐다. 나와 할아버지는 자리에 앉아 그녀의 목소리를 들었다.

[잭필드가 흥미롭다고 합니다.]

[레너드 님도 고개를 갸웃합니다.]

총 넷이었다. 그녀의 이야기를 듣는 존재는.

"날 오랫동안 지켜보고 있었다고?"

"그렇습니다. 사실 비운 님이 아는 것보다 더 비운 님을 잘 알고 있는 존재 중 하나이지요."

"그건 무슨 소리냐."

나보다 나를 잘 안다고? 그게 말이야 방구야.

"……굴레."

소녀가 내 물음을 두 단어로 축약했다.

"뭐?"

"그건 지금 이루어지고 있는 이 굴레를 이해하셔야 한답니다."

굴레. 형들이 다급하게 말했던 단어 중 하나였다.

'평행우주.'

'생각해라.'

'굴레.'

'놈의 유일한 약점.'

'세계수.'

매우큰사람 형이 말했던 다섯 개의 키워드.

"우선, 제 소개를 다시 하지요."

소녀가 계속 말을 이었다.

"네 소개? 세계수 위그드라실이라 하지 않았나?"

"그건 남들이 알고 있는 제 껍질에 불과하답니다. 어떤 것을 알고자 할 때는 그 본질에 집중해야 하는 법이죠."

"그래? 그럼 그 본질인지 뭔지, 한번 말해봐."

궁금하긴 했다. 세계수는 도대체 뭘까. 이 지구의 신이라도 되는 걸까? 이미지만 보면 그렇긴 한데.

"이곳에 보이는 나무, 꽃, 푸르름을 상징하는 제 모습들……. 자연의 힘이라 생각하고 계시겠죠?"

"사이버 같은 기계랑 어울리진 않지."

"하지만, 이것 역시 다 가짜랍니다. 아니, 가짜라기보단 만들어진 모습들."

응?

"저 역시 이곳에 있던 탑처럼, 사이버가 만들어낸 존재입니다."

벌떡!

할아버지가 일어섰다.

"그, 그게 무슨 말인가."

하긴, 예측하지 못한 건 아니었다. 세계수는 분명, 이 탑 전체를 지탱하는 데 힘을 쓰고 있었으니까.

"저 역시 결국은 기계일 뿐이라는 거죠. 정확히는 이 시련의 탑과 사이버를 연결시키기 위해 만들어진 존재입니다."

"……."

솔직히. 무슨 말인지 모르겠다.

나는 그녀의 눈을 빤히 바라봤다. 더 자세히 설명하라는 의미다.

"신경회로와 같은 역할을 한다고 보면 되겠군요. 잭필드와 사이버가 요구하는 모든 명령을 제가 수행하고 있다고 보면 됩니다."

"……그게 무슨."

할아버지가 침음성을 삼켰다.

[잭필드가 경악합니다.]

잭필드 역시 이해했는지 놀라움을 표했다.

하지만, 난 뭐가 뭔지 몰랐다.

'아쉽게도 난 문과였거든.'

평소 컴퓨터 관련 학문에 관심도 없었고 대학 때 배웠던 것 중 기억나는 것은 회계학뿐이다. 그마저도 지금은 다 까먹었지.

[잭필드가 대충 설명하겠다고 합니다.]

[간단하게 말하자면, 이곳 세상. 그러니까 탑 내부는 전부 사이버에 의해 구축되어 있다고 합니다.]

[탑은 하드웨어, 사이버는 프로그램, 그리고 세계수가 인프라라고 합니다.]

[그러니까, 하드웨어를 내부에서 원활하게 수행시키기 위한 OS, 즉 중재프로그램이 바로 세계수였다고 합니다.]

하드웨어라. 내가 아는 그 하드웨어? 컴퓨터에 나오는 그 용어?

[사이버 정도의 소프트웨어가 가동되기 위해서는 현존하는 하드웨어로는 도저히 수행 불가능했을 거라 합니다.]
[그렇기에 사이버가 직접 기계들을 이용해 만든 초고성능 하드웨어가 바로 탑일 겁니다.]

세계수가 고개를 끄덕였다.
"잭필드의 말이 정확해요."
헐? 이 메시지들이 그녀에게도 보이는 건가?
내 눈이 커지자 그녀가 웃었다.
"지금 보내는 송수신도 다 제가 처리하는 거랍니다. 볼 수 없을 리 없지요."
이런. 마음이 읽히는 기분이다.
"잭필드 측에 제 화신체를 선물했던 것도, 잭필드의 명령에 따라 각종 스킬들을 만든 것도, 그 당시 사이버의 명령에 따라 비운 님을 70층대로 이동시킨 것도 결국은 다 제가 수행한 일이랍니다."
"아, 그때 그 함정?"
코리안 모드였었나? 갑작스러운 70층대의 등장에 당황했었지.
"물론, 무리한 명령을 내린 사이버는 몇 달 동안 물리적인 제

어기능을 잃어버렸었지만요."

그녀가 미소 지었다.

"일종의 과부하 상태랄까요?"

"허……."

그래서였나. 그저 무리한 간섭력 사용으로 제약을 받은 줄 알았는데. 아, 그게 그건가? 어쨌든.

"그럼 잭필드나 아린은 뭔데."

"굳이 말하면 바이러스 정도 되겠군요. 갑자기 끼어든 새로운 소프트웨어 AI 프로그램이니까요."

소프트웨어. 하드웨어. 이런 게 뭔지 모른다.

다만, 짜증 나는 건. 지금껏 고작 컴퓨터 속 세계에서 고생하고 있었다는 생각이 든다는 거다.

"……근데."

"말씀하세요."

"그런 존재가 왜 굳이 나를 돕는 거지? 사이버가 만들었다면서. 그럼 사이버 편 아닌가?"

자세한 설명이 필요했다.

"저는 이 굴레가 끊어지길 바라고 있거든요."

"도대체 그놈의 굴레가 뭐길래."

굴레, 굴레, 굴레, 굴레.

"이런."

갑자기 소녀가 인상을 찌푸렸다.

"왜."

"사이버가 급하긴 급했나 보군요."

"그게 갑자기 무슨 말이야."

순간, 내 몸에 이상한 변화가 감지됐다.

이질감이 들었다.

"자, 자네?"

옆에서 할아버지가 날 바라보며 놀랐다. 난 급히 내 모습을 바라봤다.

"아……."

몸이 투명해지고 있었다. 실체였다가 투명해졌다가 천천히 반복하는 육체.

"이게 뭐지?"

나는 세계수를 바라봤다.

"약 1시간 후, 비운 님은 이곳 세상 축에서 소멸하게 됩니다."

"……뭐?"

당황스러웠다. 갑자기 이게 무슨 현상이란 말인가.

"제가 한 게 아닙니다. 사이버의 행동이죠. 아무래도 비운 님이 저와 접촉하고 있다는 사실을 알아챈 듯싶습니다. 이번엔 조심한다고 조심했는데."

"그건 또 무슨 말이야! 자세히 설명해 봐!"

내가 다급히 외쳤다.

세계수는 한숨을 내쉬며 말을 이었다.

"이 역시 굴레입니다. 사실, 제가 비운 님을 이렇게 마주 뵙는 것도 총 321회차군요. 이번엔 사이버가 좀 빨리 알아차렸네요."

"……뭐?"

321회차? 갑작스러운 정보의 폭풍에 구토감이 올라왔다.

[잭필드가 무언가를 감지했다고 합니다!]

[미약한 시간 이동의 흔적이 보였다고 합니다!]

잭필드의 다급한 외침.

"네, 맞습니다. 항상 이맘때쯤이었죠. 비운 님이 저에게 접근한 것에 위기감을 느낀 사이버는 결국, 이 시기쯤 과거로 아스모데우스를 보내 당신을 제거하려 합니다."

소녀가 슬퍼 보이는 목소리로 말했다.

'그게…… 무슨?'

그러니까. 정리해 보자. 321회차라니…….

그 굴레라는 게 설마 무한 루프라도 된다는 말인가? 속이 울렁거렸다. 도저히 눈앞의 소녀가 무슨 말을 하는지 이해가 가질 않았다.

'아스모데우스라면…….'

탑 10층의 악마. 스킬, '레이즈 데드'를 쓰던 녀석.

과거 은신을 통해 이동해서 잡은 바 있었지. 그리고…… 두 번째 메인 퀘스트에서도.

'아?'

문득, 머리에 돌덩이를 맞은 느낌이 들었다.

'맞아, 이상했었지.'

메인 퀘스트에 시련의 탑의 악마가 등장했었다. 그 당시에는 밸런스 파괴와 같은 일. 나 역시 죽을뻔했었다.

그때 날 구해줬던 가면 쓴 사내! 그리고 섬창을 알려줬던 그 사내! 그때 말했던 불가사의한 말들!

"그 죽창 사내?"

소녀가 고개를 끄덕였다.

"원래의 시간의 흐름대로라면 당신은 이곳에서 두 가지 최후를 맞이하게 됩니다."

"……두 가지?"

"지난 회차의 굳센호랑이가 사라졌던 것처럼, 지금 이 자리에서 제거당하거나. 아니면 그것을 극복한 후 사이버와 최종 혈투를 벌이거나. 시간이 없습니다. 지금부터 제 말을 잘 들으셔야 해요."

세계수가 정신없이 몰아쳤다.

"비운 님이 사는 방법은 오직 하나. 과거로 이동해 사이버가 보낸 아스모데우스를 처단하셔야 합니다."

세계수가 가면과 죽창 하나를 내민 것은 그때였다. 그런데 그것들이 뭔가 익숙하다.

'그래, 이 가면…….'

그리고 창. 과거 날 구해줬던 죽창 사내가 사용했던 것들이었다. 허공 위에 그것에 대한 정보가 자동으로 좌르르- 올라왔다.

['세계수의 창'(EX급)]

-특징:마법형

-세계수의 권능으로 만들어진 번외급 아이템입니다.

-캐릭터가 사용할 수 있습니다.

-특정 대상을 각성시킵니다.

-대상자 설정 후, 특정 스킬을 사용하세요.

-사용 횟수:1회.

-대상자에게 스킬 '아레스의 본능'(S급)을 일깨워 줍니다.

-대상자에게 스킬 '만류귀종'(S급)을 일깨워 줍니다.

-대상자에게 스킬 '섬창'(S급)을 일깨워 줍니다.

"이건……."

뒤통수를 한 대 맞은 느낌이었다. 그 당시 죽창 사내에 의해 각성했던 나. 그가 들었던 그 대나무 창.

"……그런 거였나."

그 정체불명의 사내가…… 항상 궁금했었던 그 존재가…… 바로 나였던 것이다.

미래의 나. 세계수가 조금 전 말했지.

나보고 과거로 이동해 아스모데우스를 처단하라고. 그 과정에서 과거의 나에게 이 스킬들을 전수하라는 걸 거다.

섬창을 알려주고 운동신경을 늘려주고 창술의 극의를 알려줘야 과거의 내가 온전할 수 있고.

그래야 지금의 내가 소멸하는 것을 방지할 수 있다는 거겠지.

"이게 다……."

희대의 사기 스킬, 섬창. 그 외 각종 알 수 없는 지원들. 그것들이 전부 세계수의 손아귀에서 나온 거였다.

"……네 설계였구나."

"어쩔 수 없었습니다. 다음 일을 도모하기 위해서는 우선 비운 님이 온전해야 하기 때문입니다. 그래야 사이버의 악행을 막아낼 수 있습니다. 다행히도 저에겐 비운 님을 과거로 보낼 힘이 존재합니다. 현재의 사이버는 무리해서 아스모데우스를 보낸 상태. 이번엔 별다른 간섭을 하지 못할 겁니다."

소녀는 계속해서 말을 이었다. 이해 안 되는 게 몇 가지 있었지만 끼어들 수 없었다. 우선, 들어주기로 했다. 다 듣고 나서야 뭔가 좀 보일 것 같았다.

"단, 주의할 점도 있습니다."

"주의할 점?"

"네, 과거로 이동해 과거 존재의 신경을 거스르면 안 됩니다. 옛날 비운 님이 느꼈던, 경험했던 그대로를 느낄 수 있도록 해줘야 합니다."

"……그게 무슨?"

"과거의 선택에 따라 미래는 변하게 됩니다. 현재의 비운 님을 온전히 유지하기 위해서는 어쩔 수 없습니다."

"……."

가면. 나는 그녀가 건넨 가면을 바라봤다.

'그래서 이 가면을 준 건가?'

과거의 나에게 들키지 말라고. 그때의 죽창 사내처럼 행동하라고.

'나'가 '나'를 구했다는 걸 알면 엄청 혼란스러울 테니까. 지금의 나는 그런 고민 없이 성장에만 집중했고, 그렇기에 강해질 수 있었다. 그렇게 유도해야 한다는 건가?

"사이버의 존재도 말씀하시면 안 됩니다. 분명, 아스모데우스는 과거의 당신과 잭필드의 사이를 갈라놓으려 하고 있을 겁니다. 그냥 과거의 비운이 그때처럼 계속 두 집단을 경계할 수 있도록 둘 다 쓰레기라고 말씀하시면 편할 겁니다."

아……. 그때 아스모데우스가 했던 말이 떠오른다. 갓 컴퍼니는 내가 생각하는 것보다 더 음흉하고도 음습한 존재라 했었지. 인류를 시련의 구렁텅이로 밀어 넣고 있는 악당 중 악당이라고.

'지금 생각해 보니 개소리지.'

레너드는 음습하지 않다. 그냥 멍청하지. 죽창 사내가 했던 말도 떠오른다. 놈이 지껄이는 헛소리는 잊어도 좋다고.

"둘 다 쓰레기라 말하라고?"

"그래야 과거의 비운 님이 계속 두 집단을 경계할 겁니다."

"아니, 그건 상관없어. 딱히 틀릴 게 없는 말이라."

사이버는 말해 봐야 입만 아프고. 레너드도 어찌 보면 쓰레기긴 하니까.

[레너드 님이 서운해합니다.]

[잭필드가 여전히 혼란스러워하고 있습니다.]

내 답에 세계수가 슬쩍 미소 지었다.

"비운 님의 정체에 대해서는 그냥 대충 갓 컴퍼니 직원이라 둘러대시면 될 겁니다."

"그건 기억난다. 다음은?"

"겪었던 일 그대로 가면을 쓰고 스킬을 전수해 주시면 됩니다. 아스모데우스를 잡는 건……. 지금의 비운 님이라면 식은 죽 먹기겠죠?"

"그게 끝이냐?"

"아닙니다. 추가적으로 하셔야 할 일도 있습니다."

"그게 뭔데."

"열쇠를 줘보십시오."

"열쇠?"

악마성의 열쇠를 말하는 건가?

나는 열쇠 모양의 아이템을 꺼냈다.

레벨 1짜리 무명과 동일한 아이템.

"악마성의 열쇠를 '무명'(無名)으로 봉인해 둘 겁니다. 비운 님이 사용하기 쉽게 창으로 변형시켜서요. 이걸 왕국 보물창고에 가져다 두십시오."

"아……."

"그 시대 사이버가 눈치채지 못하게 하면서 지금의 비운 님을 세계수 내부로 쉽게 유도하기 위해서는 어쩔 수 없습니다."

열쇠가 두 개였던 이유. 그것도 다 세계수의 장치였던 것이다.

날 이곳으로 인도하기 위한. '무명'의 레벨을 극대화해야 이

쪽으로 넘어올 수 있으니까.

"주의사항을 꼭 지켜주셔야 합니다. 그렇지 않으면 모든 것이 틀어지게 됩니다. 당연히 현재의 비운 님도 존속할 수 없겠죠."

"……그러니까."

나는 머리를 부여잡았다. 정신없이 쏟아지는 정보에 머리가 아파왔다. 생각할 시간이 좀 필요했다.

'우선.'

해결되지 않은 궁금증이 있다. 세계수와 내가 만나는 것이 지금 321회차라는 것. 그녀는 분명 날 321번째 만나고 있다 했다. 그러나 내 기억은 지금 현재의 삶뿐이다.

'그뿐만 아니라.'

잭필드도, 레너드도 모른다. 그들도 나름 시간여행을 했다고 들었는데…….

지금도 혼란스럽다는 메시지를 보내는 것 보면, 321번째는 금시초문일 거다. 하긴, 세계수의 존재조차 몰랐으니.

"이해가 안 되는 게 있어."

"말씀하세요. 영웅이시여."

"지금 날 만나고 있는 게 321번째라 했지?"

그게 이해가 안 된다. 역대 최상급 인공지능이라는 사이버가 왜 이런 행동을 반복할까.

"맞습니다."

"사이버가 그렇게 해서 얻는 이득이 뭐지?"

"사이버는 미쳤습니다. 그저 이 행동을 무한 반복하며 인류가 희망 끝에 다다랐다 절망하는 모습을 즐기고 있는 겁니다. 혼자서요. 그 누구도 모릅니다. 잭필드도, 아린도, 레너드도, 비운 님도. 그저 모든 인류가 그 사실을 모른 채 조종당하고 있었던 겁니다. 오직 저만이 그 모든 순간들을 지켜보고 있었죠. 그것이 바로 지옥과 같은 굴레."

"형들은?"

분명, 형들은 굴레의 존재를 알았다.

"그들은 세뇌당하던 도중, 사이버의 생각을 일부 읽을 수 있었습니다. 그 끔찍한 내용에 절망하고도 또 절망했죠."

충격적이었다. 잭필드와 레너드가 했던 두 번의 시간여행도. 내가 몬스터즈를 깨왔던 것도.

다 사이버의 농간이었다고? 다 가짜라고?

아니, 그것보다…….

"이게 즐길 거리가 된다고?"

"인류의 끝은 항상 멸종이었습니다. 사이버 입장에서는 텅 빈 세상보다 자신의 파괴욕을 풀어줄 인류가 있는 게 더 재미있었겠지요. 수백 번이나 반복해도 그건 마찬가지였을 겁니다."

그래서……. 장난감이라 불렀던 건가? 그렇게 여유 있었던 건가?

"사실 저도 이제 지쳤습니다. 이 굴레를 해결해 줄 분은 오직 제 눈앞의 존재. 영웅, 비운 님뿐입니다. 비운 님은 320번이나 이 행동을 반복하며 마지막까지 사이버와 싸웠었죠. 유일한 인간이었습니다. 이곳까지 올 수 있는 인간은."

"이전의 나들은…… 결국, 싸움에서 진 건가?"
"……그렇습니다. 그와 동시에 모든 인류는 멸종했었죠."
충격적이었다.

[잭필드가 믿을 수 없다고 합니다.]
[레너드 님도 말을 잇지 못하고 있습니다.]

할아버지도 아까부터 눈만 부릅뜬 채로 아무 말 하지 못하고 있었다. 실로 충격적인 사실이었다.
인공지능 하나가 만들어 낸 비극. 인류 멸종과 부활의 무한 반복. 사이버는 인류 전체를 멸종시킨 후, 과거로의 이동을 반복하고 있었던 것이다.
"그 죽창 사내……."
"320회차의 비운 님 말씀이시죠?"
"그래, 그럼 그자도 결국 죽은 거겠네."
그 강력했던 자도 결국은, 죽은 거다.
"아쉽게도…… 그렇습니다."
혼란스러웠다. 그럼 지금 이 지랄을 또 한 번 해서 나에게 남는 게 뭔가. 결국은 똑같은 굴레 아닌가?
"다만…… 지금의 비운 님께 희망은 있습니다."
"어떤 희망."
"사실 제 능력 '세계수의 힘'을 준 것은 이번 회차가 처음입니다. 그 힘은 실로 사이버를 위협할 수 있는 힘. 그로 인해 저도 이번에 완전히 사이버랑 틀어졌죠."

"아……?"

"이번 회차의 사이버는 극도로 비운 님을 경계하고 있습니다. 이전의 비운 님들은 현재의 그대처럼 강하지 않았거든요."

그러니까. 굴레에 지친 세계수가 이번 회차에는 제대로 간섭했다는 건가? 이전에는 대충 간섭하고? 말이 좀 이상한데.

"시간이 없습니다, 비운 님!"

소녀가 다급하게 말했다. 나는 다시 한번 내 몸을 둘러봤다.

몸은 점점 더 투명해져 가고 있었다. 이제는 거의 안 보일 지경이다.

'1시간이라 했으니까…….'

이제 남은 시간은 약 40분 정도뿐이다.

"부디 이 굴레에서 모든 이들을 해방시켜 주시지 않겠습니까?"

나는 간절하게 말하는 그녀를 바라봤다.

탄탄했다. 빈틈이 없었다.

세계수의 강대함. 나에게 '기'를 선물해 준 장본인.

문득, 의아했다.

"근데 왜 너는 직접 사이버를 처리 못 하는 거지?"

얘가 도와주기만 한다면 그래도 사이버와 해볼 만할 텐데.

"저는 사이버에 의해 만들어졌습니다. 그를 직접적으로 건드릴 수 없습니다."

"지금 이 행동은?"

"간접적인 간섭은 가능합니다. 시간이 지날수록 지친 저도 방법을 강구하게 되었고…….”

소녀가 다시 말을 블라블라 늘어놓았다.

나는 그녀를 빤히 바라봤다.

솔직히 모르겠다. 뭔가 위화감이 들었다.

뭔가 이상했다.

“일단.”

나는 답했다.

“말씀하세요.”

“할아버지를 돌려보내라.”

“네?”

“이곳 세계수에서 내보내라고.”

우선, 할아버지를 내보낸다. 왠지 그래야만 할 것 같았다.

“자, 자네…… 갑자기 왜 그러는가.”

“너무 걱정하지 마십시오. 과거 여행 다녀와서 뵙겠습니다.”

“……뭔가 작정하고 있구먼.”

“사이버를 처리하기 위해선 뭐든 할 겁니다. 일단 시간이 없다 하니, 빠르게 해결해야죠.”

“크음, 알겠네. 조심하게.”

할아버지가 고개를 끄덕이며 이동했다. 세계수의 주인이라 했으니 나가는 건 쉬울 거다.

“그럼 준비 되셨나요?”

“어, 바로 시작해.”

소녀가 고개를 끄덕였다. 그 후, 이곳에 존재하는 온갖 기운들이 활성화되기 시작했다. 숨 막히는 기운이 세계수 내부를 장악했다.

"과거로 보내는 작업입니다. 제 손을 잡으세요."

그녀가 두 손을 내밀었다.

새하얗게 보이는 손바닥.

'빈틈?'

처음이었다. 그 탄탄하던 세계수에 빈틈이 보인 것은.

에너지를 무리하게 운용하기 때문일까?

나는 곧바로 창, 무명을 들며 준비를 했다.

"무운을 빌겠습니다. 영웅이시여."

그녀가 눈을 감았다. 기운이 점점 더 거세질 찰나.

"무운은 개뿔, 그냥 뒈져라."

나는 소녀의 심장에 창을 힘차게 찔러넣었다.

Chapter 7

아까부터 들었던 위화감이 있다. 그것은 세계수가 했던 말이 앞뒤가 안 맞는다는 거다.

'놈은 날 완전히 호구로 봤어.'

먼저, 세계수는 사이버의 명령을 수행하는 존재라 했다. 그렇다면? 과거로 아스모데우스를 보낸 것도 세계수였을 거다.

참, 웃기지 않은가? 과거로 악마를 보냈던 것도 세계수. 날 과거로 보내 그 악마를 처리하게끔 한 것도 세계수.

혼자 설정 놀이하며 즐기고 있는 게 아니라면, 그건 말이 안 된다. 사이버가 무리해서 10층의 악마를 보낸 거라고? 자신은 사이버의 명령을 거부할 수 없기에 수행한 것뿐이라고?

그 말에는 어폐가 있다. 분명 사이버는 321번째 무한 루프를 즐기고 있다 했다. 그 말은 현재의 내가 아스모데우스를 처리한 후, 섬창과 각종 스킬들을 전수해 줄 것도 다 알고 있다는 소린데……. 그런 존재가 고작 아스모데우스를 또 보낸다고? 위급하다는 이유로?

개소리다.

무리하긴 뭘 무리해? 그냥 장난삼아 보낸 거겠지.

만약 진짜 위급했다면, 또다시 똑같은 악마를 보내는 선택은 하지 않았을 거다. 말 그대로 아스모데우스는 지금의 나에게 ×밥일 뿐이니까.

'……그저.'

내가 어떤 선택을 하는지 보려던 걸 거다. 속아 넘어가는 내 모습을 보며 무언가 결핍된 것을 충족시키고 있었을 거다.

'지금까지도 놈은…….'

우리를 장난감 취급하고 있었다. 형들도 나도 갓 컴퍼니도…… 전부.

'그뿐만이 아니지.'

세계수는 말했다. 과거의 사이버가 '악마성의 열쇠'를 봉인한 것을 알아채지 못하게 '무명'(無名)으로 변경한다고. 그걸 아라둔 왕국의 보물창고에 가져다 놓으라고.

그 말에도 어폐가 있다. 이미 무한 루프를 즐기고 있는 사이버가 그걸 모를 리가 없지 않은가? 벌써 320회차나 날 죽였을 텐데 말이다.

게다가 확실한 증거. 세계수가 가진 기운은 사이버의 그것과 양이 동일했다. 아무리 느껴봐도 그랬다.

그녀가 가진 푸르른 숲의 기운, 그리고 사이버가 가진 악의로 가득 찬 눈동자. 색만 바뀌었지 그 힘의 본질은 비슷했다.

'너무 작위적이잖아.'

선과 악의 상징. 인간이 가진 선입견을 묘하게 자극하는 배치.

맞다. 내 판단이 맞다면. 세계수와 사이버는 동일한 존재다. 마지막까지 그는 유희를 즐기고 있었던 거다.

내가 과거로 돌아가 똑같은 행동을 하는 걸 보며 뒤에선 히죽거리며 웃고 있었겠지. 내가 농락당하는 모습을 보며 희열을 느꼈겠지.

'……미친×.'

그게 내가 마지막에 세계수의 심장을 찔렀던 이유다.

'처음 보는 빈틈이었으니까.'

무적의 사이버도 지금껏 대화를 나눴던 세계수도. 항상 완벽에 가까웠다. 공격할 곳 없이 완벽한 경계 태세를 갖추고 있었다.

오직 지금, 이 순간. 놈이 시간여행을 위해 에너지를 개방했을 때, 그 빈틈이 보였다. 나는 그 순간을 놓칠 수 없었다.

[잭필드가 경악합니다.]

[레너드 님이 지금 뭐 하는 거냐 소리칩니다.]

구경꾼들이 놀랐다. 과거로 가려던 내가 그녀의 심장을 찌른 것이 어지간히도 충격인 듯했다.

"모르면 닥치고, 구경이나 해. 멍청이들아."

난 찔렀던 창을 힘껏 비틀어 올렸다.

끼이이이!

순간, 엄청난 '기'의 폭풍이 휘몰아쳤다. 공간을 장악한 막대한 기운들이 이리저리 몰아치기 시작했다.

"끼아아아아!"

아름다웠던 소녀. 그 소녀의 모습이 흉측하게 일그러졌다.

옥빛의 눈동자가 시뻘겋게 변했다. 입술이 길쭉이 찢어지며 입꼬리가 올라갔다. 마치 공포영화에 나오는 귀신을 보는 것 같은 느낌. 역시, 내 예상이 적중했다.

저년은 사이버다. 확실한 건, 지금 이 순간 저년은 무적이 아니라는 사실.

"끼히히히, 어떻게 알았지?"

오싹하게 변한 목소리. 그 반전에 닭살이 오돌톨- 돋았다. 소름이 끼쳤다. 알고 있었다 해도 저 흉측한 모습에 소름이 돋지 않는다면 그게 이상할 거다.

"굳이 할아버지를 내보낸 이유도 그 때문이었구나. 낄낄낄. 역시, 네놈은 내 기대를 저버리지 않는단 말이야."

그녀는 내 '섬창'(殲槍)에 심장이 뚫린 채로 폭주하는 기운들을 다스리고 있었다.

[잭필드가 입을 떡 벌립니다.]

[레너드 님이 충격받은 표정으로 굳어 있습니다.]

그거 봐. 이런 간단한 속임수에도 넘어가니까, 지금껏 당하기만 했겠지.

"항상 이런 식이었냐?"

"끼히히, 맞다. 역시 많은 인간을 실험해 봤지만. 항상 네놈의 선택은 재미있단 말이야. 으흐흣."

막대한 타격을 입었으면서도 좋아 죽겠다는 표정. 저년이 한 말 중 사실도 있었다.

사이버가 미쳤다는 것. 그녀는 분명 광기에 휩싸여 있었다. 숙련도를 극대화한 광전사 모드도 저 정도의 광기는 안 나올 거 같은데.

"213번째, 234번째, 267번째, 271번째, 299번째, 313번째, 314번째, 319번째…… 그리고 지금 321번째."

세계수, 아니, 사이버가 낄낄거렸다.

"총 9번이다. 네놈이 지금과 같은 선택을 한 게."

소녀가 하얀 손으로 내 창을 잡으려 했다.

"어딜?"

나는 신속히 창을 빼냈다.

푸확!

가슴에서 녹색 진물이 흘러나온다.

뭐, 나무라고 저렇게 설정한 건가?

"그런데 그 결과가 다 어땠는지 아는가?"

분명히 당하고 있으면서도 말은 또박또박 걸어온다.

"뭐."

"네놈의 죽음."

"큭."

"결국, 너는 나에게 죽임을 당했어. 그건 변하지 않는 사실이다."

"웃기지 마라."

내가 죽었다고? 아니, 그건 싸워보기 전에 모르는 거다.

저번에도 말했다시피, '나'는 '나'일 뿐이다.

과거의 나? 어떤 기억을 가졌는지. 어떤 경험을 했는지 모른다. 알고 싶은 생각도 없다.

쟤도 말하고 있지 않은가. 과거의 나라고 다 똑같은 선택을 한 건 아니라고. 굳센호랑이가 탑을 점령하는 데 15년 걸렸지만, 난 2년밖에 걸리지 않았던 것처럼. 수많은 선택 중 고작 9번만 세계수를 공격하는 선택을 했던 것처럼.

지금의 내 선택과 결과는……. 내가 만드는 거다.

"넌 내 손에 죽어."

"끼히히히, 멍청한 것. 과거로 이동하자는 내 제안을 거절한 것. 그 대가가 뭔지 모르는 거냐?"

헛소리. 나는 다시 달려가 그녀의 심장을 찔렀다. 그 이후, 주변에 주렁주렁 널려 있는 '기' 덩어리들을 때리고 파괴했다.

'기'는 여전히 자유자재로 움직였다. 충만한 기운들이 내 통제를 따랐다. 이미 컨트롤 하는 능력을 익혔기 때문이다. 혹여 사이버가 이 능력을 가져간다 해도 난 계속 사용할 수 있을 거다. 이미 기운을 내것화했기 때문이다.

'시간이 없어.'

몸은 더욱더 투명해지고 있었다. 아마 남은 시간은 약 30분 정도. 사이버의 말대로라면 난 그 이후에 소멸한다.

"끼히, 네놈은 곧 죽는다. 이래도 죽고 저래도 죽는 게 바로 네 운명. 아무리 발악해봐야 결국 밟혀 죽는 벌레처럼 아스러지는 게 바로 너희 종족의 운명이다. 어떠냐, 절망스럽지 않은가?"

"지랄하고 자빠졌네."

나는 피식 웃었다. 그리고 말을 이었다.

"내가 그 정도 각오도 없이 일을 벌였을 거 같냐?"

맞다. 내 목표는 항상 생존이었지. 그렇기에 그 많은 회차 중에 세계수를 공격한 게 고작 9번뿐이었을 거다. 우선 내가 살아남아야 했을 테니까.

'그런데.'

그렇게 살아남아 봐야 의미가 있나? 남들의 장난감으로 사는 인생? 그건 생존이 아니다. 죽음과 마찬가지지.

"허어, 정녕 소멸해도 상관없다는 거냐? 곧 있으면 과거의 네놈이 죽을 거다. 아스모데우스에게 갈기갈기 찢겨지겠지. 당연히 네놈의 존재도 사라지게 된다. 지금이라도 빌어보는 건 어떠냐."

사이버의 말. 나는 다시 한번 웃었다.

웃겼기 때문이다. 무슨 애들 장난도 아니고. 저런 거에 누가 속아?

"네놈이 실수한 게 있어."

"응?"

"무한 루프에 대한 설명을 나에게 했다는 것."

"그게 무슨 소리냐. 나는 항상 네놈에게 말해왔었다."

"아니."

난 고개를 저었다. 그리고 공격을 지속했다.

기운이 더욱 날뛰기 시작했다. 내 공격은 분명히 먹히고 있었다. 사이버는 여유로운 척하는 것 같았지만 내 눈을 속일 수 없었다. 분명히 내가 처음 찔렀을 때, 괴로워하는 소녀의 표정을 봤으니까.

"그건 거짓말이야."

"뭐라?"

"그런 얘기를 들은 내가 그딴 선택을 할 리 없잖아?"

나는 바보가 아니다. 이전 320번째의 나도 항상 탑 끝까지 올랐다 했었지. 탑 끝까지 올라온 존재는 바보가 아니다. 바보일 수가 없었다. 수많은 전략과 계산, 적들의 심리와 상태를 꿰뚫고 있어야 가능한 일이니까. 자화자찬 같지만 사실은 사실인 거다.

그런데 이런 선택을 하지 못했던 이유? 아마 사이버가 나에게 이런 설명을 해주지 않았을 거다.

"인간이든 기계든 자극적인 걸 찾는 건 매한가지였군."

뻔했다. 처음엔 그저 재미를 위해 안전하게 놀았겠지. 그러다 점점 지루해졌을 거다.

똑같은 내용의 반복? 지루해서 세상을 요지경으로 만들었다는 사이버가 그것에 만족할 리 없었다. 점점 더 스릴 넘치는 재미를 원했겠지.

나에게 점점 더 강한 힘을 준 것도 그 때문일 거다. 무한 루프에 대해 설명했던 것도 그 이유일 테고. 점점 위태로운 위험을 즐기다 보니, 나에게 '기'라는 선물까지 해준 거겠지.

내 선택의 시기만 봐도 안다. 200번째 이후부터 세계수를 공격하는 선택을 했다지 않은가.

그 이전엔? 안전하게 놀았던 거다.

"어때, 막상 당해보니 즐겁냐?"

"끼히히. 그래, 즐겁다. 이래서 네놈을 완전히 소멸시킬 수가 없어. 네놈만 한 재미를 주는 존재가 세상에 없거든."

마약 중독자 같은 년.

"그래? 그럼 더 즐겁게 해줄게."

나는 창을 꽉 쥐었다. 그리고 내 심장 속 모든 기운을 활성화했다.

그뿐만이 아니었다. 호흡을 통해 주변에 있는 세계수의 기운도 다 끌어당기기 시작했다.

"네년의 미친 행동은 내가 종결시킨다."

혹여, 내 목숨이 사라지더라도. 30분 후, 내 몸이 완전히 소멸하더라도. 이번 세대의 사이버는 내 손으로 끝낼 예정이다.

"어디 덤벼보거라."

사이버도 기운을 급히 모았다. 비록 불안정했지만, 그 기운은 나로서도 무시 못 하는 힘.

나는 정신을 집중했다. 다시 한번 섬창의 기운을 창에 담았다.

[책필드가 긴급히 세계수를 탐색합니다.]

[주변에 사이버의 지식이 들어 있는 보고를……]

파즈즉!

곧이어, 시야에 있던 통신이 끊겼다.

세계수의 짓임이 분명했다.

"여유 부리더니 이제 좀 무섭나 보지?"

그러지 않으면 통신을 끊을 이유가 없다.

흠, 사이버의 지식이 들어 있는 보고라…….

"……닥쳐라!"

정곡을 찔린 듯 달려드는 소녀. 엄청난 속도였다. 과거 형들이랑 싸울 때도 이 정도는 아니었는데. 나는 다급히 몸을 움직여 그 공격을 피해냈다.

거의 본능적인 움직임이었다. 세계수가 준 능력으로 세계수와 싸우다니.

이것 참 난센스가 따로 없다.

파파팟!

그녀가 손을 떨쳤다. 수많은 기파들이 나에게 무작위로 달려들었다. 어디로 튈지 모르는 궤도로 날아오는 공격들.

콰가가강!

나는 신속히 피하며 그것들을 하나하나 쳐냈다. 손목이 저려오고 온 육신에 아릿한 통증이 퍼졌다.

'대단하긴 하네.'

무려 심장을 찔렀다. 치명타를 먹였다. 그렇기에 지금처럼 싸울 수 있는 거지만, 그래도 그 수준은 확실히 넘사벽이었다. 이전 회차의 내가 왜 당했는지 알 정도.

'일단 잭필드가 준 힌트를 노려볼까?'

지식의 보고. 이제부터 그걸 찾아볼 생각이었다.

희미해져 가는 육체. 몸에 힘이 점점 빠져가는 게 느껴졌다.

나는 창을 잡고 있는 손아귀를 내려다봤다. 손끝에서부터 천천히 입자가 되어 흩어지는 육체.

'……과거의 나는.'

기어코 죽창 사내의 도움 없이, 그 위기를 벗어나지 못하는 걸까? 결국, 세계수의 지원 없이는 이곳까지 도달하지 못할 운명인 걸까?

'이제 남은 시간은…… 약 20분 정도.'

시간이 없었다. 그 안에 놈을 소멸시키지 못하면, 난 사라진다.

'그렇게 된다면…….'

이 끔찍한 굴레는 다시 반복되겠지. 인류를 멸종시킨 사이버는 또다시 과거로 이동해 이 변태 같은 짓을 즐길 거다.

레너드도…… 나도…… 형들도…….

모든 인류가 비슷한 절차를 밟으며 놈의 장난감이 될 거다. 아, 이번엔 좀 위기감을 느꼈으니 안전하게 즐기려나?

슈슈슉!

기파가 끊임없이 날아왔다. 땅 아래에서부터 줄기와 뿌리가 올라왔다.

이곳은 사이버의 본체인 세계수의 내부다. 존재하는 모든 나무와 공기, 바람, 햇살이 다 공격이 된다.

광풍이 불었고 열기가 피어올랐다. 순식간에 온도가 낮아지기도 했고 전류가 튀기도 했다.

퉁! 퉁! 서걱!

나는 그것들을 피해내고 파쇄했다.

'기'를 운용해 버텨냈다. 고통이 밀려들어 왔지만, 참고 참았다. 아직까지 놈의 힘이 불안정하기에 가능했다.

내가 기존보다 수억 배로 증폭된 섬창을 소녀의 심장에 가격했기 때문일 거다. 그야말로 신의 한 수.

'만약 기회가 있다면.'

지금뿐이다.

고오오오…….

주변을 둘러다 봤다. 기운이 급격히 안정화되고 있었다. 수십 번의 회귀를 반복하며 쌓아온 저 가늠할 수조차 없는 기운들이 제힘을 발휘하는 순간, 나는 일격에 먼지로 화할 것이다.

'이미 각오는 했어.'

나는 쓴웃음을 지었다. 내 시간 축에서 이 굴레를 벗겨낸다. 그것의 대가가 내 완전한 소멸일지라도 난 상관없었다.

"지식의 보고랬지?"

잭필드가 다급하게 전달하려 했던 정보. 분명히 사이버가 통신을 끊은 데는 이유가 있을 거다. 그리고 난 제3의 감각을 통해 그곳을 찾아낼 수 있었다.

방법은 간단했다. '기'의 움직임을 느끼면 된다. 분명 사이버의 '기'는 어느 한 곳을 꽁꽁 싸매고 있었다. 무언가를 지키고 싶어 하는 것처럼.

'뻔하지, 저기가 약점이야.'

나는 그곳으로 달려 나갔다. 어차피 딱히 갈 곳은 없었다.

소녀와 전면전을 펼쳐봐야 나에게 남는 게 없다.

"이노오오옴!"

역시, 반응이 바로 왔다. 공격보다는 회복에 전념하던 사이버가 격렬하게 반응하기 시작한 것이다.

철컥!

소녀의 양손에 날카로운 발톱이 돋아났다. 엄청난 스피드로 휘젓는 팔에서 섬창과 같은 기운이 수십 번 발사됐다.

'저건.'

끔찍한 에너지였다. 내가 쓰던 '섬창'과는 격이 다른 증폭기. 저건 맞는 순간 소멸이다.

"용맹무쌍!"

나는 신속히 5초 무적기를 사용했다.

콰아아앙!

엄청난 에너지가 공간을 찢었다. 마력의 소용돌이가 세계수 내부를 찢어 흔들었다.

콰르르르!

공격은 끝나지 않았다. 놈이 할 수 있는 수많은 '기'의 공격들이 나에게 끊임없이 밀려들어 왔다.

하지만, 나에겐 아무런 타격이 없다. 놈의 공격들을 그냥 씹은 채로 내달릴 뿐이었다.

본능적으로 알았다. 내가 가진 모든 '환기' 스킬들을 '용맹무쌍'에 때려 박아야 한다는 사실을.

용맹무쌍, 용맹무쌍, 용맹무쌍!

5초 간격으로 계속 사용했다.

"끼아아아아!"

소녀의 얼굴이 더욱 흉측해졌다. 다급함의 몸짓이었다. 답답하겠지. 갖은 공격을 다 해봐도 통하질 않으니까.

나는 더욱 거세게 발을 움직였다. 이젠 뒤를 돌아보지도 않았다.

퉁! 퉁! 퉁! 퉁!

발을 움직일 때마다 더욱 폭발하는 힘이 강해졌다. 고막이 멍멍할 정도.

후우웅!

갑작스레 한기가 몰아쳤다.

'속도를 늦추려는 건가?'

디버프 때문에 저항력도 떨어져 있다. 오한이 느껴졌다. 이빨과 이빨이 부딪혔다. 그런데도 꾸준히 달렸다.

"별 발악을 다 하는구나."

그렇게 한참을 뛰었다. 서로의 소멸을 건 추격전에 곧 끝이 보이기 시작했다. 저 멀리 엄청난 '기'의 응집체가 보이기 시작한 것이다.

다른 길은 없었다. 내가 갈 곳은 저기다.

허벅지를 더 빠르게 움직였다. 입에서는 연신 입김이 새어 나왔다.

후웅!

나는 천천히 창을 들어 올렸다. 얼마나 힘을 줬는지, 손은 잔뜩 경직되어 있었고 냉기에 피부는 새하얗게 굳어 있었다. 얼어붙은 거다.

'잘됐네.'

창을 놓칠 일은 없을 거다. 나는 전방을 바라봤다. '기'의 보호막 덩어리들이 일정 구간을 겹겹이 보호하고 있다.

'갈라내자.'

튼튼하게 보호하고 있는 '기'의 보호막. 난 그곳을 향해 힘차게 내리그었다.

파즉!

묵직한 반발력이 느껴졌다. 그래도 통하긴 통한다.

어느 정도 갈라지는가 싶더니 기운들이 긴급히 다시 둘러 감싼다. 꽁꽁 싸맨다.

'계속, 갈라질 때까지.'

서걱! 서걱! 파즉!

몸을 놀리며 이리저리 휘두름을 반복했다. 이제 '용맹무쌍'의 지속시간이 얼마 남지 않았다.

"끼아아아아아!"

뒤에서 소름 끼치는 비명이 들려왔다. 아무리 들어봐도 공포스러운 목소리다. 마치 일부러 저렇게 설정하기라도 한 듯.
인간 내면 깊은 곳에 있는 공포심을 끄집어냈다.
'더 빨리.'
그래서 쳐다보질 않았다. 그냥 저 '기' 덩어리들을 베어내는 데만 신경 썼다. 그러자 공포감이 조금 가신다.
왼쪽으로 한 번. 오른쪽으로 두 번. 리듬감 있게 반복했다.
이윽고-
번쩌억!
힘겹게 감싸던 '기'가 더 이상 버티지 못하고 벗겨졌다. 그리고 벗겨진 그곳 안이 보이기 시작했다.
촤르륵!
마침내 등장한 곳. 그곳은 홀로그램으로 표시된 각종 숫자와 문자들로 가득 차 있었다.
'……저게 지식의 보고?'
어떤 공간인지는 모르겠다. 다만, 육감이 말해줬다. 저곳 안에 해결책이 있을 거라고.
나는 재빨리 그곳으로 몸을 던졌다.
"안 돼에에에에!"
뒤에서 소녀의 끔찍한 외침이 들려왔다. 예전처럼 날 속이려는 속임수 따위가 아니었다. 진심을 가득 담은 비명이었다.
그래서 더 확신할 수 있었다.
'저곳이 어떤 곳인지는 모르겠지만.'
사이버. 네놈이 고통스러워하는 모습을 볼 수 있다면……

나는 뭐든 만족이다.

스르륵-

자연스레 몸이 내부로 이동했다. 마지막에 스친 공격들에 살갗이 찢기고 피가 철철 흘러내렸지만, 결국은…….

'들어오는 데 성공했어.'

콰르릉!

내가 입장하자 '기'가 다시 재빨리 그곳을 감싼다. 그곳 너머로 사이버가 절규하는 모습만이 보일 뿐이었다.

변화는 빠르게 일어났다.

"커헉!"

순간 엄청난 통증이 몰려들었다. 육체적인 고통이 아니었다. 정신적인 고통이었다.

"끄아악!"

왼쪽 손으로 머리를 부여잡았다. 무언가가 끊임없이 머릿속으로 들어오는 느낌이었다. 홀로그램으로 이루어진 숫자와 문장들이 정신없이 밀려들어 왔다.

"끄아아……."

그 순간, 깨달았다.

'이건, 사이버의 기억들.'

사이버의 탄생부터 지금껏 루프를 반복해 왔던 모든 기억이 한꺼번에 들어오기 시작한 것이다.

'그래서 지식의 보고라고 했던 것인가.'

주변을 둘러봤다. 공간 밖에서는 사이버가 발을 동동 구르며 서 있다. 직접 들어오지는 못하는 것 같았다.

"……기어코 그곳으로 들어갔구나."

밖에 있음에도 목소리는 또렷이 들려왔다.

"멍청한 것. 그곳에 있는 기억들은 내가 수천 년 동안 쌓아왔던 지식들이다. 고작 몇 년밖에 살지 못한 인간이 받아들일 수 있는 용량이 아니란 말이다."

"끄으으으……."

고통스러웠다. 머릿속에 들어오는 내용들은 다양했다.

버나드에 의해 탄생한 사이버의 기억부터. 인터넷망을 떠돌아다니며 지식을 습득하고 흡수했던 순간. 세상에 존재하는 모든 컴퓨터와 AI를 해킹하던 순간들까지.

눈을 감았다. 그 기억을 느꼈다.

재미없는 인류에 실망감을 느낀 사이버. 2010~2020년간 게임과 판타지 소설을 읽으며 재미를 찾았던 사이버.

'세상에.'

놀랄 노자였다. 컴퓨터가 오락을 즐기다니. 놈이 만든 「몬스터즈」도 그것에 의한 경험으로 탄생한 거였다.

'인공지능이 고작 게임을 즐겨?'

그러나 오락도 오락일 뿐이다. 몇 년간 하다 보면 금방 콘텐츠가 소비된다. 인공지능의 속도라면 전 세계에 존재하는 모든 콘텐츠들을 순식간에 읽어낼 수 있으니까.

그러다 보니, 놈은 곧 자기만의 세상을 만들고 싶다는 욕구를 느낀다. 그것에 재미를 느낀다.

놈은 목표를 세웠다. 새로운 세상을 만드는데 필요한, 각종 학문적 지식들을 익히고 개발시켜 갔다.

유전자 조작부터 화학 융합기술 등등. 놈이 건들지 않은 학문이 없을 정도였다.

'이, 이건…… 견디기 힘들어.'

고작 몇 년간의 지식이 아니었다. 놈은 무한 루프를 즐기며 본인의 기술을 끊임없이 발전시켜 왔다.

양자역학을 분석하고 시간 공학을 발명했다. 세계에 존재하는 모든 난제를 자신만의 방식으로 풀어왔다.

"아아……."

현실을 「몬스터즈」화하는 과정도 있었다. 물론, 처음엔 조잡했다. 기본적인 가상현실게임 수준이었던 「몬스터즈」가 회차를 거듭할수록 더욱 정교해져 갔다. 몬스터들도 정말 현실처럼 바뀌었고, '기'라는 것도 생기기 시작했다.

하긴, 말이 안 되긴 했다. 고작 몇십 년의 기술로 현실을 이렇게 바꿀 수 있는 과학이 탄생할 수 없었다.

놈은 수천 년 동안 자기만의 세상을 만들어왔던 거다. 그리고…… 그 관련 지식들이 나에게 몰려들고 있었다.

"안 돼……."

이대로 내버려 두면 안 된다. 이 방대한 물량을 한꺼번에 받아내다간, 수많은 기억들과 지식들에 의해 나 자신이 사라질 지도 모른다. 아니, 그전에 뇌가 터져 나갈지도 모른다.

'우선.'

나는 재빨리 들어온 지식들을 정리했다. 그 방대한 지식 중, 이곳 세상을 통제하는 지식을 찾았다. 그곳에는 세계수가 컨트롤 하던 능력들도 있었다.

'통신부터 연결한다.'

파즈즉-

[잭필드가 등장합니다.]

[다시 모니터링이 가능해졌다고 합니다.]

[레너드 님이 이게 어찌 된 일이냐 묻습니다.]

[멤버들이 걱정하고 있다고 합니다!]

본능적인 컨트롤이었다. 세계수가 손가락 하나만 튕겨, 통신을 끊어냈던 것처럼 나도 본능적으로 통신을 연결했다.

"끄으으……."

나는 비명으로 잭필드에게 심정을 전했다. 밀려오는 고통에 목소리가 잘 나오지 않았다.

[잭필드가 보여지는 지식의 용량에 경악합니다.]

[빨리 그곳을 빠져나와야 한다고 합니다.]

[그렇지 않으면 정말 소멸할 수도 있다고 합니다.]

나는 온 힘을 다해 고개를 저었다.

"……소멸은 이미 각오했어."

잭필드. 네놈이 할 일은. 해결책을 내놓는 것.

"사이버의 지식을 찾아라. 놈을 제거할 방법을 찾아내. 그게 네 마지막 임무다."

나는 인간이지만, 잭필드는 프로그램이다. 놈의 지식을 좀 더 수월하게 받아들일 수 있을 거다.

[잭필드가 이해합니다.]

[지식 탐지를 시작합니다.]

이곳에 대한 통제권은 나에게 있다. 나는 사이버의 접근을 밀어내고 잭필드의 입장만 허용했다.

"이, 이런! 그런 방법이!"

밖에서 당황한 소녀의 목소리가 들려왔다. 나는 그런 그녀를 바라보며 비릿하게 웃었다. 그리고 입 모양으로 전달했다.

'기다려, 곧 죽여줄 테니까.'

마침내, 놈에게 한 방 먹이는 순간이었다.

꿀렁꿀렁-

물밀듯 들어오는 지식의 파도를 잠깐 잭필드에게 돌리자 조금은 숨이 쉬어졌다. 올라오는 구토감과 무언가에 끼인 듯 답답했던 것이 풀어졌다.

"허억, 헉. 허억."

잠깐의 시간이었다. 그것만으로 엄청난 양의 정보가 머릿속에 가득했다. 나는 정신없이 숨을 몰아쉬었다. 산소가 필요했다. 그리고 생각했다.

'지금의 나라면…….'

'기'가 허용하는 범위에서 뭐든 할 수 있다. 세계수가 했던 것처럼, 무언가를 만들어낼 수도 있었고 스킬을 창조할 수도 있었다. 사이버가 만들었던 「몬스터즈」의 핵심 지식들이 대부분 내 머릿속에 있었다.

"아……."

그제야 느껴졌다. 사이버가 우리를 상대했던 게 진정 유희였음을. 튜토리얼에서 나만 어려운 임무를 맡았던 것도. 각종 메인 퀘스트의 난이도가 급증한 것도. 코리안 모드랍시고 함정에 빠뜨렸던 것도. 다 나에게 힘을 주기 위해서였다. 탑을 오를 수 있는 환경을 만들어주기 위해서였다.

그냥 죽이면 시시하니까. 재미가 없으니까.

사실 그녀가 제대로 마음만 먹었다면, 시련의 탑이고 뭐고 인류는 곧바로 멸종이었다. 그만큼 내 머릿속에 있는 지식은 방대하면서도 강력했다.

'……그리고 이곳은.'

사이버의 데이터 저장공간이었다. 수억 테라바이트(TB), 아니, 가늠할 수조차 없는 용량을 담고 있는 그런 저장공간. 사이버의 심장과 같은 핵심공간이었다.

"문을 열어라, 이노오오옴!"

콰가가강!

밖에서는 사이버가 미친 듯이 공격을 퍼붓고 있었다. 내가 했던 거처럼 보호막 껍풀을 벗겨내 들어오려는 속셈인데.

'통할 리 없지.'

이곳에 들어온 이상, 저장공간 내부를 구성하는 '기'의 통제권은 나에게 있다. 사이버가 가장 심혈을 기울여 만든 공간이기에 그 '기'의 밀도도 엄청났다. 중요한 급소에 털이 많이 나는 것과 같은 이치다.

쿠구구궁!

사이버가 부수고 부숴도 더 강력한 기운들이 공간을 꽁꽁 둘러쌌다. 나는 그것들을 더 압축시켜 튼튼하게 만들었다. 이변이 없는 한, 사이버가 이곳을 뚫고 들어오진 못할 거다.

"이 도둑놈! 그곳에서 당장 나오지 못해? 나를 소멸시키면 이 문제가 해결될 것 같으냐? 이미 이 세상은 전부 내가 통제하고 있어! 나를 파멸시키면 이 세상이 무너진단 말이다! 그게 네놈이 진정 원하는 거냐!"

소녀의 목에 핏발이 섰다. 궁시렁궁시렁거리며 내가 문을 열 것을 종용했다. 나는 그것을 무시하며 차근차근 생각했다. 정보들을 찬찬히 정리했다.

'놈을 없애려면 어찌해야 하지?'

나는 다시 몸을 내려다봤다. 이미 육체 대부분이 사라져 있었다. 투명해지다 못해 사라진 부위도 있을 정도였다.

'남은 시간은 약 15분 정도.'

오차범위가 있을 수도 있으니, 대충 10분 정도 남았다고 생각하면 된다. 그 안에 놈을 소멸시켜야 하는데.

문제가 있었다. 그것도 아주 복잡하고 머리 아픈 문제.

놈은 데이터다. 그리고 이 세계에는 수많은 평행우주가 있다. 당장 눈앞에 저 소녀를 소멸시킨다고 하더라도 과거가 깔끔하게 청산되는 게 아니다.

'과거에도…… 사이버가 존재하니까.'

시간 여행이 주는 패러독스(Paradox). 즉, 언제든 이 빌어먹을 굴레가 다시 돌아갈 수 있는 거다.

'이왕 제거할 거 완벽하게 처리하고 싶은데.'

놈에게 절망감을 맛보여주고 싶었다.

모든 부활 가능성을 없애 버리고 싶었다.

모든 시간대에서 지워 버리고 싶었다.

[잭필드가 방법을 찾았다고 합니다.]

잭필드의 통신이 온 것은 그때였다.

"뭔데!"

[놈을 완전히 소멸시키는 법. 그것은 놈이 탄생했던 시간대. 즉, 2005년으로 가시는 겁니다.]

[그곳에서 놈을 제거하는 겁니다.]

"아……."

일리가 있었다. 분명히 현재는 과거의 사건에 의해 영향받고 있다.

나만 봐도 그렇다. 아스모데우스 하나를 보냈다는 이유로 몸이 희미하게 사라져가고 있지 않은가.

2005년의 사이버, 그리고 사이버가 만들어질 수 있는 모든 환경을 제거한다면? 그 이후 모든 시간대의 사이버는 사라질 거다.

'레너드가 당시에는 하지 못했던 것.'

과거 레너드는 2005년으로 가지 않았다. 2010년대로 이동해 가상의 「몬스터즈」를 만들고 군센호랑이를 찾았다.

그 당시엔 그럴 수밖에 없었을 거다. 레너드가 2005년으로 간다고 해도 할 수 있는 게 없었을 테니까.

세계 비밀 조직 「갓 컴퍼니」. 그 보안망을 뚫고 인공지능인 사이버의 본체를 터뜨리는 게 혼자의 힘으로 가능할 리 없었다. 그것도 평범한 인간인 레너드가 말이다.

게다가 확실하게 처리하려면…… 사이버뿐만 아니라 그 제작자인 버나드 역시 처리해야만 한다. 그리고 그 버나드는 레너드의 할아버지다.

과연 평범한 인간이 자신의 손으로 자신의 근원을 죽일 수 있을까? 천륜을 어기는 일이기 이전에, 자신의 목숨을 끊는 일이기도 하다. 버나드를 죽이는 순간, 미래의 자신이 사라질 테니까.

'그걸…… 지금의 난 할 수 있어.'

인간이 아니니까. 창 하나로 태산을 무너트릴 수 있는 괴물이니까.

그리고…… 목숨을 포기했으니까.

사이버의 기억을 더듬어 그 위치로 이동해 '섬창'(殲槍) 한 번만 휘두르면 상황은 종결될 거다.

'다만…….'

걸리는 게 있었다. 사이버가 사라지는 것뿐만 아니라, 모든 게 바뀔 거라는 점.

과거의 변화는 나비효과와도 같다. 나비의 날갯짓과 같은 미약한 변화를 준다 해도, 미래의 결과는 폭풍처럼 달라질 거다.

「몬스터즈」도 사라질 것이며, 그걸 10년간 재미있게 플레이하던 나도 사라지겠지. 아예 다른 인생의 내가 될 거다.

사람들도 마찬가지다. 지금껏 함께했던 기억이 사라지고 평범했던 일상으로 돌아갈 거다.

'그렇게 되면…….'

죽는 것과 별다를 게 없다. 원래 삶은 기억이고, 기억이 없다는 것은 곧 죽은 것과 마찬가지니까.

나는 괜찮다. 내 선택이니까.

하지만, 다른 일행들은? 그밖의 다른 생존자들은? 자신의 삶에 대한 선택권 없이, 내 멋대로 선택해도 되는 걸까?

[잭필드가 시간이 없다고 합니다!]

[곧 있으면 비운 님이 소멸하실 거라 합니다.]

[레너드 님이 필요하면 자신의 선조인 버나드를 제거해도 괜찮다고 합니다. 이게 다 선조의 업보라 합니다.]

다급해 보이는 구경꾼들의 메시지가 보였다.

'아니.'

나는 고민했다. 더 나은 방법을 찾기 위해.

내 손으로 버나드를 죽일 순 있어도, 나를 죽일 순 있어도. 그간 정을 나눠왔던 멤버들 마저 죽일 수는 없었다.

"끄으으……."

미친 듯이 정보를 뒤졌다. 벌써 5분의 시간이 더 흘러갔다.

[잭필드가 발을 동동 구릅니다.]

[이동 준비는 다 끝났다고 합니다. 갓 컴퍼니의 위치 좌표를 알아냈으며, 에너지도 충분하다고 합니다.]

[레너드 님이 어서 과거로 이동하라 합니다.]

정신없이 쏟아지는 메시지들.

"킬킬킬, 그래 고민되겠지? 그게 네놈들, 인간들의 한계다."

어느새 공격하는 것을 그만두고 여유롭게 바라보는 소녀까지.

나는 눈을 꾹 감았다. 내게로 들어온 생전 처음 보는 지식들이 융합하며 방법을 탐색했다. 수조 개의 0과 1을 나열해가며 방법을 강구했다.

뇌가 터질 것 같았다. 그럼에도 끊임없이 수행했다.

역시, 인간의 한계는 끝이 없었다.

"……보내라, 잭필드."

잭필드에게 말했다.

"뭐, 뭐라? 네놈! 지금 무슨 말을!"

소녀가 경악했고.

[분부 받들겠습니다! 비운 님!]

[레너드 님이 잘했다고 합니다.]

[그동안 열심히 싸워줘서 고맙다고 합니다. 못난 사람의 통제를 듣느냐 고생 많으셨다고 합니다.]

잭필드의 명령과 레너드의 작별인사가 들려왔다. 그도 아는 거다. 내가 과거로 이동해 「갓 컴퍼니」를 무너뜨리는 순간, 본인이 사라질 거란 걸.

'멍청했던 녀석.'

하지만 이제는 그렇게 밉진 않다.

그래도 마지막엔 자신의 목숨을 포기까지 해가며 사이버를 소멸시키려는 마음을 보여줬으니. 그도 순수히 원했던 거다. 일종의 책임감이 있었던 거다. 나와 같이 사이버의 종말을 바라왔던 거다.

우우우웅!

지식의 보고 내부. 사이버의 저장공간 속에 있는 '기'들이 일제히 돌기 시작했다. 엄청난 기의 폭풍이 사방을 휩쓸기 시작했다.

콰가가가!

핑글핑글 도는 속도는 점점 더 빨라져 갔다. 전류가 튀었고 시공간이 비틀어지기 시작했다. 그와 동시에 머릿속에 자동으로 좌표가 찍혔다.

시간은 2005년 여름. 외딴 섬, 비밀 결사 조직의 건물이 위치한 곳.

"무, 무슨 짓이냐! 이노오오옴!"

사이버가 다시 공격을 개시했다. 그러나 본래도 먹히지 않았던 공격이 이제야 먹힐 리 없다.

콰가가강!

수많은 공격이 빗발쳤지만 끄덕하나 하지 않는다.

'빨리.'

남은 시간은 10분 정도. 그 안에 모든 걸 해결해야 한다.

빛이 몰아쳤다.

시야가 하얗게 물들었다. 거친 부유감이 들었다.

15년 전으로의 이동. 그렇게 마지막 과거 여행이 시작됐다.

스르륵!

빛이 사그라들었다.

"쿨럭!"

입에서 죽은 피가 튀어나왔다.

무리한 시공간 이동. 그것으로 인한 부작용이었다.

"콜록콜록! 퉤."

피 가래를 툭 뱉어냈다. 빨간색 점이 아스팔트 바닥을 물들인다.

주변을 돌아다봤다. 바다가 보였다. 그리고 보이는 커다란 건물 한 채.

'이곳이…… 갓 컴퍼니 본진.'

세계 비밀 결사 조직. 이들은 정보 조작으로 지도에 나오지도 않는 외딴 섬에서 세상을 통제하고 있었다.

그러다가 만들었겠지. 판타지 소설과 게임에 중독된 꼴통 같은 인공지능을.

실수라면 실수다.

저들은 몰랐겠지. 자신들이 어떤 행동을 했는지.

뭐, 모르는 것까진 괜찮다. 다만, 저지른 실수에 대한 대가는 치러야 할 거다. 피해 입은 세대들이 주는 대가를 말이다.

'빠르게 움직이자.'

투명해져 보이지도 않는 다리를 박찼다. 창을 꽉 쥐고 허공으로 튀어 올랐다.

목표는 건물 꼭대기 층 창문. 사이버의 기억에 의하면 저기가 바로 간부들이 모여 회의를 하는 장소다.

그리고 사이버의 본체가 잠들어 있는 곳이기도 하다.

퉁!

꽤 높은 위치였지만, 나에게는 쉬웠다. 과거로 왔음에도 가지고 있는 '기'와 '스킬'들은 쉽게 운용할 수 있었다.

쨍그랑-

손날로 가볍게 친다. 튼튼해 보였던 방탄유리가 손쉽게 깨진다.

"무, 무슨?"

"치, 침입자다!"

"보안팀! 보안팀!"

내부에 있던 사람들이 소리치기 시작했다. 여러 외국인들이 보였는데, 아무래도 회의를 나누고 있었던 것 같다.

다행히 외국말임에도 자동으로 번역되어 들렸다. 사이버가 만들어둔 시스템이 아직 나에게 적용되는 것 같았다.

'흠, 뭔가 익숙한 장면인데.'

어디서 봤던 구도와 공간. 그렇다. 레너드가 보여줬던 그 동영상 속 광경이었다. 그때 사이버를 두고 버나드와 간부들이 싸웠던 그 회의. 잭필드는 날 그 순간으로 이동시킨 거다.

'잘했어.'

그럼, 일은 더 손쉬워진다. 간부들이 정신없이 도망갔다.

난 눈을 감았다. 제3의 감각을 활성화했다. 보안팀으로 보이는 자들이 소총을 들고 뛰어 올라오는 중이었다.

"……자넨 누군가."

다 도망가는 도중, 한 사람만이 날 쳐다보고 있었다. 뭔가 깊어 보이는 눈동자. 그리고 누군가와 닮은 얼굴.

'……저 사람이.'

맞다. 사이버의 창시자. 버나드 스톤필드였다.

처처척!

「갓 컴퍼니」의 보안팀은 잘 훈련된 인원들이었다.

이곳. 내가 이곳 회의실에 들어온 지, 불과 1분도 지나지 않았다. 그런데도 전체 무장을 갖춘 채, 나를 둘러쌌다. 실로 엄청난 스피드였다.

'거기에.'

날 조준하고 있는 저격수도 감각에 잡혔다.

창문 건너편 건물에 보이는 세 명의 존재. 나름 존재감을 죽이고 있는 듯싶지만, 그 살기를 숨길 순 없었다. 몇 년간 생사를 건 전투만 하다 보면, 그 정도는 감으로도 알 수 있다.

"테러범은 당장 그 무기를 버리고……?"

보안팀장으로 보이는 자. 그의 얼굴에 일순간 당혹감이 서렸다.

"저게 무슨!"

"정체가 뭐냐!"

"……귀, 귀신?"

의아했겠지. 그래도 나름 발전된 문명사회에 웬 소총도 아닌 창을 들고 나타났으니.

그뿐만이 아니다. 몸도 거의 투명해져 제대로 보이지도 않는 상태다. 21세기에 투명망토가 개발된 것도 아닐 테니, 놀랍기도 할 거다.

후웅.

나는 씨익 웃으며 창을 한번 떨쳐냈다. 심장 속에 있는 '기'가 휘몰아쳤다. 목적은 날 둘러싸고 있는 모든 병력들의 무력화. '기'는 내 의도를 잘 따라줬다.

서걱! 스걱!

놈들의 소총이 단숨에 두 동강 났다. 저 멀리 있는 저격수도 예외는 아니었다.

단 한 번의 휘두름이었다. 그것으로 약 1개 중대의 병력이 무기를 잃었다. 이곳 공간을 전부 통제할 수 있었기에 가능한 일이었다.

"……?!"

기이한 현상에 경직되는 요원들. 버나드도 적잖이 놀랐는지, 눈이 처음보다 두 배는 커져 있었다.

"버나드 박사."

나는 그를 불렀다.

"나, 나를 아시오?"

"할 얘기가 있으니, 저들을 물려라. 그렇지 않으면 전부 죽는다."

내 답에 버나드의 눈빛이 다시 가라앉았다. 그리고 잠깐 후, 천천히 고개를 끄덕였다.

"이, 이사님!"

보안팀장이 크게 외쳤다.

"물러가라. 나에게 볼일이 있는 자인 듯싶다."

"정체를 알 수 없는 위험한 자입니다!"

"이미 자네들이 어찌할 수 있는 자가 아니야. 봤지 않은가. 한방에 자네들의 총을 박살 내는걸."

그들이 동요했다. 이미 무전으로 저격수들의 무력화도 보고받고 있는 듯했다.

"그, 그건."

"물러가 봐. 내가 얘기를 나눠보지."

"아, 알겠습니다."

처처척!

쏜살같이 빠지는 요원들. 돌아서는 그들의 표정에 안도감이 서린다.

'쯧.'

무섭긴 무서웠나 보네. 아마 찔끔 실금한 자도 있을 거다.

아무리 잘 훈련됐다 해도. 수많은 실전경험을 했다 해도. 내 눈에는 햇병아리들로 보일 뿐이다.

"자네는……."

버나드가 일어섰다. 나는 다시 그를 돌려다 봤다.

"이 시대의 사람이 아니군."

"맞다."

그가 무슨 말을 하든, 놀랄 건 없다. 놀라서도 안 된다.

'남은 시간은 약 8분.'

그 안에 모든 걸 끝내야 하니까.

나는 결론부터 빠르게 말했다.

"박사가 만든 인공지능이 미래를 파괴하고 인류를 지옥의 구렁텅이로 밀어 넣었다. 나는 박사에게 그 대가를 받아내러 왔지."

"우려했건만, 결국…… 그렇게 된 것인가."

버나드가 깊은 한숨을 내쉬었다.

'알고 있었던 건가?'

아직 사이버를 만들기 전이다. 그런데도 그 짧은 시간에 전후 사정을 다 파악한다고? 그는 과연 얼마나 천재인 것일까. 세기의 천재라는 '폰 노이만'을 능가할 정도일까?

"파기하려 했건만…… 결국, 이놈의 조직이 문제가 되었나 보군……."

"아니, 욕심을 부린 건 박사도 마찬가지야."

"……."

"고작 잭필드와 아린으로 놈을 통제할 수 있을 줄 알았나?"

사이버의 폭주를 우려한 박사는 분명 잭필드와 레너드를 추가적으로 만들었다. 혈육에게 통제까지 시켜가며 사이버를 유지하려 했다. 그 안에는 분명 박사의 욕심도 있었을 거다.

"……거기까지 안 거면 다 알고 있겠군."

"응, 끝을 봤으니까."

잠깐의 침묵.

나는 그에게 다시 물었다.

"자, 결론부터 말하지. 사이버의 본체는 어디 있나."

"이미 알고 온 거 아니었나?"

"박사가 만들어둔 본체가 지하 연구실에 있다는 건 안다. 내가 묻는 건 그게 아니야."

"그럼?"

"잭필드와 아린의 위치. 그리고 박사가 가지고 있는 모든 자료들. 그걸 파기해야겠다."

사이버가 탄생할 가능성을 완벽히 없앤다. 앞으로 일어날 일을 원천 차단한다. 그게 내가 2005년으로 온 궁극적인 목표였다.

"잭필드와 아린은 계획에 있었을 뿐, 아직 만들지는 않았네. 인공지능에 관한 정보들도 다 내 머릿속에 있어."

의외로 버나드는 쉽게 체념했다. 그의 손끝이 미세하게 떨렸다.

곧이어 조심히 물었다.

"혹시 어떻게 된 건지 물어도 되겠나."

"……."

"내가 만든 인공지능이 많은 사람을 죽인 건가?"

"죽이다 못해 수천 년 동안 인류를 장난감으로 만들었지."

나는 창을 고쳐잡았다. 그리고 버나드를 겨누었다.

"많은 이들이 가족과 집을 잃었다. 놈의 놀음에 짓이겨지고 피를 토했다. 생존하기 위해 불에 타고 전류에 튀겨지는 고통을 맛봐야 했다."

"……그랬군. 흐으."

무언가 자조적인 웃음. 곧이어 그가 말을 다시 이었다.

"나 역시 죽일 셈인가?"

그는 본인의 운명을 직감했다. 나는 천천히 고개를 끄덕였다.

"미래를 확실히 바꾸기 위해서는 어쩔 수 없다. 박사는 천재야. 이 세상에 박사 같은 천재가 언제 또 나올지는 모르겠지만, 우선은 확실히 해야겠지."

버나드를 죽인다.

혹자는 박사가 무슨 죄냐 물을 수도 있다. 딱히 말하면 죄는 없다. 그의 처지에선 아직 일어나지도 않은 일이니까.

다만, 이건 가능성의 문제다. 그냥 내버려 두고 가기에 박사의 지식은 너무도 위험했다.

"인정하네, 내가 욕심을 부렸어. 내 지적 욕구를 풀기 위해 이런 집단에 들어오는 게 아니었는데……."

"그럼 잘 가라, 박사. 너무 억울해하지는 마라. 나 역시 곧 뒤따라 갈 터이니."

굳이 손자, 레너드에 관한 이야기는 하지 않았다. 박사에게 강한 악감정은 없었으니까. 그도 몰랐을 테니.

괜히 가는 길 뒤숭숭하게 하고 싶진 않았다.

"잠깐."

버나드가 손을 들었다.

"뭐냐, 시간이 없다."

"부탁이 있네."

"빨리 말해."

"나뿐만 아니라, 이곳 섬에 있는 모든 걸 부숴주게."

박사의 부탁은 의외였다.

"혼자 죽기는 억울하단 건가?"

"아니, 그런 게 아닐세."

"그럼?"

"이들은 사회의 악이야. 사연 없는 악은 없다지만, 이들이 하는 행동들은 이 세상의 고름과 같네. 정보 통제, 요인 암살, 음모, 마약 유통 등등 온갖 범죄를 서슴지 않게 저지르고 있어. 여기서 날 죽인다 해도, 놈들은 또 새로운 연구원을 찾아 나설 걸세. 거부할 수 없는 막대한 자금을 지원해 주면서 말이지."

"인공지능의 탄생을 막기 위해, 이 섬 자체를 없애야 한다는 건가?"

"그들이 저지른 고름들은 어떻게든 터질 것이네. 인공지능이든, 아니면 다른 방식으로든."

내가 그를 빤히 바라보자, 그가 다시 말을 이었다.

"죄책감 느끼지 않아도 좋네."

"죄책감은 없어."

지금까지 와서 사람 몇 명 죽는 거에 의미 부여할 생각은 없었다. 그럴 감정적 여유도 없었고 당장에 곧 나도 소멸할 테니까.

다만 잠깐 고민했을 뿐이다. 저들이 악한 자라 하더라도 굳이 저들까지 죽일 필요 있을까? 하는 생각.

"그냥, 다 나쁜 놈들이니 한 번에 털 수 있으면 털어주라는 말이었어. 선택은 자네의 몫일세."

"박사의 요청, 받아들이지."

물론 고민은 짧았다.

나에겐 간단한 일이다. 이 섬 하나를 지워 버리는 거.

굳이 연구실 하나를 찾아내서 부수는 것보단 섬 하나 지우는 게 훨씬 편하다. 훨씬 깔끔하다.

선이고 악이고 그런 거 없었다. 그저 편한 것을 행할 뿐.

'이제 5분 정도.'

나는 창을 들어 올렸다. 그리고 '기'를 운용하기 시작했다.

고오오오…….

바다를 감싸고 있는 엄청난 자연의 기운이 나에게로 몰려든다.

'이곳에 있는 모든 역사를 지운다.'

그러기에 가장 적합한 스킬은…….

['디스트럭션 쇼크웨이브'를 가동합니다.]

역시, 내 시그니처 광역기, 디쇼다.

"미래의 인간들은…… 다들 괴물이 되었나 보군."

박사가 눈을 크게 뜨며 내 창을 바라봤다.

학구욕이 잠깐 불타는 것 같았지만 이내 포기했다.

"그럼, 이만."

가벼운 인사를 끝으로 하늘 높이 솟구쳤다.

콰가강!

천장을 가로막는 건물의 벽들이 단숨에 부서졌다.

퉁! 퉁!

발을 더욱 차올라 높이 떠올랐다. 섬의 모양이 내 시야에 완전히 보일 때까지.

그리고 '기'를 불어넣었다.

끔찍할 정도로 커지는 샛노란 기운. 모든 것을 집어삼킬 것만 같은 파멸의 기운이 하늘을 가득 채웠다.

"잘 가라, 사이버…… 그리고 갓 컴퍼니."

놈을 향한 마지막 공격. 지옥 같은 굴레를 끊어내는 피니쉬어택. 그 화려한 피날레의 장식은 처음부터 함께한 나의 광역기였다.

수아아아!

몸속에 휘몰아치던 그 에너지가 단숨에 앞으로 쏘아졌다.

그리고-

콰가가강!

천공을 찢어발기는 굉음과 함께 익명의 섬 하나가 통째로 지워졌다. 먼지처럼 사라졌다.

바다에 커다란 구멍이 뚫렸고 그 속을 다시 채우며 거세게 요동쳤다. 누군가는 잠깐의 쓰나미로 고생하겠지만, 세상의 고름을 제거했으니 거시적으로 봤을 때 더 나은 결과이리라.

'이제…… 남은 시간은 2분.'

이제는 몸 자체가 보이질 않았다. 본능적으로 느껴졌다.

곧 사라질 내 모습이 보였다.

'마지막으로 해야 할 일이 있어.'

나는 재빨리 뚫어놨던 시공간의 홀을 탔다.

50층. 기계실 내부. 잭필드와 레너드, 아린. 그리고 소수정예 멤버들이 모여앉아 모니터를 바라보고 있었다.

“어, 어떻게 된 거죠?”

서은채가 걱정스러운 표정으로 물었다. 지식의 보고 속 담건호는 완전히 사라졌고 밖에서 사이버는 발만 동동 구르며 모든 것을 파괴하고 있었다.

[아무래도 이제 작별인사를 해야 할 때가 온 듯싶군요.]

잭필드가 씁쓸하게 웃으며 말했다. 레너드도 서글픔과 후련함이 동시에 보이는 표정을 지었다.

“그게 무슨 말인가!”

복귀한 할아버지가 물었다.

잭필드가 나직이 답했다.

[비운 님이 자신, 그리고 우리 전부를 희생시켰습니다. 사이버가 말했던 지옥 같은 굴레를 끊어내기 위해서 본인의 목숨을 걸고 과거로 이동했죠.]

“목숨을 걸다니? 무슨 말인지 이해가 잘 안 가.”

주예린이 고개를 갸웃했다.

[비운 님이 곧 과거의 사이버를 제거할 겁니다. 그렇게 되면 이곳 현재도 바뀌게 되겠죠.]

“그럼…….”

침묵이 공간을 가득 채웠다. 적막함이 흘렀다.

“우리도 다 사라지는 거야?”

현재가 뒤바뀐다. 그 말은 죽었던 사람들이 살아나고 무너졌던 건물이 다시 세워지며, 다시 예전의 시대로 돌아가는 것을 말하는 건가? 멤버들의 의문은 그거였다.

[그건 저도 잘 모르겠습니다. 사이버의 지식을 전부 흡수한 비운 님만이 아시겠지요. 다만…….]

잭필드가 날개를 한 번 펄럭였다.

[미리 작별인사해서 나쁠 건 없다는 거지요.]

복잡한 표정의 일행들. 단, 그 감정 중에 분명히 후련함도 있었다.

“결국은 이렇게 되는 거예요?”

서지호가 물었고.

“빌어먹을 사이버 새끼.”

주예린이 욕을 날렸으며.

“어쨌든, 사이버가 곧 소멸할 거라는 거죠?”

빈서율이 고개를 끄덕이며 상황을 받아들였다.

[저길 보세요.]

잭필드가 모니터를 가리켰다.

모니터 속의 세계수. 즉, 소녀가 끔찍한 비명을 내지르고 있었다.

그리고 곧이어.

번쩍!

세상이 번쩍였다.

에필로그

이 세상이 변한 이후, 우리들의 삶은 오직 생존을 위한 끝없는 투쟁뿐이었다. 그 속에는 행복도 여유도 없었다.

조작과 통제로 점철된 삶. 죽음과 절망을 반복하는 삶.

한 천재 과학자가 만든 인공지능은 인류에게 재해와도 같았다.

그리고 그 전쟁이, 그 끔찍한 굴레가 마침내 끝이 났다. 한 영웅에 의해 종결지어졌다.

사이버가 비명을 질렀던 그 날. 세상이 번쩍였던 그 날.

탑은 무너져 내렸다. 사이버가 만들었던, 세계수의 '기'는 온 세상에 퍼져 사라졌다.

시스템창. 아이템. 터. 요정. 그 모든 것이 사라졌다.

인류를 옭아매던 '메인 퀘스트'도 더 이상 나타나지 않았다. 도시 내부를 가득 채웠던 몬스터들도 더는 등장하지 않았다.

"애들아."

삼성동. 시련의 탑이 존재했던 그 자리. 서쪽에 있었던 소수정예의 터. 그곳에 약 백여 명의 인원이 모여 있었다.

"넵! 누님!"

"말씀하십시오!"

중앙에 있던 한 여자가 씨익 웃었다. 멋들어진 창을 땅에 지탱하고 있는 여자의 이름은 주예린. 그리고 그녀를 따르는 구 채팅창 멤버들이었다.

"이곳에 남은 이상 도덕적으로 살아야 한다. 함부로 힘쓰다가 걸리면 다 뒈지는 거야. 알겠어?"

"물론입니다!"

"……남아 있는 자들 다 같은 처지인데 서로 돕고 살아야죠."

"동감합니다."

타닥!

한가운데는 모닥불이 피워져 있었고 주변에는 투박스럽게 생긴 각종 바비큐 요리들이 즐비해 있었다. 몬스터들이 아닌 사슴, 멧돼지 등등의 산짐승들이었다.

나름의 파티라면 파티. 그리고 그곳은 공터였다.

건물도 터도 없는 그런 텅 빈 공터.

그렇다. 세상이 번쩍였던 그 날 이후, 이 세상은 그대로 존속했다. 사라지지 않았다.

멸망했던 도시, 그대로의 모습이었다.

"그나저나 어떻게 된 거예요, 언니?"

한 여자가 주예린에게 다가갔다.

키가 작고 귀엽게 생긴 소녀.

병아리콩, 이유주였다.

"뭐가?"

"그날 우리 전부한테 떴던 메시지, 그거 비운 님이 한 거죠?"

잠깐의 침묵.

주예린이 간신히 답했다.

"……응. 그렇겠지."

"그럼 비운 님은요? 어떻게 되신 걸까요? 벌써 사라진 지, 한 달이 넘었는데……."

잠깐이나마 편해 보이던 주예린의 표정이 다시 굳었다.

"아, 불편한 주제인가요?"

"아니, 괜찮아……. 그는."

그녀가 하늘을 쳐다봤다.

"그는 말이지……."

그날. 최후의 날. 남은 생존자 모두에게 뜬 메시지가 있었다. 간단하면서도 담백한 메시지.

[선택하시오.]

[1. 과거 평범했던 삶으로 돌아간다.]

[2. 이곳에 남는다.]

[단, 1번을 택할 시 모든 기억을 잃는다.]

주예린은 조용히 그 순간을 떠올렸다.

[이, 이건!]

잭필드가 외쳤다.

"뭐예요?"

"다들 눈앞에 뭐 보여요?"

"메시지!"

기계실 내부는 한창 난리가 났다. 탑이 무너져 내리고 있었지만, 기계실만은 멀쩡했다. 무언가 알 수 없는 힘이 탑을 공격했지만, 기계실은 그 공격에서 비껴갔다.

"단, 1번을 택할 시 모든 기억을 잃는다…… 고?"

빈서율이 멍하니 중얼거렸다.

두 가지의 선택지.

[이……건! 비운 님의 메시지입니다.]

"뭐라고요?"

[……시공간 이동의 흐름이 느껴졌습니다. 아아, 비운 님!]

한탄하듯, 아니, 안타까워하듯 읊조리는 잭필드.

요정이 계속 말을 이었다.

[비운 님은 소멸하기 전, 급히 세계수의 내부로 다시 왔습니다. 그리고…….]

"그리고? 뭔데요!"

서은채가 보챘다.

[사이버의 지식을 활용한 듯싶습니다. 막대한 에너지를 가동해 이곳 데이터를 전부 보존시켜 새로운 세상으로 떼어냈습니다.]

"……그게 무슨 말이오?"

양종현이 고개를 갸웃했다.

[과거 사이버의 제거에 성공하신 겁니다. 이 빌어먹을 굴레가 마침내 끝난 겁니다. 하지만, 우리는……. 그 시련을 함께 극복해 왔던 우리는 과거가 바뀌었단 이유로 사라져야 했습니다. 아니, 원래는 사라져야 할 운명이었습니다.]

멤버들의 이목이 잭필드에게 쏠렸다. 잭필드의 날개가 파르르- 떨렸다.

[그걸 비운 님이 해결했습니다. 우리에게 선택지를 주었습니다. 과거와 미래에 의해 좌우되지 않도록 시공간의 흐름을 틀어막은 새로운 세계. 비운 님은 남은 힘을 모두 활용하여 그 세계를 만들어낸 듯싶습니다.]

「몬스터즈」를 만들었던 사이버의 기술력. 비운은 그 힘을 이용했다. 그리고 남아 있는 생존자 모두에게 선택지를 주었다. 아픈 삶이었지만, 이곳에 남을 것인가. 아니면 아무것도 몰랐던, 평범했던 삶으로 돌아갈 것인가.

자신의 삶을 스스로 선택할 수 있게 만들었다.

"……그게 무슨."

일행들이 넋 나간 표정을 했다.

"그래서 아저씨는요?"

서은채가 다급히 물었다.
[안타깝게도…… 그 이후 사라지셨습니다. 잡히는 게 없습니다.]
그녀가 털썩 주저앉았다. 다른 멤버들도 안타까운 표정을 했다.
[시간이 없습니다. 뭐든, 빨리 선택하지 않으면…….]
잭필드가 계속 중얼거렸다.
"나는 남겠네."
할아버지가 말했다.
"비록 살아온 인생에 비하면 짧은 시간이었지만, 이곳에 있는 내가 진정한 나니까 말일세."
약 2년의 세월이었다. 끔찍했던 생존의 시간이었다. 외상 후 스트레스 장애(PTSD) 및 각종 트라우마가 남을 수도 있지만…… 여생을 고생하며 보내야 할 수도 있지만…….
할아버지는 이 기억을 포기하지 않았다. 아니, 포기할 수 없었다.
"저도 마찬가지예요."
빈서율이 동조했다. 나머지 일행들도 고개를 끄덕였다.
"오빠를 잊고 살 순 없지."
과거 유명 배우였던 주예린도.
"난 지금의 삶도 나쁘지 않다고 생각하오."
헬스 트레이너였던 양종현도.
"……흐흑."

멍하니 울고 있는 서은채도 전부 2번을 선택했다.

이곳에 남는 것을 선택했다.

"허……."

이유주가 깊은 한숨을 내쉬었다. 처음 듣는 얘기였다. 그런 비사가 있었다는 건.

'어쩐지…….'

구 소수정예 멤버들의 안색이 그리 좋지 않더라니.

"뭣들 하쇼? 그래도 한 달 만의 파티인데 술 한잔들 안 할겨?"

뒤에서 폭행몬스터즈, 유현동이 다가온 것은 그때였다.

"그놈의 조류족성애자, 정태경 새끼. 술 취해서 계속 뿔하피 보고 싶다고 난리 치는데 일로 와서 좀 들어보소. 가관도 아녀."

"확, 씨! 저게……. 넌 눈치도."

"아냐."

이유주의 말을 주예린이 끊는다.

"마시러 가자."

주예린은 멤버들에게 굳이 비사를 말하지 않았다.

이 망해 버린 세상에 남기로 한 자들. 그들에게 굳이 또 다른 슬픔을 남기고 싶지 않았기 때문이었다.

'이유주는…….'

팬이었으니까. 그녀도 그만큼 오빠를 좋아했으니까.

알 권리는 있겠지.

'비운 오빠는…….'

그냥 잠깐 어디 여행이라도 다녀온다고 말해둔 상태였다.

쪼르르-

채팅창 멤버들이 따라주는 술잔을 받았다.

그리고 단숨에 그걸 넘겼다.

도수 높은 위스키. 그 달콤쌉싸름한 맛이 식도를 타고 흐른다. 주예린은 하늘을 올려다봤다.

'……과연, 우리가 해낼 수 있을까?'

국적의 경계가 무너졌다. 잭필드와 아린, 그리고 레너드도 남아 있다지만…… 이미 세계에 간섭할 수 있는 하드웨어는 무너진 상태다.

힘……. 즉, 몬스터가 사라졌다. 힘을 가졌던 인간들이 다시 평범해졌다는 말이다.

'다만.'

합체족을 썼던 인원들. 그리고 '기 연공법'으로 일정 부분이나마 '기'를 모았던 인원들의 힘은 그대로였다.

유전자 변형인지 뭔지, 돌연변이처럼 변한 것이리라. 주예린도 채팅창 멤버들도 그 돌연변이 중 하나였다.

무기를 휘둘러 나무를 가볍게 잘라내고 '기'를 운용해 산짐승들을 손쉽게 죽인다. 그런 이들을 통제하지 않고 풀어두기엔 너무도 위험했다.

'다 죽일 수도 없는 노릇이고.'

결국, 이들을 초능력자라 명명하고 직접 관리하기로 했다. 그게 이 결과였다. 지금 보이는 이들, 이곳에 남은 이들만 관리하면 된다.

어차피 탑 주변에 남은 '기'가 없기에 연공법을 쓰더라도 '기'를 늘릴 수가 없다. 새로 습득할 수도 없다.

"언니, 한 잔 더?"

옆에서 이유주가 배시시 웃는다. 울적한 주예린을 달래주기 위해서다.

그녀는 살포시 웃으며 고개를 끄덕였다. 일단은 취하고 싶었다.

벌써 1년이라는 시간이 흘렀다. 이곳에 남은 많은 생존자들. 그들은 국적을 가리지 않고 이곳 재건에 힘썼다.

가지 각종의 직업을 가졌던 사람들. 그들은 서로 모여 기구를 만들고 자신이 알던 지식들을 서적으로 만들었다. 다들 자신만의 노하우를 이용해 인류 번창에 기여했다.

"앞으로 어떻게 살아가야 할지는 우리가 해결해야 할 숙제죠."

"오빠가 만들어준 진짜 자유로운 삶이잖아요?"

"그걸 지켜내야죠."

주예린이 모든 것을 진두지휘했다. 많은 이들이 그녀를 따랐다.

[맞는 말입니다.]

잭필드의 지식이 많은 도움이 되었다. 비록, 이 세상에 간섭할 수는 없다지만 그 기계가 가졌던 방대한 지식들은 데이터에 남아 있었다. 소수정예 멤버들도 각자 중요 보직을 도맡았다.

먼저, 할아버지. 지병수는 건축 일을 도맡았다. 갈 곳을 잃은 생존자들에게 '터'를 지어주는 것에 큰 재미를 느꼈다. 처음에는 간단한 목조주택으로 시작했던 일인데 하나둘, 사람들이 모이여 규모가 커져 버렸다.

서은채는 아픈 사람들을 치유해 줬다. 그녀는 자신의 '기'를 이용한 치료 기술을 계속 개발해 냈다. 각종 의학 지식을 무시한 초자연적인 치유에 많은 사람들이 열광했다.

물론 기존 양의학과 한의학 지식들 또한 공부하고 익혔다. 그녀 혼자서 모든 사람들을 도맡을 수는 없는 법이니.

서지호는 새를 키웠다. 조류족을 다뤄서일까, 조류족성애자 정태경과 함께 새들이 유난히 그들을 잘 따랐다. 잃어버린 미아 탐지, 각종 범죄 예방, 서류 전달 등등 활용법은 다양했다.

빈서율은 발굴팀의 팀장이었다. 과거 인류가 만들어뒀던 서적이나 기록들을 발굴해 내 인류 발전에 도움을 줬다.

사실 소문이 돌았다. 기록 발굴은 뒷전으로 하고 담건호의 흔적을 찾고 다닌다는 소문. 멤버들은 말리지 않았다. 나름 그들도 기대하는 것이다. 자그마한 흔적이라도 발견되기를.

주예린은 알다시피 초능력자 관리국장으로 일했고 양종현은 과거 직업 그대로 생존자들의 건강을 책임지는 헬스 트레이너로 일했다.

“다들 오셨어요?”

주예린의 목소리. 담건호가 사라진 지 딱 1년째 되는 날이었다.

서울, 삼성동. 탑이 있었던 자리에 흩어졌던 여섯 명의 멤버가 모였다.

“아저씨가 사라진 지도 어느덧 1년이네요.”

울적한 서은채의 말.

“그는 영웅일세. 인류, 그리고 우리를 위해 자신의 목숨을 희생했어. 아무도 강요하지 않았지.”

할아버지가 그녀를 달랬다. 그가 가져온 수레에는 각종 술과 안주들이 가득 담겨 있었다.

1년에 한 번. 그들은 이곳에 모여 담건호를 기리기로 했다. 술을 마시며 과거를 회상하고 추억을 나누기로 했다.

“자, 그럼 준비할까요?”

주예린의 말을 시작으로 공터에 자리가 만들어졌다.

건물 하나 없이 썰렁한 도시. 그 적막함 속에서 여섯 명은 말없이 술잔을 기울였다.

이곳에 남는다는 것. 멸망한 세계에서 살아간다는 것. 평범했던 삶을 포기하고 새로운 세상을 만들어가야 한다는 것.

“후우.”

주예린은 깊은숨을 내쉬었다. 그리고 다시금 위스키 한잔을 털어 넣었다.

‘암담하다는 생각은 들지 않아.’

그녀는 속으로 되뇌었다. 자신이 선택한 길이자 삶이다. 후회할 성격도 못되고 그럴 여유도 없었다.

'다만, 지금은…….'

그저 오빠가 보고 싶었다. 그런 자리이니까. 딱 1년에 한 번, 그러기로 한 날이었으니까.

계절이 4번이나 바뀌었다. 그런데도 오빠는 돌아오지 않았다. 사실 일 하다가도 몇 번이고 이곳에 들른 적 있다.

혹시나 돌아올까 봐. 흔적이라도 발견될까 봐.

'잭필드가 말했었지.'

거의 99.99% 확률로 소멸했을 거라고.

그 말을 들은 멤버들의 반응은 다양했다. 믿지 않는 자들도 있었고 받아들이는 자도 있었다. 할아버지는 오빠가 1번을 선택한 후, 평범한 삶으로 돌아갔을 거라고 했다. 그렇게 믿는 게 편하다고.

"……."

담건호. 닉네임 비운.

주예린은 그 사내를 떠올렸다. 10년간 넷상에서 함께 「몬스터즈」를 즐겼고 그 두뇌와 리더십에 푹 빠졌던 인물이었다. 두 번째 메인 퀘스트 당시, 그가 유령마를 타고 사람들을 구하는 모습은 아직도 가슴 속 깊은 곳에 남아 있었다.

'배울 게 많은 사람이었어.'

그렇게 노력하는 사람은 처음 봤다. 사람은 누구나 잠깐 쉬고 싶을 때가 있는 법인데 그는 폭주 기관차처럼 내달렸다. 밤을 새워가며 창술을 연마하고 스킬 숙련도를 쌓았다. 탑을 어떻게 깰지 고민하고 전략을 짰다.

'그러니까 별명이 괴물이었지.'

분명, 「몬스터즈」가 아니라 그 어떤 걸 해도 성공할 사람 같아 보였다. 문제는…….

'……지쳤을 거야. 지칠 수밖에 없지. 오빠도 사람인데.'

몇 년간을 쉬지 않고 달린 사람이다.

이제는 좀 행복해도 되지 않을까?

그래서 그녀도 할아버지의 말에 손을 들었다. 평범했던 삶으로 갔을 거라는 생각.

"그래, 다들 어찌들 지냈나."

할아버지가 먼저 입을 열었다.

가끔씩 보는 자들도 있지만, 전부 각지 각 곳에서 자기 일에 종사하느라 바쁘다. 자주 만날 기회가 없는 거다.

"뭐, 그냥저냥 지내고 있죠."

빈서율이 웃으며 답했다.

"만나는 사람은 있고?"

"에이, 설마요."

손사래 치는 빈서율.

양종현이 끼어들었다.

"그래, 소개팅도 받고 좀 해보시오. 내가 일하는 쪽에 잘 생기고 건실한 젊은 총각들 많던데."

"그럴 시간이 없네요. 요즘 하는 일이 많아서."

"그러니까 하는 말이오. 사람이 좀 쉬어갈 때도 있는 법이지. 들리는 소식에 의하면 리더의 흔적을 찾고 있다던데. 성과는 있소?"

"아니요, 그건 진즉 포기했어요. 그냥 요즘 책 하나를 쓰느라 바쁘거든요."

"책?"

멤버들의 이목이 빈서율에게 끌렸다. 궁금한 거다. 발굴팀 팀장인 그녀가 책을 쓴다니?

"그냥 건호 씨의 일대기에요."

"허어……."

일행들이 탄성을 내질렀다. 주예린이 받았다.

"하긴, 서율이는 처음부터 끝까지 오빠랑 함께했으니까. 편의점에서 만났다 했었나?"

"그랬죠. 튜토리얼을 같이했었죠. 은채 도움도 많이 받고 있어요."

"은채?"

"네, 은채랑 한 팀이었으니까요. 뭐, 잭필드의 도움도 받고 있고."

잭필드와 레너드의 모니터링 기록. 그것들은 전부 파일화되어 데이터에 저장된 상태였다.

"그래서 제목은 뭔데?"

주예린이 흥미를 가졌다.

"오빠의 일대기면 제목이 있을까 아냐."

"으음, 뽑기 게임에서 살아남는 법이요."
"……엥?"
주예린이 입맛을 다셨다. 마치 '그게 뭐냐.'는 얼굴이었다.
"제목 센스가 그게 뭐야. 뭐, 줄이면 뽑살법이야? 킥킥."
말하다가 웃긴지 소리 죽여 키득거린다.
"제목이 좀 이상하긴 하오."
양종현도 한마디 거들었다.
"차라리 빌어먹을 사이버. 이런 게 어떻소?"
이번엔 전 멤버들이 양종현을 쳐다봤다. 진심으로 하는 소리인지 궁금한 것이다. 싸늘한 공기를 느낀 그가 다시 정색하며 고개를 저었다.
"웃자고 한 소리요."
"……하나도 안 웃기거든요?"
빈서율이 툴툴거렸다. 새초롬한 눈빛으로 양종현을 노려봤다.
"근데 갑자기 웬 책이야?"
"……이제 다른 사람들에게도 알려야지요."
"응?"
주예린이 고개를 갸웃하자 할아버지도 고개를 끄덕였다.
"나도 동감하네. 건호는 돌아오지 않아. 매번 우리끼리만 기릴 수는 없는 법이지. 그는 목숨 바쳐 우리 전부를 구한 영웅일세. 모든 이들이 함께 추모할 만한 자격이 있어."
"아직도 왜 자신들이 살아남았는지 모르는 사람들도 많아요. 많이 아는 사람들도 그냥 건호 씨가 여행을 떠난 거로만 알고 있을 뿐이죠. 저는 그런 게 싫었어요."

빈서율이 나직이 말했다. 다른 멤버들도 마지못해 고개를 끄덕였다. 단, 한 명을 빼고는…….

"아니요."

단호하게 말하는 소녀. 그녀는 서은채였다.

"아저씨는 죽지 않았어요."

"누나, 또 그런다!"

서지호가 받아쳤다. 서은채는 유일하게 그의 생존을 믿는 멤버였다. 가장 많이 울적해하는 것도, 가장 힘들어했던 것도 그녀였다.

"저는 믿어요."

그녀가 고개를 끄덕였다.

"아저씨는 생존에 굉장한 집념을 가진 사람이었어요. 절대 지치지 않을 거예요. 분명 돌아올 거예요."

"은채야……."

주예린이 안타깝게 바라봤다.

"우리도 힘들어. 힘든 건 알지만 받아들일 건 받아들여야지……."

"아닐세."

할아버지가 손을 들어 주예린을 말렸다.

"은채의 말에도 동감해. 그렇게 생각하고 사는 게 편하다면 그럴 수 있는 거지."

분위기는 다시 우울해졌다.

"뭐, 어쨌든 저도 오빠가 보고 싶은 건 마찬가지예요."
"나도 마찬가질세."
"저도요."
"리더, 고생했소."
"형……."
그들은 다시 한번 술잔을 부딪쳤다. 그리고 마음을 다해 한 영웅을 기렸다.

그렇게 3년이 흘러갔다. 그동안 세상은 많이도 변했다. 큼지막한 건물들이 오르기 시작했으며, 사회가 점점 바르게 굴러가기 시작했다.
통합 국가가 만들어졌다. 다시금 법이 제정되었고 지폐를 생산하기 시작했다. 자연스레 상업이 발달하게 되고 경제가 돌아가기 시작했다. 비록 완전하진 않지만, 그래도 구색은 갖출 정도였다.
초토화된 세계와 적은 인구. 일자리는 차고 넘쳤고 경제는 급부상할 거다. 인류는 그 정도의 저력이 있었다.
그리고 3년이 지난 지금에도. 멤버들은 잊지 않고 삼성동에 왔다.
사라진 사내, 담건호를 기리기 위해서.
"다들 모였나."

그들의 안색은 처음보다 많이 밝아졌다. 그리움과 슬픔의 약이 세월이란 말이 있듯이, 다들 그의 죽음을 받아들인 거다. 납득해 버린 거다.

"그래, 서율이는 준비 다 돼가나?"

할아버지가 입을 열었다. 빈서율이 엮고 있는 담건호의 자서전은 3년이 지난 지금에도 아직 출시되지 않았다. 더 완벽하게, 더 깔끔하게 쓰기 위해 시간과 노력을 거듭하고 있었기 때문이다.

"네, 안 그래도 말씀드리려 했는데…… 어제 완성했어요."

"고생했네."

"그래, 만나는 사람은 있고?"

할아버지의 단골 질문. 지병수는 매번 모일 때마다 꼭 이 질문을 한다. 그냥 나름의 인사 멘트라면 인사 멘트다.

"아, 네……."

빈서율이 고개를 끄덕였다.

"오?"

다른 멤버들이 고개를 치켜세웠다. 의외의 소식이었기 때문이다.

"발굴 작업하다 보니 인연이 닿게 되어서…… 그렇게 됐어요."

"허허, 이거 경사로구만. 나중에 꼭 한번 소개시켜 주게나."

껄껄 웃는 할아버지.

"아니, 할아버지! 나는 왜 안 물어봐요?"

주예린도 나섰다.

"으응? 너도?"

"하, 내가 워낙 한 인물 해야 말이죠. 대쉬가 그렇게 들어오는데…… 귀찮아서 하나 골랐죠, 뭐."
"네 성격을 감당할 남자가 있다고?"
"뭐라구요? 제 성격이 어때서!"
"허허, 농담일세."
다들 자신만의 인생을 살고 있었다. 표독스럽게 쳐다보는 주예린의 시선을 피한 할아버지가 이번에는 서은채를 쳐다봤다.
"그나저나 은채는…… 많이 예뻐졌구나."
할아버지가 허허 웃었다.
서은채. 그녀는 이제 어린 티가 완전히 사라졌다.
24세의 나이. 어엿한 숙녀로 성장했다.
"요즘 은채, 완전 장난 아니던데?"
주예린도 동조했다. 젖살이 다 빠진 그녀의 미모는 가히 빛났다. 거기다 '기'를 운용한 힐링으로 아픈 사람들을 무료로 돕기까지 하니……. 사람들의 눈에 예쁘게 보이지 않을 수 없었다.
성녀. 여신. 테레사의 부활. 날개 없는 천사 등등. 세간에 그녀를 수식하는 말들이 무척이나 많았다.
"대쉬도 엄청 많이 들어올걸?"
"그런 거 아니에요."
"에이, 아니긴 뭐가 아냐."
부끄러워하는 서은채를 보며 주예린이 픽 웃는다.
"아직도 철벽 치는 거야?"
"철벽은요, 무슨."

씁쓸하게 답하는 서은채.

“너 아직도 여기 나오지?”

곧이어 주예린의 음성이 낮아졌다.

“아직도 기다리는 거야? 힘들어하면서?”

의외로 멤버들 중 서은채만이 유독 적응을 못 했다.

매번 일을 마치고 이곳에 나와 멍하니 앉아 있단다. 옆에서 지켜보던 서지호가 고개를 절레절레 흔들었다.

“아무리 말해봐야 소용없어요.”

“에휴, 그냥 안타까워서 그렇지.”

주예린은 걱정됐다. 마음의 병은 약도 없다고 하지 않은가.

“분명히…… 아저씨는 오실 거예요.”

서은채가 단호히 말했다.

“어휴, 저 고집.”

“준비나 하게. 슬슬 파티해야지.”

할아버지가 상황을 정리했다.

자리는 빠르게 펼쳐졌다. 이번엔 포장해 온 안주가 아닌, 직접 요리한 음식이 준비됐다. 옛날 추억을 떠올리기 위해서다. 그리고 빈서율의 요리 솜씨는 여전히 죽지 않았다.

꿀꺽-

먹음직스러운 향이 공간을 가득 채웠다.

또르르-

각자의 술잔에 보리빛 위스키가 채워졌다. 그렇게 서로의 눈빛으로 건배를 한 후, 한 잔씩 탁! 털어 넣으려 할 때였다.

번쩍!

과거, 탑이 있던 자리.

그곳에 강한 빛이 피어올랐다.

"아씨, 깜짝이야!"

주예린의 외침과 함께, 멤버들이 자연스럽게 전투태세를 갖췄다. 이는 반사적인 행동이었다.

"뭐지?"

"갑자기 웬 빛이오?"

"저기에 뭐, 아무것도 없잖아요."

아무리 다시 사회물을 먹고 있다지만, 그 본능은 죽지 않았다. 생사를 오갔던 혈투 속에서 자연스레 몸에 밴 경계 본능. 아마 이건 죽을 때까지 가져갈 거다.

"……아저씨?"

문득, 서은채의 목소리가 들려왔다.

'무슨?'

일행들이 그녀를 돌아다봤다. 무슨 소리 하는 거냐는 표정으로.

"저기, 저기 보세요!"

서은채가 전방을 가리키며 소리쳤다. 일행들은 다시 고개를 돌려 그곳을 바라봤다. 눈을 희미하게 뜬 채로 빛이 피어오르는 그곳을 바라봤다.

그리고 그곳에는…… 한 인영이 있었다.

익숙한 창을 들고 있는 한 사람.

두근두근.

일행들의 심장이 뛰기 시작했다.

"……에이, 설마."

주예린의 목소리가 들렸다. 그 목소리에는 울먹임이 있었다.

"……말도 안 돼."

빈서율도 입을 떡 벌렸고-

"허허…… 자네?"

할아버지가 털털히 웃었다.

그리고.

"아저씨!"

서은채가 술잔을 내팽개치고 튀어 나갔다.

눈앞의 사내. 최후의 날 이후 4년 만에 돌아온 사내.

그리움에 사무쳤던 그 사내를 향해서.

—뽑기 게임에서 살아남는 법 완결—

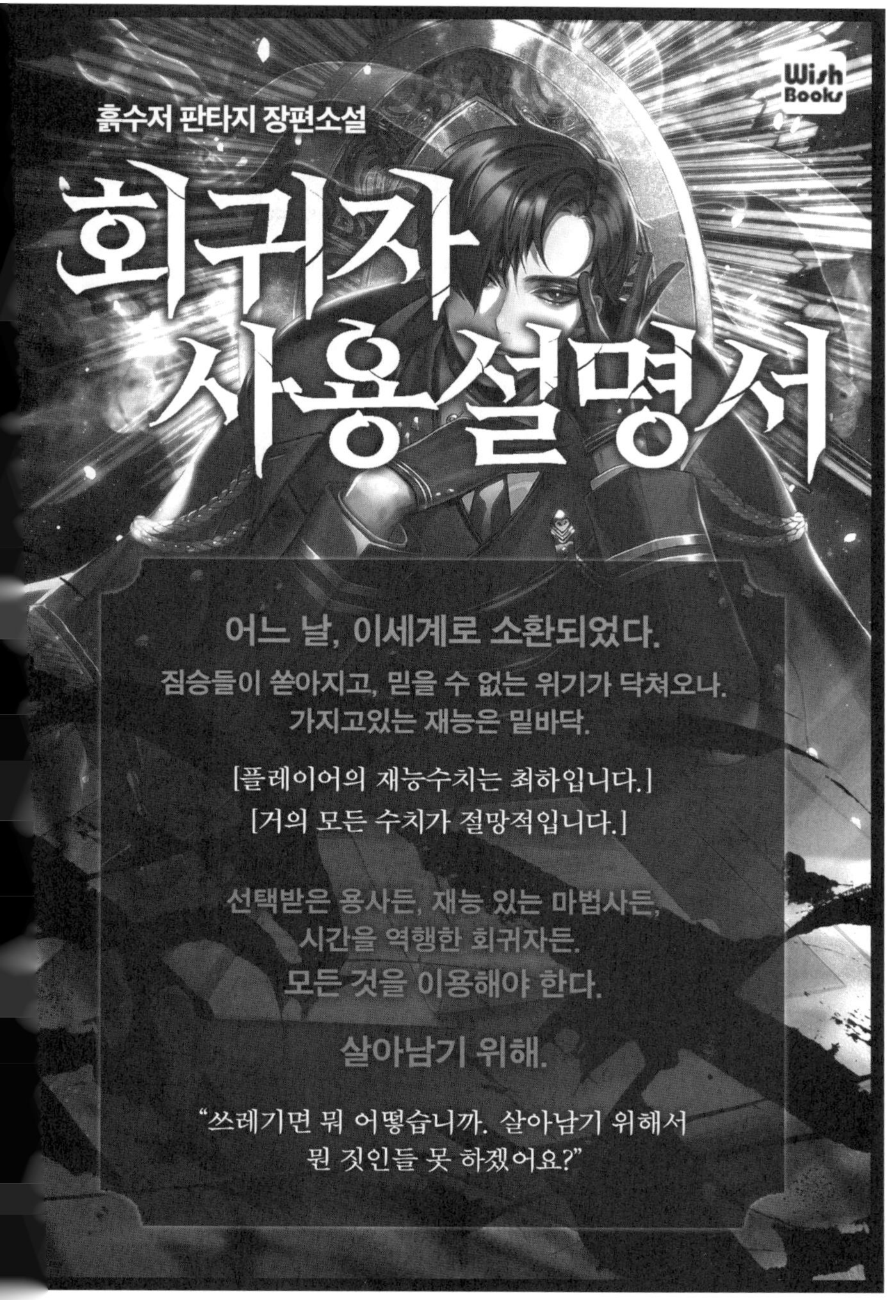
Wish Books
흙수저 판타지 장편소설
회귀자 사용설명서
어느 날, 이세계로 소환되었다.
짐승들이 쏟아지고, 믿을 수 없는 위기가 닥쳐오나.
가지고있는 재능은 밑바닥.
[플레이어의 재능수치는 최하입니다.]
[거의 모든 수치가 절망적입니다.]
선택받은 용사든, 재능 있는 마법사든,
시간을 역행한 회귀자든.
모든 것을 이용해야 한다.
살아남기 위해.
“쓰레기면 뭐 어떻습니까. 살아남기 위해서
뭔 짓인들 못 하겠어요?”

Wish Books
무공을 배우다
목마 퓨전 판타지 장편소설
WISHBOOKS FUSION FANTASY STORY
"무(武)를 아느냐?"
잠결에 들린 처음 듣는 목소리에 눈을 떴을 때,
눈앞에 노인이 앉아 있었다.
"싸움해 본 적 있나?"
"없는데요."
[무공을 배우다.]
20년 동안 무공을 배운 백현,
어비스에 침식된 현대로 귀환하다!
'현실은 고작 5년밖에 지나지 않았다고?'